M. S. GLASER

Grafen, Täuscher und Wachsfiguren

AF189043

Handlung:

Frühling 1969. Der für seine zwielichtigen Unternehmen berüchtigte Jack Sentence wird von einem anonymen Auftraggeber in einen Hinterhalt gelockt. Nur knapp entgeht er dem heimtückischen Mordanschlag. Bevor er sich auf die gefährliche Jagd nach Schmerzensgeld macht, sucht er den Ex-Geheimagenten Quint auf und bittet ihn um Unterstützung. Der aber schliesst zunächst eine weitere Zusammenarbeit aufgrund seiner schlechten Erfahrungen kategorisch aus. Doch als es Anzeichen dafür gibt, dass Sentence erneut in eine Falle geraten ist und möglicherweise verschleppt wurde, wird Quint aktiv. Zusammen mit Ingrid Sommer nimmt er die Spur ihres gemeinsamen Bekannten auf, die sie zum Schloss des Grafen Blauenfels führt. Schnell wird klar, dass sie es mit skrupellosen Gegnern zu tun haben – und dass so manches nicht ist, wonach es auf den ersten Blick aussieht.

Autor:

M. S. GLASER lebt in der Ostschweiz. Aufgewachsen in unmittelbarer Nähe einer bis fast zur Jahrtausendwende streng geheimen unterirdischen Militäranlage aus dem Zweiten Weltkrieg, wurde schon früh sein Interesse für Spionageabwehr und Geheimdienste geweckt. Nach «Spione, Soldaten und Verräter» und «Halunken, Türme und Justitia» ist dies sein dritter Roman mit dem (Ex-)Geheimagenten Quint.

M. S. GLASER

Grafen, Täuscher und Wachsfiguren

Roman

Bibliografische Information der Deutschen Nationalbibliothek: Die
Deutsche Nationalbibliothek verzeichnet diese Publikation in der Deut-
schen Nationalbibliografie; detaillierte bibliografische Daten sind im
Internet über dnb.dnb.de abrufbar.

Herstellung und Verlag:
BoD - Books on Demand, Norderstedt

ISBN: 9783750440999

Prolog

Frühling 1969. Langsam folgte das Fernglas dem gepanzerten Geldtransporter, der hinter dem grauen Kastenwagen von einem Feldweg auf die Überlandstrasse einbog und in entgegengesetzter Richtung davonfuhr, bis er um eine Kurve verschwunden war.

Mit einem zufriedenen Grinsen liess der Mann auf dem Beifahrersitz den Feldstecher sinken. «Das wars. Jetzt brauchen wir nur noch einen Dummen, dem wir den fingierten Überfall in die Schuhe schieben können.»

«Das dürfte kein Problem sein. Aber willst du wirklich jetzt schon aufhören? Es läuft doch alles wie am Schnürchen.»

«Ja, das ist definitiv die letzte Fuhre. Man sollte immer wissen, wann der richtige Zeitpunkt gekommen ist, um mit einer Sache aufzuhören, ohne sein Glück überzustrapazieren. Bis jetzt ist alles glatt gelaufen, aber eines Tages würde man uns auf die Schliche kommen.»

«Wahrscheinlich hast du recht.» Der Fahrer drehte den Schlüssel im Zündschloss und startete den Motor.

«Habe ich das nicht immer?»

1. Kapitel

Zwei Wochen später. Mit brennenden Augen starrte Jack Sentence durch die Windschutzscheibe seines Wagens, dessen Scheibenwischer vergeblich gegen den sintflutartigen Regen ankämpften. Die immer wieder unvermittelt auftretenden seitlichen Angriffe der Windböen zwangen ihn zu Lenkkorrekturen, die auf der nassen Fahrbahn nicht ganz ungefährlich waren, zumal der Sturm auch belaubte Zweige und kleinere Äste auf die Landstrasse schleuderte.

Seit mehr als einer Stunde folgte er nun schon in gebührendem Abstand dem gepanzerten Fahrzeug eines privaten Sicherheitsunternehmens, und zwar genau so, wie es sein Auftraggeber verlangte: Nur gerade so dicht dahinter, wie unbedingt erforderlich, um es nicht aus den Augen zu verlieren und den Zielort in Erfahrung zu bringen. Bei den augenblicklich herrschenden miserablen Sichtverhältnissen war das allerdings schon ziemlich nahe.

Da er permanent knapp bei Kasse war und sich auch die Handvoll Silbermünzen, die bei einem gewagten Unternehmen mit Quint für ihn abgefallen war, nicht allzu lange in seinem Besitz befunden hatte, kam ihm dieser Auftrag gerade recht. Viel brachte die Sache zwar nicht ein, aber es war wenigstens leicht verdientes Geld.

Dass er mit an Sicherheit grenzender Wahrscheinlichkeit die Funktion eines Kundschafters für einen Raubüberfall auf einen Geldtransport übernommen hatte, störte ihn nicht gross, da er ja keinesfalls dabei mitmachen würde. Das war viel zu riskant und verstiess ausserdem gegen seine Prinzipien. Wie leicht konnte es dabei Tote geben, und er wollte weder sterben noch etwas mit Mord zu tun haben. Aber vielleicht ergab sich ja später irgendwie die Möglichkeit, auf eine wesentlich ungefährlichere Weise an die Beute heranzukommen. Wenn er die Moneten statt dem rechtmässigen Besitzer den Gangstern abjagen konnte, ging die Sache für ihn auch aus ethischer Sicht wieder in Ordnung. Einen Räuber zu bestehlen stellte für ihn absolut kein Problem dar.

Die seltsamen Schlingerbewegungen des Transporters hatten etwas Alarmierendes. So heftig tobte der Sturm nun auch wieder nicht. Sentence nahm vorsichtshalber den Fuss vom Gaspedal. Im selben Augenblick kam der Transporter rechts von der Strasse ab und knallte frontal gegen einen Baum.

Sentence murmelte einen Fluch und hielt an. Während er noch überlegte, wie er sich verhalten sollte, sah er eine Gestalt zwischen ein paar Büschen am rechten Strassenrand hervorkommen und zum Transporter rennen, dessen Fahrertür gerade geöffnet wurde.

Kurz bevor die rennende Gestalt das Unfallfahrzeug erreicht hatte und eine Maschinenpistole losratterte, nahm Sentence eine Bewegung im Rückspiegel wahr. Hinter ihm kam ein Fahrzeug angebraust – ohne Licht und in der Strassenmitte!

Als sein Wagen nach einem kurzen Satz nach vorn mit abgewürgtem Motor wieder zum Stillstand gekommen war, weil er bei eingelegtem Gang Kupplung und Bremse losgelassen hatte, rannte Sentence bereits über die Strasse und verschwand kurz darauf unfreiwillig in einem ganz ordentlich gefüllten Entwässerungsgraben.

Da er nun schon mal drin war und es ohnehin wie aus Kübeln goss, beschloss Sentence, sich den halbwegs brauchbaren Sichtschutz zunutze zu machen, um aus der unmittelbaren Gefahrenzone wegzukommen. Auf Ellbogen und Knien, das Kinn knapp über Wasser, arbeitete er sich dorthin, wo man ihn im Moment wohl am wenigsten erwarten würde: Richtung Tatort.

Mit quietschenden Bremsen kam das Fahrzeug, das für seinen Sprung ins kalte Wasser verantwortlich war, irgendwo schräg hinter ihm zum Stehen.

«Pass auf, der Mistkerl ist abgehauen!», rief eine tiefe Stimme aus der Richtung seines Autos. «Aber weit kann er noch nicht sein! Ist bei dir alles in Ordnung?»

«Ja! Los, hinterher! Schnappt ihn euch! Ich bringe inzwischen seinen Wagen in Position!»

Sentence, der sich zwischen den beiden Gesprächspartnern befand, atmete tief ein, schloss die Augen und ging auf Tauchstation. Wenn seine Interpretation richtig war, wollte der MP-Schütze seine Rostkarre umparken. Auch wenn er dafür im Moment keine Erklärung hatte, war das zumindest besser, als wenn er den Entwässerungsgraben beharkte – sofern die Neuankömmlinge nicht ebenfalls über derartige Bleischnellspucker verfügten.

Das Platschen, das einer seiner Verfolger verursachte, als er versehentlich mit dem Entwässerungsgraben Bekanntschaft machte, hörte sich unter Wasser fast noch bedrohlicher an als die zuvor gesprochenen Worte. Und dass sich dessen Stimmung durch das Fussbad besserte, war auch nicht anzunehmen. Aber es hatte eine erstaunlich positive Auswirkung auf die körperliche Fähigkeit, ohne überflüssige Atemzüge zurechtzukommen.

Kurz bevor ihm schwarz vor Augen wurde, schob Sentence vorsichtig seinen markanten Schnorchel und die grosse Klappe darunter über den Wasserspiegel und sog dankbar die feuchte Luft ein. Ertrinken war schliesslich auch nicht besser als erschossen zu werden.

Doch zu seiner grossen Erleichterung war keine Waffe auf ihn gerichtet. Zwei seiner Gegner befanden sich mehrere Meter von ihm entfernt und suchten ihn in der falschen Richtung.

Gerade als er sicherheitshalber wieder abtauchen wollte, hörte er von der Strasse her eine Stimme ärgerlich rufen: «Bringt ihr ihn endlich? Wir müssen verschwinden!»

«Wir finden ihn nicht! Er ist wie vom Erdboden verschluckt!»

Sentence glaubte, eine Spur von Panik herauszuhören.

Der erste Sprecher stiess ein paar unflätige Verwünschungen aus, bevor er rief: «Wir dürfen nicht noch mehr Zeit vertrödeln! Kommt zurück, damit wir endlich abhauen können! Wenn die Bullen seinen Wagen und eine weggeworfene MP finden, werden sie annehmen, dass etwas schiefgegangen ist und er nicht an das Geld rankam, nachdem er die beiden Nieten erschossen hat! Sie werden sich dann schon an seine Fersen heften! Wir lassen im Vorbeiweg noch die Luft aus einem Vorderreifen, damit das Ganze plausibel wirkt – und dass er sich nicht doch noch mit der Karre aus dem Staub machen kann! Aber jetzt macht endlich vorwärts!»

Gleich darauf war das Geräusch eines sich nähernden Fahrzeugs zu vernehmen, das rasch lauter wurde.

«Da kommt jemand! Schnell weg!»

Sekunden später heulte ein Motor auf. Ein Getriebe krachte mehrmals erbärmlich, bis das Wendemanöver abgeschlossen war und sich der Wagen mit hoher Motordrehzahl entfernte.

Sentence sprang auf, so schnell es seine vollgesogenen Kleider zuliessen, um einen Blick auf das Fluchtfahrzeug zu erhaschen. Es war ein Kastenwagen, vermutlich grau. Mit hundertprozentiger Sicherheit liess sich das allerdings nicht feststellen, denn heute war alles grau.

Das aus der entgegengesetzten Richtung kommende Auto, das die Gangster in die Flucht geschlagen hatte, hielt beim Geldtransporter. Sentence machte sich wieder klein und wartete ab. Kurz darauf wendete der Wagen und entfernte sich rasch.

Langsam richtete sich Jack Sentence auf und sah sich nach allen Seiten um. Ausser dem Unfallfahrzeug war nichts mehr da, was nicht hierhergehörte. Die vor Nässe triefenden Kleider klebten an seinem Körper und behinderten ihn in seiner Bewegungsfreiheit, als er steifbeinig auf den Geldtransporter zuging. Um ein Haar hätte er das quer über die Strasse gezogene Nagelbrett übersehen. Deshalb also war der Wagen ins Schleudern geraten und in den Baum geknallt.

Ein kurzer Blick in den Fahrerraum des Transporters genügte, um zu erkennen, dass für die beiden Sicherheitsmänner jede Hilfe zu spät kam. Ohne etwas zu berühren, wandte sich Sentence ab und marschierte los. Vielleicht gelang es ihm ja doch noch, den hinterhältigen Plan der Mörderbande zu durchkreuzen, indem er es fertigbrachte, seinen Wagen vor der Polizei zu finden und sich unbemerkt aus dem Staub zu machen. Wobei es schon an Zynismus grenzte, bei diesen Wetterverhältnissen überhaupt nur an Staub zu denken.

Weit entfernt vom Tatort konnte sein Auto logischerweise nicht abgestellt worden sein, und der MP-Schütze durfte es auch nicht besonders gut versteckt haben, da die Polizei es ja finden sollte. Folglich musste er nur den Weg, den er gefahren war, zurückgehen und nach geeigneten Stellen Ausschau halten.

Keine fünfzig Meter weiter fand er eine solche Stelle und damit auch seinen Wagen direkt am linken Strassenrand. Der Gangster hatte anscheinend keine besonders hohe Meinung von den Fähigkeiten der örtlichen Polizei. Mit grosser Erleichterung stellte Sentence fest, dass noch alle vier Räder rund waren; offensichtlich war es den Schurken das Risiko nicht wert gewesen, einen Zwischenstopp einzulegen, um Luft abzulassen. Den Zündschlüssel hatte der MP-Schütze erwartungsgemäss mitgehen lassen, aber wenigstens war die Fahrertür nicht abgeschlossen.

Während er den Wagen kurzschloss und sogleich losfuhr, überlegte Sentence, wie er bei einer allfälligen Polizeikontrolle seinen neptunähnlichen Zustand begründen sollte. Aber da er keine Angelrute mit sich führte und wohl auch kaum als Botaniker mit Spezialgebiet Wasserpflanzen durchgehen konnte, fiel ihm keine plausible Erklärung ein. So entschied er sich schliesslich dafür, möglichst gar nicht erst in die Nähe von Strassensperren und Kontrollpunkten zu geraten.

Dies bedingte jedoch, dass er einen Warteraum abseits der Strasse fand, wo man ihn nicht so ohne Weiteres entdeckte. Er erinnerte sich an eine Abzweigung mit einem Hinweisschild oder Wegweiser, dessen Beschriftung er allerdings nicht hatte lesen können. Vielleicht lohnte es sich ja, danach Ausschau zu halten und es sich genauer anzusehen.

Ein paar Minuten später fuhr er daran vorbei und hätte es beinahe nicht bemerkt, da sich die Scheiben inzwischen trotz voll aufgedrehtem Fahrzeugheizungsgebläse stark beschlagen hatten. Er stoppte, setzte die paar Meter mehr oder weniger blind zurück und drehte das Fenster herunter. *Kurstätte Landruhe* stand in schwarzen Buchstaben auf dem hellgrauen Schild. Na also! Das klang doch gar nicht so schlecht. Vielleicht konnte er dort sogar seine nassen Lumpen trocknen oder sich andere Kleider borgen. Allerdings musste er sein Auto vorher irgendwo verstecken, damit er sein Aussehen halbwegs glaubhaft begründen konnte.

Im Schritttempo liess er den Wagen über den Kiesweg rollen, bis vor ihm ein kleines Wäldchen aus dem Regen auftauchte. Zwischen einigen noch relativ jungen Bäumen machte er eine Lücke aus, die ein paar Meter lang und breit genug zu sein schien.

Eine knappe Minute später brach Sentence mehrere Zweige und kleinere Äste ab, die er so an der Fahrzeugfront platzierte, dass die glänzende Stossstange, die Scheinwerfergläser und die Frontscheibe verdeckt waren, und marschierte zum Weg zurück. Dort drehte er sich um und warf einen prüfenden Blick auf sein Werk. Perfekt war es sicher nicht, aber die notdürftige Tarnung bot zumindest einen gewissen Schutz vor einer zufälligen Entdeckung.

Während sich Jack Sentence in flottem Marschtempo durch Wind und Regen kämpfte, überlegte er, weshalb man ihm einen solch üblen Streich gespielt hatte. Seine ihm unbekannten Auftraggeber hatten sich über einen harmlosen Ganoven, den er völlig unerwartet in einer zwielichtigen Kneipe wiedergetroffen hatte, angeheuert. Ein kleiner, einfacher, zwar nicht sonderlich gut bezahlter, dafür aber legaler Auftrag. Vollkommen ungefährlich. Bei dem Gedanken daran schnaubte Sentence wütend. Von wegen! Eine ganz gemeine, hinterhältige Falle war es! Man hatte aus ihm einen Mörder machen wollen, der bei einem Raubüberfall auf einen Geldtransporter die beiden Sicherheitsleute kaltblütig mit einer Maschinenpistole niedergemäht hatte und dabei dämlich genug gewesen war, in die Schussbahn der einzigen Kugel zu laufen, die von seinen Opfern abgegeben worden war!

Er kniff die Augen noch mehr zusammen, als er es der Witterung wegen ohnehin schon tat, und ballte die Fäuste. Notfalls würde er die Namen der Mistkerle, die hinter dieser Schweinerei steckten, aus dem Mittelsmann herausprügeln! Aber zunächst einmal musste er ungeschoren aus dieser Gegend wegkommen.

Als er wenig später nach einer Richtungsänderung die Umrisse eines grossen Gebäudes hinter ein paar mächtigen Bäumen erblickte, hatte sich Sentence wieder etwas beruhigt.

Privat! Zutritt für Unberechtigte verboten! Das Schild an der Mauer neben dem schmiedeeisernen Tor war nicht zu übersehen und deutlich grösser als jenes, welches ihm mit den vertrauten Worten *Kurstätte Landruhe* bestätigte, dass er sein Ziel erreicht hatte. Ausserdem wirkte es irgendwie unpassend; es schien erst nachträglich angebracht worden zu sein.

Da das Tor geschlossen und gerade niemand zu sehen war, kletterte Sentence über die knapp zwei Meter hohe Mauer und liess sich auf der anderen Seite langsam daran herunter. Er hatte keine Lust, bei diesem Sauwetter noch länger als unbedingt notwendig seine kostbare Zeit zu vertrödeln.

Während er zielstrebig auf das Hauptgebäude zuhielt, sah er sich aufmerksam um. Beim Anblick des grauen Kastenwagens neben einem kleinen Anbau zuckte Sentence zusammen. Aber für einen Rückzieher war es bereits zu spät. Der Mann, der gerade hinter dem Fahrzeug zum Vorschein kam, hatte ihn bereits entdeckt und starrte zu ihm herüber.

Sentence setzte sein harmlosestes Gesicht auf und ging direkt auf den Kerl mit der Regenjacke und dem Filzhut zu, der ihm grimmig entgegensah. Alles hing jetzt davon ab, dass man ihm seine Geschichte vom defekten Auto abnahm.

«Können Sie nicht lesen?», schnauzte ihn das unangenehm aussehende Knautschgesicht an, als sich Sentence ihm bis auf wenige Meter genähert hatte. «Das ist Privatareal! Zutritt nur nach telefonischer Anmeldung! Los, verschwinden Sie, bevor ich ungemütlich werde!»

«Entschuldigen Sie bitte mein Eindringen», begann Sentence und hob beschwichtigend seine Hände, «aber ich hatte ganz in der Nähe eine Autopanne und müsste dringend mal telefonieren. Scheint was mit dem Motor zu sein; die Karre ist plötzlich stehengeblieben.»

«Was für einen Wagen fahren Sie denn?» Es klang lauernd, und der misstrauische Ausdruck in den schmutziggrauen Augen verstärkte diesen Eindruck noch.

«Einen weissen Käfer», log Sentence und versuchte, dabei nicht an seinen grünen Ford zu denken. «Hat schon öfters Probleme gemacht, aber noch nie so wie jetzt. Vielleicht …»

«Was ist hier los?», unterbrach ihn eine Stimme hinter seinem Rücken, die ihn förmlich elektrisierte. Der MP-Killer, der seinen Wagen umgeparkt hatte!

Langsam drehte sich Sentence um. Obwohl er schon das Knautschgesicht ausgesprochen unsympathisch fand, war seine Abneigung gegen diesen skrupellosen Mörder noch weitaus grösser. Es kostete ihn einige Überwindung, ein einigermassen freundliches Gesicht zu machen.

«Er hat eine Panne mit seinem Käfer und will telefonieren», übernahm Knautschgesicht an seiner Stelle das Antworten, bevor Sentence den Mund öffnen konnte.

«Aus welcher Richtung kommen Sie denn?» Die kalten Augen starrten Sentence durchdringend an.

«Von da hinten», antwortete Sentence wahrheitsgemäss und deutete über die Schulter seines Gegenübers. «Ich bin fremd hier und konnte den Namen des Ortes bei dem Sauwetter nicht erkennen.»

«Na gut. Kommen Sie!» Er ging voraus und führte Sentence unter dem Vordach zu einem Nebeneingang des Hauptgebäudes, hinter dessen Tür ein Telefon an der weissen Wand hing. Wortlos deutete er auf den Apparat.

«Kennen Sie vielleicht eine Reparaturwerkstatt oder einen Abschleppdienst hier in der Nähe?», erkundigte sich Sentence höflich.

Der Mann überlegte kurz und nickte dann. «Beck. Der arbeitet hin und wieder aushilfsweise in einer Werkstatt und kennt sich mit Motoren recht gut aus. Der müsste das eigentlich hinkriegen. Notfalls kann er Sie ja immer noch abschleppen. Und seine Nummer kenne ich auswendig.»

Er hob den Hörer ab und drehte an der Wählscheibe.

Während er dem Freizeichen lauschte, fragte er beiläufig: «Warum sind eigentlich Ihre Kleider so dreckig?»

Sentence schnaubte in gespielter Empörung. «Ich bin auf dem Weg hierher über einen Ast gestolpert und hingefallen», antwortete er ärgerlich.

«Willi? Manfred hier. Hör zu, ich habe hier jemanden, der eine Autopanne hat und Hilfe braucht. Sieh dir die Sache doch mal an! Und enttäusch mich nicht, schliesslich habe ich dich empfohlen! Moment, ich gebe ihn dir.»

Sentence griff nach dem Hörer, den ihm der andere hinhielt. «Hallo? Ja, genau. Der Motor hat plötzlich zu stottern angefangen und ist dann ganz ausgefallen.»

Nachdem er seinem Gesprächspartner eine Stelle beschrieben hatte, die irgendwo nahe der Abzweigung, die zu diesem Grundstück führte, an der Strasse liegen konnte, bedankte sich Sentence und gab den Hörer zurück. Angesichts der widrigen Umstände verzichtete er darauf, nach trockenen Kleidern zu fragen.

«Könnten Sie mir das Tor öffnen?», bat Sentence, als sie das Haus wieder verlassen hatten.

«Wozu? Reingekommen sind Sie ja auch bei geschlossenem Tor. Und jetzt verschwinden Sie endlich!»

Wortlos wandte sich Sentence ab, um der Aufforderung Folge zu leisten. Aber er würde wiederkommen. Sehr bald.

2. Kapitel

Mit äusserster Vorsicht näherte sich Sentence seinem Autoversteck. Er hielt es zwar nicht für sehr wahrscheinlich, dass er dort bereits von Polizeibeamten erwartet wurde, aber leichtsinnig in eine Falle tappen wollte er ja schliesslich auch nicht. In seiner momentanen Lage konnte er sich nicht den geringsten Fehler erlauben, wenn er nicht in den Knast wandern – oder noch schlimmer – ins Gras beissen wollte. Wenn man wie er zur falschen Zeit am falschen Ort war, konnte das unter Umständen übel ausgehen.

An einer Stelle zwischen ein paar Bäumen, von der sich die nähere Umgebung des Verstecks gut überblicken liess, verweilte er mehrere Minuten lang reglos. Doch abgesehen vom Regen, der mittlerweile etwas nachgelassen hatte, und dem dafür immer stärker werdenden Wind blieb alles ruhig.

Entschlossen setzte sich Sentence wieder in Bewegung. Mit immer längeren Schritten eilte er seinem Auto entgegen. Wenn dieser Willi Beck auftauchte, musste er mit seinem angeblichen Pannenfahrzeug dort sein, wo der ihn vorzufinden erwartete. Andernfalls würde es mit Sicherheit nicht lange dauern, bis die beiden Schurken davon erfuhren. Und dann musste er sich nicht bloss vor der Polizei in Acht nehmen. Dann würde ihm ausserdem die Mörderbande im Nacken sitzen und alles daransetzen, ihn für immer zum Schweigen zu bringen. Wie skrupellos sie waren, hatte er ja aus nächster Nähe miterlebt. In diesem Moment bedauerte er zutiefst, seinen Smith & Wesson Model 29 nicht mitgenommen zu haben. Mit den 44er Magnum Geschossen aus dem 6½ Zoll langen Lauf würde er sich sogar bei diesen Mistkerlen Respekt verschaffen; Maschinenpistolen hin oder her!

Mit ein paar raschen Bewegungen fegte er das als Tarnung dienende Grünzeug beiseite, stieg ein und fuhr los. Bis zur Abzweigung fuhr er so schnell es die Verhältnisse zuliessen, aber kurz bevor er die Strasse erreicht hatte, drosselte er das Tempo, hielt an, stieg aus und spurtete die letzten Meter.

Mit einem Blick in beide Richtungen vergewisserte er sich, dass die Luft rein war, rannte zum Auto zurück und fuhr anschliessend langsam vom Kiesweg auf die Strasse. Als sich alle vier Räder auf dem Asphalt befanden, stoppte er erneut, legte den Rückwärtsgang ein und setzte mit heulendem Motor gut hundert Meter zurück. Dort liess er den Wagen vorwärts seitlich von der Strasse rollen, damit die verräterischen Spuren im Gras in die richtige Richtung führten.

Eilig stieg er aus, riss die Motorhaube auf, ging zum Kofferraum und schnappte sich das Warndreieck, um es ein paar Meter hinter dem Fahrzeug am Strassenrand aufzustellen. Gerade als ihm der Gedanke kam, auch noch den Warnblinker einzuschalten, vernahm er hinter sich schnell näherkommendes Motorgeräusch. Er strich die Warnblinkanlage gedanklich und beugte sich stattdessen über den Motor.

Kurz darauf hielt ein rostiger Kombi dicht hinter dem vermeintlichen Pannenfahrzeug. Sentence richtete sich auf und blickte dem vierschrötigen Fahrer entgegen, der sich schwerfällig aus dem Wagen wuchtete und mit schweren Schritten auf ihn zukam. Besonders vertrauen-erweckend sah der Bursche nicht aus, aber da Sentence inzwischen dessen Kollegen kennengelernt hatte, über-raschte ihn das keineswegs.

«So, die Karre hat also den Geist aufgegeben», kam der Mann im ölverschmierten Overall ohne Begrüssung di-rekt zur Sache, während er seine Schirmmütze festhalten musste, damit sie ihm der Wind nicht vom Kopf riss. «Was genau ist denn passiert?»

Sentence hob die Schultern und liess sie mit hilflosem Gesichtsausdruck wieder sinken. «Keine Ahnung. Ich verstehe nichts davon. Der Motor ist einfach plötzlich abgestorben. Und das bei diesem Sauwetter! Ich bin voll-kommen durchnässt! Und kalt ist mir auch!»

«Vielleicht ist Ihnen der Sprit ausgegangen.»

«Daran habe ich zuerst auch gedacht, aber der Tank ist noch fast halbvoll!», ereiferte sich Sentence und blickte seinem Gegenüber zum ersten Mal direkt in die Augen, die seinem Blick sofort auswichen. «Aber vielleicht ist ja das Öl ausgelaufen! Einem Bekannten meiner Frau ist das vor fünf Jahren passiert! Oder waren es vier? Ja, ich glaube, es war vor vier Jahren, kurz bevor das Miststück mit unseren Ersparnissen abgehauen ist! Wenn ich daran denke …»

«Ohne Öl hätte der Motor blockiert!» Willi Beck wirkte irgendwie angespannt.

«Das hat er nicht!», rief Sentence triumphierend. «Das hätte ich bestimmt gemerkt!»

«Zweifellos», murmelte Beck und sah sich nervös um. «Aber prüfen Sie sicherheitshalber trotzdem den Öl-stand, damit wir das definitiv ausschliessen können! Ich gebe Ihnen einen Lumpen.»

Während Sentence Anstalten machte, der Aufforderung nachzukommen, und langsam den Messstab herauszog, registrierte er aus den Augenwinkeln, wie Becks rechte Hand in der Tasche des Overalls verschwand und mit einem Spickmesser wieder zum Vorschein kam. Noch während er die Klinge hervorschnellen sah, fuhr er blitzschnell herum und packte das rechte Handgelenk des Angreifers.

Sein Gegner erwies sich als stärker als erwartet. Mit der ganzen Masse seines Körpers drängte ihn der Brocken rückwärts gegen den Wagen und klemmte ihn zwischen sich und der Fahrzeugfront regelrecht ein, während die Klinge gefährlich dicht vor seinem Bauch schwankte. Sentence, der die Kante der Motorhaube unangenehm im Genick spürte, hatte alle Mühe, Becks Messerhand am Zustossen zu hindern. Lange würde er dem Druck nicht mehr standhalten können.

In diesem Augenblick wurde ihm bewusst, dass an seinem linken Zeigefinger noch immer der Ölmessstab hing. In seiner Verzweiflung liess er Becks Handgelenk mit der linken Hand los, umfasste stattdessen den Messstab wie einen Degen und stiess damit beherzt zu. Die Spitze des biegsamen Metalls streifte Willi Becks rechte Wange und glitt weiter in sein Auge.

Brüllend wich Beck einen Schritt zurück und griff sich mit der linken Hand ins Gesicht. Sentence schnellte vor und versuchte, ihm das Messer zu entwinden. Doch sein kräftiger Gegner riss sich mit einem heftigen Ruck los und rannte davon. Wütend jagte Sentence ihm hinterher und sprang ihn wie eine Raubkatze von hinten an, um ihn zu Fall zu bringen.

Mit einem Schrei, der in ein gurgelndes Röcheln überging, schlug Willi Beck auf dem nassen Asphalt auf. Als Sentence ihn am Kragen packte und umdrehen wollte, zuckte er erschrocken zurück. Beck war auf sein eigenes Messer gefallen! Auch das noch!

Gehetzt sah sich Sentence nach allen Seiten um. Wenn jetzt die Polizei angebraust kam und ihn über einen Toten gebeugt vorfand, war er geliefert! Er konnte ohnehin von Glück reden, wenn er einigermassen Heil aus diesem Schlamassel herauskam, ohne als Raubmörder verdächtigt und verhaftet zu werden.

Während er zu seinem Wagen zurückhastete, den Ölmessstab an seinen Platz zurücksteckte, die Motorhaube zuknallte und sich auf den Fahrersitz warf, überlegte er fieberhaft, was zu tun war. Noch bevor der Motor wieder zum Leben erwacht war, hatte er sich entschieden. Er musste zurück zum Geldtransporter.

Vorsichtig manövrierte er den Wagen am Toten vorbei und beschleunigte dann rasch. Er hoffte inständig, dass die Polizei inzwischen am Tatort war, denn darauf beruhte sein neuer Plan. Kein halbwegs vernünftiger Mörder würde kurz nach der Tat an den Ort seines Verbrechens zurückkehren, wenn es dort bereits von Polizisten wimmelte – es sei denn, er wollte sich stellen. Wäre er jedoch in die andere Richtung gefahren und in eine Strassensperre geraten, hätte man ihn in seiner durchnässten und schmutzigen Kleidung wohl unweigerlich für den Mörder von Willi Beck gehalten – und womöglich auch für einen gescheiterten Geldtransporträuber.

Als er die rotierenden Blaulichter vor sich sah, atmete er erleichtert auf. Normalerweise machte Jack Sentence einen grossen Bogen um alles, was auch nur im Entferntesten mit Gesetzeshütern zu tun hatte. Schliesslich bewegte er sich mit seinen dubiosen Geschäften nur allzu oft hart am Rande der Legalität – und manchmal zuge-gebenermassen auch ein bisschen darüber hinaus. Aber jetzt war er wirklich froh, die Streifenwagen zu sehen. Und ausserdem hatte er sich diesmal ja auch nicht das Geringste zuschulden kommen lassen.

Während er etwas Tempo wegnahm und unbeirrt auf die Absperrung zuhielt, entschied er sich für die Rolle des gesetzestreuen Spiessbürgers, der zum ersten Mal mit einem abscheulichen Verbrechen in Kontakt gekom-men und entsprechend entsetzt darüber war.

Die rote Signalkelle des uniformierten Beamten neben der Absperrung und die Maschinenpistole seines Kame-raden veranlassten Sentence, den Wagen in respektvol-lem Abstand zum Stehen zu bringen. Dem energischen Winken des Kellenschwenkers nach zu urteilen, dessen Gesicht einen ärgerlichen Ausdruck annahm, hatte er es wohl ein wenig übertrieben. Also liess er sein Auto nochmals ganz langsam ein Stück weiterrollen. Und diesmal schien es weit genug zu sein. Jedenfalls ruckte der Lauf der MP nach oben und veranlasste ihn zu einem augenblicklichen Stopp.

Langsam näherte sich der Polizist mit der Signalkelle, während Sentence angesichts der unverändert auf ihn gerichteten Waffe sein Fenster ganz vorsichtig herunter-drehte.

«Sie können hier nicht durch! Drehen Sie …!»

«Da hinten liegt ein Toter auf der Strasse!», unterbrach Sentence den Beamten aufgeregt. «Ermordet! Mit einem Messer! Stellen Sie sich das einmal vor! Da fährt man nichtsahnend …!»

«Wo?», fiel ihm der Uniformierte scharf ins Wort.

«Etwa einen Kilometer von hier! Ich dachte zuerst, dass da jemand eine Panne hat, als ich den Wagen am Strassenrand sah, und wollte helfen! Und dann das! Damit rechnet man ja überhaupt nicht, dass einem so etwas passiert!»

«Eugen», wandte sich der Polizist an seinen Kollegen, «hol den Inspektor! Es sieht so aus, als seien die Täter in diese Richtung geflüchtet! Offenbar gibt es ein weiteres Opfer!»

«Ein weiteres Opfer? Was ist denn hier eigentlich passiert?» Sentence gab sich Mühe, erschrocken auszusehen.

«Ein Überfall auf einen Geldtransporter», verkündete der Beamte mit wichtiger Miene. «Mehr darf ich Ihnen nicht sagen.»

«Das ist ja schrecklich! Und das am helllichten Tag! In was für einer Welt leben wir bloss?»

Während Sentence noch überlegte, ob er es nicht etwas übertrieb, wurde er auch schon mit misstrauischem Unterton gefragt: «Warum sind Sie eigentlich so patschnass und verdreckt?»

«Ich sagte doch schon, dass ich dem Fahrer des vermeintlichen Pannenfahrzeugs helfen wollte. Natürlich habe ich sofort ordnungsgemäss meinen Warnblinker eingeschaltet und das Warndreieck am Strassenrand aufgestellt! Dabei bin ich ausgeglitten und in eine Pfütze gefallen! Und mein Auto habe ich jetzt auch versaut!» In den beiden letzten Sätzen schwang deutlich erkennbarer Ärger mit.

Bevor der argwöhnische Streifenpolizist etwas erwidern konnte, näherte sich mit schnellen Schritten ein Mann in Zivil, dicht gefolgt von Eugen mit der MP.

«Was gibt's, Schwarz?» Der grossgewachsene Mann

25

mit der Brille würdigte den Angesprochenen keines Blickes, sondern musterte bereits aufmerksam den Autofahrer.

«Dieser Herr hat mir eben einen weiteren Toten gemeldet, der etwa einen Kilometer von hier erstochen bei seinem Wagen auf der Strasse liegen soll.»

«Worauf warten Sie dann noch? Nehmen Sie einen Kollegen mit und sehen Sie nach! Oder muss ich das auch selber machen?»

Schwarz drehte sich wortlos um und verschwand hinter der Absperrung, die Eugen so weit zur Seite zog, dass ein Auto problemlos passieren konnte.

Mit einem verbindlichen Lächeln streckte der Kriminalbeamte Sentence die Hand vor die Nase. «Zeigen Sie mir doch mal Ihre Papiere, Herr …!»

«Sentence, Herr Kriminaloberinspektor. Mein Name ist Jack Sentence.»

Der Inspektor zeigte ein überraschtes Gesicht. «Das klingt nicht sehr deutsch. Amerikaner?»

«Der Krieg … Sie wissen schon … ich bin danach hiergeblieben», gab Sentence entschuldigend zur Antwort und freute sich insgeheim, dass er den Kerl offenbar richtig eingeschätzt hatte. Jedenfalls hatte er den von ihm absichtlich falsch genannten Dienstgrad nicht korrigiert. Hätte er den Inspektor mit einem zu niederen Rang angesprochen, wäre die Reaktion bestimmt augenblicklich erfolgt. Darauf würde er jede Wette eingehen.

«Verstehe. Steigen Sie bitte aus! Ein Kollege wird Ihre Aussage zu Protokoll nehmen. Danach können Sie weiterfahren – allerdings in die Richtung, aus der Sie gekommen sind. Die Strasse bleibt gesperrt, bis wir alle Spuren gesichert haben.»

Gehorsam folgte Sentence dem Inspektor, dessen Namen er nicht kannte, zu einem VW-Bus mit offener Schiebetür.

«Das ist Herr Sentence. Nehmt ein Protokoll mit ihm auf und lasst ihn danach wieder gehen! Und gebt sein Kennzeichen an alle Streifen durch!»

«Wozu das denn?», entfuhr es Sentence.

«Möchten Sie lieber, dass man Sie alle paar hundert Meter anhält und kontrolliert?» Das Lächeln des Inspektors wirkte mitleidig.

«Natürlich nicht!», versicherte Sentence schnell. «Vielen Dank, Herr Kriminaloberinspektor! Sie werden den Fall bestimmt schnell lösen!»

Der eitle Beamte hob sein Kinn um einige Zentimeter. «Davon können Sie ausgehen!»

Nachdem der dicke Beamte hinter der Schreibmaschine seine Schilderung der Ereignisse im Adlersystem auf Papier gehämmert hatte, zog er das Blatt behutsam heraus und legte es vor Sentence auf den kleinen Tisch.

«Unterschreiben Sie bitte hier!» Der fleischige Zeigefinger hinterliess einen Schweissfleck auf dem Protokoll. «Falls wir noch weitere Fragen haben sollten, wissen wir ja, wo Sie zu erreichen sind.»

Sentence griff nach dem schweissnassen Stift und nickte eifrig. Dort würde man ihn in den nächsten Tagen mit Sicherheit nicht antreffen!

Als er wenig später an den beiden Streifenbeamten vorbeifuhr, die sich um den verblichenen Willi Beck kümmern mussten, winkte er ihnen freundlich zu. Da dieser Schwarz für seinen Geschmack etwas zu misstrauisch war, verzichtete er jedoch darauf, anzuhalten und sein Warndreieck zu holen.

Als das Blaulicht im Rückspiegel nicht mehr zu sehen war, entspannte sich Sentence etwas. Wenn der Dicke den Befehl seines Vorgesetzten ausgeführt und über Funk seinen Freifahrtschein durchgegeben hatte, war er fürs Erste aus dem Gröbsten raus. Sobald sich der Rummel gelegt hatte und es in dieser Gegend nicht mehr von Polizisten wimmelte, würde er sich den Schurken widmen, die ihn in eine derart hinterhältige Falle gelockt hatten!

Vergeblich zerbrach er sich den Kopf darüber, was man mit der ganzen Aktion bezwecken wollte. Der Transporter war ja nicht ausgeraubt worden. Daran, dass die Gangster dafür einfach zu dämlich gewesen waren, glaubte er nicht. Dafür war das Ganze zu professionell aufgezogen worden. Und abgesehen von Willi Beck, der gegen ihn glücklicherweise den Kürzeren gezogen hatte, schienen seine Gegenspieler eiskalte und mit allen Wassern gewaschene Profis zu sein.

Dies führte ihn zur nächsten logischen Erkenntnis: Er würde Unterstützung brauchen, wenn er sich mit diesen hartgesottenen Kerlen anlegen wollte. Eine Art Rückversicherung, die ihm den Hals rettete, wenn es hart auf hart kam. Jemand, auf den man sich bei Gefahr zu hundert Prozent verlassen konnte. Der kampferprobt und erfahren genug war, um selbst gegen eine Übermacht bestehen zu können. Ein Profi, wenn es darum ging, hinter den feindlichen Linien zu überleben. Man konnte es drehen und wenden, wie man wollte: Er kannte nur einen Mann, auf den dies alles zutraf.

3. Kapitel

Der darauffolgende Tag zeigte sich von seiner besten Seite. Am strahlend blauen Himmel änderten ein paar Quellwolken träge ihre Form, während sich die Sonne erfolgreich bemühte, die Niederschläge der vergangenen Stunden vergessen zu machen.

Gutgelaunt öffnete Quint nach einem erstaunten Blick auf seine Uhr bereits nach dem ersten Klingeln die Tür. Doch seine gute Laune verflog augenblicklich, als er in das Gesicht mit den stets zusammengekniffenen, oft genug spöttisch blickenden Augen und der markanten Nase über dem sorgfältig gestutzten Schnurrbart des unsäglichen Jack Sentence blickte. Einen Augenblick lang war er versucht, die Tür gleich wieder vor dem ungebetenen Besucher zuzuknallen.

«Hallo Quint.» Ein gequältes Lächeln erschien auf dem Galgenvogelgesicht. «Ich kann mir vorstellen, was Sie jetzt denken. Aber hören Sie mich wenigstens an, bevor Sie mir mit Ihrer Tür das Nasenbein brechen! Es ist wirklich wichtig!»

Irgendetwas am Gesichtsausdruck des treulosen Halunken veranlasste Quint, seinen ursprünglichen Gefühlen zu widerstehen und wortlos die Tür freizugeben.

«Danke.» Sentence betrat den Gang und folgte Quint ins Wohnzimmer.

«Schiessen Sie los, ich habe nicht viel Zeit!» Quint dachte nicht im Traum daran, seinem unerwünschten Gast etwas zu trinken anzubieten.

«Also, ich bin da in etwas hineingeschlittert, eine unangenehme Sache …», begann Sentence umständlich, als er Quint gegenübersass. «Man hat innerhalb einer halben Stunde zweimal versucht, mich umzubringen!», stiess er schliesslich aufgebracht hervor und ballte zornig die rechte Hand zur Faust.

Quint lächelte dünn. «Wen haben Sie denn diesmal wieder aufs Kreuz zu legen versucht? Sie werden es wohl nie lernen.»

Sentence schüttelte energisch den Kopf. «Niemanden! Das ist es ja! Die Sache vor einem Jahr war mir eine Lehre! Man hat *mich* in eine heimtückische Falle gelockt, und ich weiss noch nicht einmal, warum!»

«Vielleicht wollte sich einer Ihrer zwielichtigen Kumpane für eine Lumperei revanchieren. Ich bin ja bestimmt nicht der einzige Geschäftspartner, den Sie in Ihrer fragwürdigen Karriere schamlos hintergangen haben. Und bei dem Gesindel, mit dem Sie sich abgeben, muss man immer mit einer Kugel oder einem Messer im Rücken rechnen, nicht wahr?»

«Natürlich gibt es hin und wieder einen Kleinkriminellen, der sich ungerecht behandelt fühlt und mir eins auswischen will», räumte Sentence ein. «Aber das hier ist etwas völlig anderes! Man hat sozusagen ein regelrechtes Attentat auf mich geplant, und als es fehlschlug, hat man mir gleich nochmals einen Killer auf den Hals gehetzt!»

«Na, dann erzählen Sie mal der Reihe nach! Aber fassen Sie sich kurz! Ich bin verabredet.» Quint lehnte sich auf seinem Sofa zurück und hörte den Schilderungen seines Gegenübers aufmerksam zu, ohne den Redeschwall zu unterbrechen.

Als Sentence schliesslich mit seinen Ausführungen fertig war, rieb sich Quint nachdenklich das Kinn. «Das ist tatsächlich eine sehr merkwürdige Geschichte», gab er zu.

«Verstehen Sie jetzt, warum mir das Ganze keine Ruhe lässt? Ich muss wissen, wer dahintersteckt und weshalb man mich beseitigen will!»

«Und so ganz nebenbei auch nachsehen, ob nicht irgendwo der Inhalt eines schon früher geknackten Geldtransporters herumliegt», ergänzte Quint grinsend. «Ist es nicht so?»

«Gegen etwas Schmerzensgeld wäre wohl nach allem, was ich in den letzten Stunden durchgemacht habe, nichts einzuwenden!», knurrte Sentence mit finsterem Gesicht.

«Und wieso sind Sie zu mir gekommen? Nach allem, was Sie sich bei unserem gemeinsamen Unternehmen im vergangenen Jahr geleistet haben, können Sie ja wohl kaum ernsthaft glauben, dass ich jemals wieder in irgendeiner Form mit Ihnen zusammenarbeiten werde – und schon gar nicht bei irgendwelchen krummen Touren!»

«Wieso krumme Touren?», brauste Sentence auf. «Würden Sie an meiner Stelle nicht genauso handeln? Ausserdem sind wir quitt! Das haben Sie selbst gesagt, als wir uns damals getrennt haben!»

«Ja, wir sind quitt.» Quint beugte sich vor und fixierte Sentence mit hartem Blick. «Aber das heisst noch lange nicht, dass ich so verrückt bin, mich nochmals auf ein Abenteuer mit Ihnen einzulassen! Mein Bedarf an einer Zusammenarbeit mit Ihnen ist restlos gedeckt, Sentence! Sie verschwenden bloss Ihre Zeit – und was noch viel schlimmer ist, meine auch!»

«Ich kann Sie ja sogar ein Stück weit verstehen», gestand Sentence zerknirscht und erhob sich ebenfalls, als Quint aufstand. «Aber ich brauche jemanden, der mir den Rücken freihält und mich im schlimmsten Fall raushaut, wenn es brenzlig wird. Einen verlässlichen Joker im Hintergrund, der notfalls die richtigen Entscheidungen trifft und sie auch umsetzen kann. Wer wäre dafür besser geeignet als ein ehemaliger Geheimagent von Ihrem Format?»

«Lassen Sie das Süssholzraspeln! Wir sind beide nicht mehr die Jüngsten, und was mit meiner linken Hand los ist, wissen Sie ja.»

«Ja, das weiss ich», bestätigte Sentence und begann zu grinsen. «Ich erinnere mich allerdings noch sehr gut daran, wie Sie sich aus dieser feindseligen Burg abgeseilt haben – schneller als ich mit zwei gesunden Händen!»

«Trotzdem! Sie müssen sich einen anderen Dummen suchen! Ich verspüre absolut keinen Drang, mich mit einer skrupellosen Mörderbande anzulegen! Und Ihretwegen schon gar nicht!»

Sentence nickte schweigend und folgte Quint zur Tür. «Aber vielleicht würden Sie mir ja trotzdem einen Gefallen tun.»

«Nämlich?», fragte Quint ohne Begeisterung.

«Die Polizei alarmieren, wenn Sie innert zwei Tagen nichts von mir hören, damit sie diese Kurstätte Landruhe auf den Kopf stellt.»

Quint sah ihn betroffen an und nickte dann langsam. «Das werde ich. Viel Glück!»

«Danke.» Sentence lächelte schwach und verschwand.

Tief in Gedanken versunken ging Quint langsam ins Wohnzimmer zurück und liess sich in seinen Lieblingssessel fallen.

Als es zum zweiten Mal an diesem Tag an seiner Wohnungstür klingelte, fuhr er erschrocken hoch. Diesmal musste es Ingrid sein!

«Hallo Quint! Schön, Sie wiederzusehen!» Mit vor Vergnügen leuchtenden Augen strahlte ihn Ingrid Sommer an, während sie sich herzlich die Hände schüttelten.

«Hallo Ingrid! Die Freude ist ganz meinerseits! Sie haben sich ja überhaupt kein bisschen verändert! Wollen wir gleich los?»

«Das müssen wir wohl. Ich bin ein bisschen spät, weil ich vom Hotel aus noch meine Tante angerufen habe. Aber wir schaffen es bestimmt noch rechtzeitig!»

Quint grinste. «Unverbesserlich optimistisch wie immer! Ich nehme an, Sie wollen fahren?»

Ingrid lachte. «Natürlich! Wer sonst?»

Als sie wenig später im Vorführsaal des Kinos sassen und gespannt auf den Beginn des Agententhrillers warteten, während dessen Dreharbeiten sich Quint und Sentence ebenfalls in geheimer Mission in der alten Festung herumgetrieben hatten, kicherte Ingrid leise.

Quint wandte ihr den Kopf zu und sah sie fragend an.

«Ich musste gerade daran denken, wie Sie mir erzählt haben, dass Sentence die armen Gendarmen ganz schön auf Trab gebracht hat. Was er jetzt wohl gerade macht?»

«Ja, was macht er wohl gerade?», murmelte Quint.

«Achtung, es geht los!» Ingrid richtete sich auf ihrem Sitz kerzengerade auf.

Der Film war für Quint eine willkommene Ablenkung. Zu Beginn schweiften seine Gedanken zwar immer wieder zum Besuch von Sentence, aber nach einer Weile war auch er ganz gebannt von den sich überschlagenden

Ereignissen auf der Leinwand. Es war schon ein spezielles Erlebnis, gewissermassen an den Ort zurückzukehren, an dem sie sich damals mit Verbrechern, Gendarmen und sowjetischen Geheimagenten hatten herumschlagen müssen – auch wenn es nicht real, sondern lediglich durch das Anschauen eines Films geschah.

Bei einigen Szenen konnte sich Quint ein kurzes Lachen nicht verkneifen. Die Burschen auf der Leinwand waren besser, als er es während seiner ganzen aktiven Zeit jemals gewesen war. Aber im Gegensatz zu damals waren die wirklich gefährlichen Aktionen hier ja auch nicht echt.

Als dann endlich die langersehnte Szene kam, wegen der er in erster Linie hier war, sass auch er mucksmäuschenstill da und starrte fasziniert auf die schöne Blondine, die ihn damals aus grossen Augen verwundert angesehen hatte. Ingrids verstohlener Seitenblick und ihr vergnügtes Lächeln blieben ihm jedenfalls verborgen.

Sie standen erst auf, als der Abspann ganz zu Ende war und die Lichter angingen.

«Na, wie hat Ihnen die Vorstellung gefallen?», erkundigte sich Ingrid schmunzelnd. «Bereuen Sie jetzt, dass man Ihnen keine Statistenrolle gegeben hat?»

Quint schüttelte lachend den Kopf. «Der Requisiteur hatte schon recht, als er zu mir sagte, dass ich eine Hauptrolle spiele. Ohne den guten Smitty und natürlich seinen tüchtigen Gehilfen Herkules hätten wir es nie geschafft, diesen widerlichen Kramer unschädlich zu machen. Apropos – gibt es diesbezüglich schon Neuigkeiten?»

Ingrid nickte eifrig, als sie ins Freie traten. «Ja! Die Ermittlungen werden wieder aufgenommen! Die Chancen, dass mein Bruder Rolf nach so langer Zeit endlich doch noch rehabilitiert wird, stehen ziemlich gut!»

«Das freut mich! Dann hat sich der ganze Aufwand zumindest von daher gelohnt!»

Während sie sich in einem gemütlichen Wirtshaus bei ein paar Tassen Kaffee noch eine Weile über ihr gemeinsames Abenteuer unterhielten, ertappte sich Quint dabei, dass seine Gedanken wieder zunehmend um Sentence kreisten. Was mochte er wohl gerade tun? War er bereits wieder unterwegs in die Höhle des Löwen?

«Sie hören mir ja gar nicht mehr richtig zu», drang Ingrids tadelnde Stimme in sein Bewusstsein. «Geistert die Blondine mit der Maschinenpistole in Ihrem Kopf herum?»

Quint lächelte. «Das ist Ihnen also nicht entgangen.»

«Natürlich nicht. Frauen merken alles! Aber einen besonders glücklichen Eindruck machen Sie nicht gerade. Ich glaube, Sie beschäftigt ein ganz anderes Problem.»

Seufzend lehnte sich Quint zurück. «Sentence war bei mir, bevor Sie kamen. Er scheint ziemlich in Schwierigkeiten zu stecken und wollte, dass ich ihm helfe.»

«Sie haben abgelehnt.»

«Ja.»

«Und jetzt regt sich Ihr Gewissen und Sie fragen sich, ob Sie falsch gehandelt haben. So ist es doch, oder?»

Quint nickte. «Er hat mein Vertrauen schändlich missbraucht und Sie dadurch in Lebensgefahr gebracht. Das habe ich ihm noch nicht verziehen.»

«Aber er hat mir danach auch das Leben gerettet und sich für seine Fehler entschuldigt. Worum hat er Sie denn gebeten?»

«Ich sollte ihm den Rücken freihalten, während er sich

auf einem Gelände umsieht, auf dem seiner Meinung nach nicht alles mit rechten Dingen zugeht. Offenbar ein Sanatorium oder Erholungsheim. Kurstätte Landruhe.»

Ingrid zuckte wie unter einem Peitschenhieb zusammen. «Kurstätte Landruhe?», flüsterte sie. Alle Farbe war aus ihrem hübschen Gesicht gewichen.

«Sie kennen es?»

«Meine Tante verbringt dort ihren Lebensabend. Ich habe Ihnen doch erzählt, dass ich kurz mit ihr telefoniert habe. Sie schien mir etwas verwirrt zu sein, obwohl sie eigentlich geistig und körperlich noch ganz gut beieinander ist. Aber jetzt mache ich mir ernsthaft Sorgen!»

«Wieso verwirrt? Was hat sie denn gesagt?»

«Nur, dass irgendetwas Seltsames vor sich gehe. Mehr wollte sie mir am Telefon nicht sagen. Ich werde sie morgen besuchen.» Sie sah Quint flehend an. «Begleiten Sie mich?»

«Vielleicht sollte ich das wirklich.»

4. Kapitel

Für die wenigen Menschen, denen er unterwegs begegnete, war der mit Rucksack, Sonnenhut und einem stabilen Wanderstock ausgestattete Fremde ein harmloser Naturfreund, der nach den starken Regenfällen des Vortags das schöne Wetter im Freien genoss. Dieser Eindruck täuschte allerdings und hätte unweigerlich in offenes Misstrauen oder gar Furcht umgeschlagen, wenn der Inhalt des geräumigen Rucksacks für sie sichtbar gewesen wäre.

Um in keine Polizeikontrolle zu geraten, hatte Jack Sentence vorsichtshalber sein Auto auf einem Parkplatz am Ortsrand abgestellt und sich von dort zu Fuss auf seinen Rachefeldzug begeben. Nach dem brutalen Überfall konnte es einige Zeit dauern, bis sich die Polizei wieder etwas beruhigt und ihre Aktivitäten in der Gegend auf ein normales Mass reduziert haben würde.

Mit grimmiger Entschlossenheit verliess er den Fussweg an einer einsamen Stelle und hielt direkt auf den Wald zu. Der Blick auf eine Landkarte erübrigte sich, da er sich den Weg vor seinem Aufbruch sehr genau eingeprägt hatte. Wenn er hier fertig war, würde es vermutlich – abgesehen von ein wenig Mondlicht, sofern die aufziehenden Wolken nicht überhandnahmen – stockdunkel sein, und ausserdem war es gut möglich, dass er es dann sehr eilig hatte und ihm keine Zeit für ein Kartenstudium blieb.

Von Zeit zu Zeit blieb er kurz stehen und sah sich

wachsam nach allen Seiten um. Man konnte nie wissen, ob man nicht plötzlich einen Schatten mit sich schleppte, der sich einen Deut um den Stand der Sonne und die Gesetze der Natur scherte.

Als zwischen den Bäumen die Mauer vor Sentence auftauchte, verschwand gerade die Sonne hinter den Hügeln. Ideale Voraussetzungen für sein gewagtes Vorhaben. Genau wie geplant. Er wandte sich nach rechts und ging ohne Hast auf die kleine Anhöhe zu. Von dort oben würde er zumindest einen Teil des innerhalb der Einfriedung gelegenen Areals überblicken können. Und die Zufahrt kannte er ja bereits.

Bevor er den kleinen Hügel erklomm, blieb er stehen, setzte den Rucksack ab und entnahm ihm eine zusammengefaltete Plastikfolie und ein Fernglas, das er sich um den Hals hängte. Den Hut quetschte er ohne Rücksicht auf Verluste in eine Seitentasche. Anschliessend förderte er aus seinem Taschentuch ein Stück Holzkohle zutage und schwärzte sich damit das Gesicht.

Nachdem er eine dünne, schwarze Jacke angezogen und den Rucksack wieder geschultert hatte, bewegte er sich vorsichtig zwischen den Bäumen die leichte Steigung hinauf. Geduckt arbeitete er sich Meter für Meter zwischen den Stämmen der Buchen und einiger Tannen vor, bis er den Dachgiebel des Hauptgebäudes erkennen konnte. Mit einem Lächeln, das bei Jack Sentence immer etwas spöttisch wirkte, selbst wenn es wie jetzt Zufriedenheit oder Genugtuung ausdrücken sollte, quittierte er diesen Umstand. Er befand sich dort, wo er es für ideal hielt: Im Rücken seiner Gegner. Und diesmal würde das Überraschungsmoment auf seiner Seite sein!

Wie ein indianischer Späher, der sich auf dem Kriegspfad befand, pirschte er sich noch etwas näher an das Grundstück heran und breitete dann die Plastikfolie vor sich auf dem feuchten Waldboden aus. Kurz darauf lag er gut getarnt hinter ein paar morschen Ästen, den Rucksack und den Stock in Griffweite neben sich, und setzte sein Fernglas an die Augen.

Langsam liess er den Blick über die Gebäude, denen er in Kürze einen heimlichen Besuch abstatten würde, und die offenen Flächen dazwischen schweifen. Natürlich konnte er von seinem Standort nicht alles einsehen, aber für einen groben Eindruck von dem, was ihn erwartete, reichte es vollkommen.

Beherrscht wurde die gerodete Fläche innerhalb der Mauer logischerweise vom Hauptgebäude, über dessen gesamte Rückseite sich ein Vordach erstreckte und sich bis zur Hälfte der von Sentence aus gesehen rechten Seite weiterzog. Dort befand sich der Nebeneingang mit dem Telefon, mit dem ihm diese gemeinen Schurken ihren Komplizen Willi Beck auf den Hals gehetzt hatten.

Auf der linken Seite hatte man einen kleinen Park mit einer grossen Terrasse und einem kleinen Teich angelegt. Rechts vom Hauptgebäude, etwa zehn Meter entfernt, befand sich eine Remise, in der Sentence das Heck des grauen Kastenwagens erkennen konnte. Offenbar gehörte das Fahrzeug tatsächlich hierher. Dicht an der Mauer direkt unter ihm schliesslich, kaum einen Steinwurf entfernt, befand sich ein relativ grosser Schuppen. Dort würde er mit der Suche nach Antworten auf seine Fragen beginnen.

Gerade als er das Fernglas sinken lassen wollte, lief ihm ein Mann vor die Linsen. Sentence drehte am Rädchen, bis das Bild gestochen scharf war und er direkt in die abstossende Visage von Knautschgesicht blickte.

«Na warte, Freundchen», murmelte Sentence grimmig. «Gleich komme ich euch besuchen.»

Als der Kopf aus seinem Sichtfeld verschwunden war, liess Sentence den Feldstecher sinken. Während er geduldig auf die Dunkelheit wartete, liess er das Grundstück nie länger als ein paar Sekunden aus den Augen. Das war die Zeitspanne, die er jeweils benötigte, um sich mit einem kurzen Rundumblick zu vergewissern, dass aus keiner anderen Richtung Gefahr drohte.

Dann war es endlich so weit. Die Nacht forderte ihr Recht ein und drehte den Docht der Lampe ganz herunter. Vorsichtig zog sich Sentence zurück. Am Fuss des Hügels tauschte er das Fernglas und die Plastikfolie gegen eine Stablampe und eine Strickleiter sowie ein paar weitere, kleine Utensilien. Den Rucksack deponierte er so im Unterholz, dass er aus einer Entfernung von mehr als drei Metern nicht mehr zu sehen war.

Schritt für Schritt arbeitete er sich langsam auf die Mauer zu, sorgfältig darauf bedacht, kein verräterisches Geräusch zu verursachen. Der geringste Fehler konnte den Tod bedeuten, denn dass sie skrupellos waren, hatten seine Gegner hinlänglich bewiesen.

Vor der Mauer blieb er stehen und lauschte angestrengt. Doch es waren keine Stimmen zu vernehmen. Nichts deutete darauf hin, dass sich ausser ihm noch jemand im Freien aufhielt. Nach einer Minute rollte er die Strickleiter aus und band die beiden verlängerten Seile um einen Baum. Das andere Ende warf er mit einem eleganten Schwung über die Mauer. Natürlich war ihm dies keine grosse Hilfe beim Eindringen ins Feindgebiet. Aber dafür bei seinem – hoffentlich geordneten –

Rückzug. Und erst recht, falls es sich stattdessen um eine überhastete Flucht handeln sollte.

Behände kletterte er auf die Mauer und liess sich sofort auf der anderen Seite wieder hinunter. In gebückter Haltung verharrte er und lauschte erneut, bevor er sich aufrichtete und zum Schuppen schlich.

Bedauerlicherweise war das zweiteilige Tor verschlossen, so dass Sentence nichts anderes übrig blieb, als einen Dietrich zu bemühen. Was ihm daran am meisten missfiel, war der Umstand, dass er sich dazu mit dem Rücken zum grossen Haus hinstellen musste. Das war eine Position, die er ganz und gar nicht mochte!

Wenige Sekunden später zog er mit äusserster Konzentration den rechten Flügel Zentimeter um Zentimeter auf. Bei Nebengebäuden wie diesem bestand stets die Gefahr, dass die Scharniere im dümmsten Moment quietschten, was verheerende Folgen haben konnte. Als der Spalt endlich breit genug war, schlüpfte Sentence rasch hindurch und schloss die Öffnung ebenso langsam wieder.

Im Schein der Stablampe verschaffte er sich einen ersten Überblick. Das Resultat war nicht sehr ermutigend. Hier wurden Garten- und Forstwerkzeuge, eine Schubkarre, ein Ölfass und diverse Utensilien aufbewahrt, deren Verwendungszweck teilweise nicht auf Anhieb erkennbar war. Jedenfalls fiel ihm nichts auf, das eine nähere Untersuchung erfordert hätte. Etwas enttäuscht knipste Sentence die Lampe aus und verliess den Schuppen so vorsichtig wie er ihn betreten hatte.

Auf leisen Sohlen näherte er sich dem grossen Haus. Die meisten der zur Remise hin gelegenen Fenster im Erdgeschoss und im ersten Stock waren hell erleuchtet.

Er interessierte sich jedoch in erster Linie für das Keller-geschoss. Von seinem ersten Besuch wusste er, dass es dorthin praktischerweise über eine Rampe einen direkten Zugang von aussen gab.

Im nächsten Moment zuckte Sentence erschrocken zusammen und blieb wie angewurzelt stehen. Direkt hinter ihm hatte jemand eine Tür geöffnet und murmelte etwas Unverständliches. Dann fiel die Tür krachend ins Schloss. Vollkommen regungslos stand Sentence da und horchte angespannt. War die Person wieder ins Haus zurückgegangen oder nicht?

Das tiefe Ein- und Ausatmen liess die leise Hoffnung wie eine Seifenblase platzen. Der Störfaktor war noch da, und er befand sich offenbar kaum mehr als zwei Meter entfernt hinter seinem Rücken! Angriff oder Flucht? Noch war der Vorteil auf seiner Seite. Aber während sich die Augen seines potentiellen Gegners an die Dunkelheit gewöhnten, sanken seine Chancen, unbemerkt zu bleiben, rapide! Er musste sich entscheiden! Sofort!

Gerade als er herumwirbeln und angreifen wollte, vernahm er das leise Seufzen, dem unmittelbar das Geräusch einer entschlossen heruntergedrückten Türklinke folgte. Noch während Sentence zum Schluss kam, dass es sich der Stimme nach um eine Frau handeln musste, wurde die Tür auch schon wieder geschlossen – diesmal wesentlich behutsamer als zuvor.

Als auch nach einer halben Minute nichts mehr zu hören war, setzte er sich erleichtert wieder in Bewegung. Offenbar gab es hier auch Personal, das nicht mit Maschinenpistolen herumhantierte. Allerdings wurde die Gefahr einer Entdeckung dadurch nicht kleiner.

Vor der zweiflügeligen Tür am Fuss der Rampe verharrte er lauschend fast zwei Minuten lang, bevor er sich dem Schloss widmete. Mit einem leisen Knacken kapitulierte es schliesslich. Behände schlüpfte Sentence in die undurchdringliche Dunkelheit des Kellergeschosses und machte die Tür geräuschlos hinter sich zu.

In kurzem Abstand liess er seine Lampe zweimal hintereinander aufblitzen und prägte sich die Anordnung der vom Gang abgehenden Türen ein. Die erste war direkt rechts neben ihm und führte in die Wäscherei. Obwohl es ihm nicht sehr wahrscheinlich erschien, dort das erhoffte Geldversteck zu finden, betrat er den Raum.

Noch bevor er die Tür hinter sich zuziehen konnte, ging draussen das Licht an. Rasch drückte sich Sentence in eine Ecke und verhielt sich mucksmäuschenstill. Stimmen näherten sich. Männerstimmen, die er kannte!

«So ganz geheuer ist mir das immer noch nicht. Wenn uns der Chef auf die Schliche kommt, wird es gewaltigen Ärger geben! Vielleicht hätten wir doch lieber die Finger davon lassen sollen!»

«Dafür ist es jetzt zu spät. Aber solange wir nicht den Fehler machen, mit dem Geld um uns zu schmeissen, und du dich nicht vor lauter Angst verplapperst, wird auch keiner merken, dass wir etwas für uns abgezweigt haben. Also reiss dich zusammen!»

Die beiden Gangster mussten sich jetzt direkt vor der Wäscherei befinden. Sentence hörte, wie eine Tür leise quietschte. Offenbar wollten sie in den gegenüberliegenden Raum. War das Geld dort versteckt? Leise schlich er zur Tür zurück, die im selben Moment aufgestossen wurde. Vor ihm stand Knautschgesicht und starrte ihn wie einen Geist an.

Sentence versetzte dem verdutzten Schurken einen

harten Stoss gegen die Brust und rannte an ihm vorbei zum Ausgang. Während er die Tür aufriss und ins Freie stürmte, hörte er den anderen befehlen: «Los, hinterher! Nimm meine Lampe! Ich hole die Schrotflinte!»

Sentence legte einen Zahn zu. Mit Schrotladungen hatte er schon Bekanntschaft gemacht, und er legte keinen Wert darauf, diese zu vertiefen! Widerwillig zog er die Lampe aus der Jackentasche und knipste sie an. Er würde eine ausgezeichnete Zielscheibe abgeben, aber blindlings durch die Finsternis zu hetzen war keine Option.

Kurz bevor er die rettende Strickleiter erreicht hatte, krachte hinter ihm der erste Schuss. In vollem Lauf warf er sich zu Boden, und noch während er mit den Ellbogen hart aufschlug, hörte er die Schrotkugeln gegen die Schuppenwand klatschen. Fast gleichzeitig fiel auch schon der zweite Schuss.

Er sprang auf, rannte die letzten Meter, kletterte in Windeseile die Leiter hoch und brachte mit einem gewagten Sprung die schützende Mauer zwischen sich und die verhasste Flinte. Geschafft! Darauf bedacht, möglichst leise, aber dennoch zügig voranzukommen, tastete er sich der Mauer entlang nach rechts zur Ecke und von dort weiter, wieder in Richtung Hauptgebäude. Auf der anderen Seite seines Schutzwalls hörte er seine Häscher schnell näherkommen.

«Hier ist er also reingekommen! Na, der traut sich ja was! Da hat uns Willi, dieser elende Versager, ja was Schönes eingebrockt! Aber weit kann er noch nicht sein! Los, klettere rüber und scheuch ihn auf! Ich postiere mich auf der Mauer und knalle ihn ab, wenn du ihn aus seinem Versteck treibst!»

Sentence entfernte sich noch ein Stück weiter von seinen Jägern, die ihn offensichtlich trotz seines aus Tarnungsgründen für seine nächtliche Tätigkeit geschwärzten Gesichts wiedererkannt hatten, und kletterte dann wieder über die Mauer zurück auf das gastfreundliche Grundstück. Solange ihn die beiden dort hinten suchten, hatte er freie Bahn bei seiner Suche nach dem Geld. Er spürte, dass er ganz nahe dran war. Er konnte es schon förmlich riechen!

Geduckt schlich er der Gebäudefassade entlang, vorbei an der Tür, vor der ihm die Frau einen gehörigen Schreck eingejagt hatte, um die Ecke und die Rampe hinab, schlüpfte wieder ins Haus und ging direkt auf die quietschende Tür zu. Erfreulicherweise war sie nicht abgeschlossen, so dass er sich nicht lange auf dem hellerleuchteten Gang aufhalten musste.

Sentence machte sich nicht die Mühe, den tadellos aufgeräumten Technikraum im kärglichen Schein seiner Stablampe zu durchsuchen. Da auf dem Gang ohnehin Licht brannte und er die Tür hinter sich zugemacht hatte, konnte er auch hier drin einigermassen gefahrlos von den Vorzügen der Elektrizität Gebrauch machen. Aber wo sollte hier Geld versteckt sein? Etwas ratlos blickte er sich um. Hier schien es nichts Überflüssiges zu geben. Alles hatte seinen Platz, selbst das Werkzeug war ordentlich an der Wand über der kleinen Werkbank befestigt.

Nachdenklich rieb er sich das Kinn, bis er merkte, dass seine Hand schwarz war. Weshalb hatte Knautschgesicht ihn entdeckt? Musste er seine Suche doch in der Wäscherei fortsetzen? Hatte der andere Lump hier nur etwas holen wollen, während sein hässlicher Gehilfe schon vorausgegangen war?

Wieder und wieder wanderte sein Blick durch den Raum, über den grossen Heizkessel, die Wasserleitungen, die kleine Werkzeugkiste neben der Werkbank ... dort vielleicht? Ohne grosse Hoffnung ging er darauf zu und klappte den Holzdeckel auf. Darunter befand sich ein relativ flacher Einsatz mit diversen Schraubendrehern und Zangen. Er hob ihn hoch und starrte sekundenlang wie hypnotisiert auf die Geldbündel darunter.

Doch dann kam Bewegung in ihn. Der Reissverschluss seiner linken Jackentasche sauste nach unten, und eine mehrfach säuberlich zusammengefaltete Umhängetasche aus Stoff kam zum Vorschein. Während er in die Kiste griff, fiel ihm gerade noch rechtzeitig ein, dass zumindest eine Hand schwarze Spuren auf den schönen Banknoten hinterlassen würde. Also förderte er aus den unergründlichen Tiefen seiner Jacke ein paar dünne Handschuhe zutage und zog sie an, bevor er die Bündel hastig in die Tasche stopfte.

Als die Kiste rein optisch wieder so war, wie er sie vorgefunden hatte, eilte Sentence zur Tür und löschte das Licht. Im Zeitlupentempo drückte er die Klinke herunter und spähte kurz darauf durch einen schmalen Spalt zwischen Türblatt und Rahmen. Alles ruhig. Vorsichtig verliess er den Raum und schloss die Tür hinter sich. Mit drei grossen Schritten war er beim Ausgang und verfuhr hier ebenso.

Von seinen Gegnern war nichts zu hören, aber zu seinem grossen Leidwesen musste er feststellen, dass der Mond gerade hinter einer Wolke hervorkroch und es von Sekunde zu Sekunde heller wurde. Entschlossen eilte er die Rampe hinauf. Je länger er wartete, desto schwieriger würde es werden, von hier wegzukommen. Nach einem wachsamen Rundumblick rannte er geduckt zur Remise hinüber, deren Schatten ihn grosszügig aufnahm und vor dem verräterischen Mondlicht schützte.

So weit, so gut. Im Freien standen seine Chancen, einer neuerlichen direkten Konfrontation mit den beiden Schurken zu entgehen, wesentlich besser als in einem Gebäude, das sie wie ihre Westentasche kannten. Aber vom Grundstück runter war er damit immer noch nicht, und das konnte unter den gegebenen Umständen sehr schwierig werden – und sehr gefährlich! Falls die beiden der Ansicht waren, dass er immer noch in der Gegend herumschlich und es möglicherweise wagen würde, hier nochmals aufzutauchen, war das Risiko, doch noch einer Ladung Schrot in die Quere zu kommen, sehr gross. Und durchlöcherte Banknoten konnten unangenehme Fragen aufwerfen. Irgendwie sass er hier fest.

Die Stimmen ganz in der Nähe rissen Sentence aus seinen düsteren Gedanken. Sie kamen! Er musste sich verstecken, und zwar schnell! Aber wo? Der Kastenwagen! Dort drin würden sie ihn bestimmt nicht suchen. Hoffentlich war er nicht abgeschlossen! Er huschte zum Fahrzeug hinüber und versuchte mit angehaltenem Atem, die Hecktür zu öffnen. Es ging!

Als die Männer sich so weit genähert hatten, dass er sie verstehen konnte, hatte Sentence die Tür bereits vollkommen geräuschlos geschlossen und sass einigermassen zufrieden im Laderaum des Wagens.

«Es hilft alles nichts. Wir müssen den Chef wohl oder übel informieren. Ausserdem habe ich keine Lust, die ganze Nacht hier draussen Wache zu schieben. Ich kann mir nicht vorstellen, dass der Mistkerl so abgebrüht ist, nochmals hier aufzutauchen, nachdem ihm zwei Ladungen Schrot um die Ohren geflogen sind. Los, steig ein!»

Der Wagen schaukelte, als die beiden ins Fahrerhaus stiegen. Die Türen wurden zugeknallt. Widerwillig erwachte der Motor zum Leben. Der Kies knirschte leise, als das Fahrzeug den Weg zum Tor unter die Räder nahm.

Nach dem ersten Schreck fand Sentence es ganz praktisch, das Grundstück auf diese Weise zu verlassen. Irgendwo zwischen dem Tor und der Strasse würde er sich diskret aus dem Staub machen und seinen Rucksack holen. Und dann ab nach Hause – zum grossen Geldzählen!

Der Wagen hielt, schwankte, als der Beifahrer ausstieg, rollte weiter und stoppte erneut. Als der Beifahrer wieder eingestiegen war, machte sich Sentence bereit. Seine rechte Hand umfasste behutsam den Türgriff, während sich das Fahrzeug wieder in Bewegung setzte. Noch war es zu früh. Er wollte warten, bis sie etwas schneller fuhren und es dementsprechend länger dauern würde, den Wagen wieder zum Stehen zu bringen und aus dem Fahrerhaus zu springen, um ihn zu verfolgen. Denn dass er vollkommen unbemerkt aussteigen konnte, war ziemlich unwahrscheinlich. Vermutlich würde die Tür entweder gegen die Seitenwand knallen oder wieder zuschlagen, sobald er draussen war.

Seine Muskeln spannten sich. Noch nicht … immer noch nicht … jetzt! Er drückte auf den Griff. Aber der liess sich keinen Zentimeter bewegen.

5. Kapitel

«Da ist es!» Ingrid sass kerzengerade auf dem Beifahrersitz und zeigte auf eine Stelle rund zwanzig Meter vor ihnen.

Quint nahm etwas Gas weg. «Ziemlich unscheinbar, diese Abzweigung.»

«Beim ersten Mal bin ich glatt daran vorbeigefahren und habe es noch nicht einmal gemerkt», bestätigte Ingrid lachend.

«Da ich Ihren Fahrstil kenne, wundert mich das überhaupt nicht», bemerkte Quint grinsend. «So, wie Sie rasen, bleibt für Seitenblicke kaum Zeit.»

«Sehen Sie lieber zu, dass Sie die Kurve kriegen! Die Reaktionszeit alter Männer lässt bekanntlich ziemlich zu wünschen übrig!»

«Was hat das mit mir zu tun? Ich bin Anfang fünfzig.»

«Eben.»

In gemächlichem Tempo brachten sie die Strecke zum Tor hinter sich. Quint runzelte angesichts der geschlossenen Flügel die Stirn, sagte aber nichts.

«Etwas seltsam finde ich es ja schon, dass das Tor zu dieser Tageszeit nicht offen steht.» Ingrid machte ein besorgtes Gesicht. «Man könnte wirklich denken, dass es hier etwas zu verbergen gibt. Hoffentlich ist Sentence wohlauf!»

«Der kann ganz gut auf sich aufpassen. Sie kennen ihn ja. Ich werde jetzt klingeln.» Quint stellte den Motor ab und stieg aus. Ihm gefiel die Sache gar nicht. Aber er

49

wollte seine Begleiterin nicht noch mehr beunruhigen. Energisch drückte er auf den Klingelknopf und liess ihn erst nach mehreren Sekunden wieder los.

Es dauerte fast fünf Minuten, bis sich endlich etwas rührte und schliesslich ein Fahrradfahrer hinter dem Tor hielt und umständlich von seinem Stahlross stieg. Er war Quint auf Anhieb unsympathisch.

«Sind Sie angemeldet? Zu wem wollen Sie?»

«Ja, wir sind angemeldet», antwortete Quint langsam und musterte den übernächtigt wirkenden Pförtner aufmerksam. «Frau Mader erwartet uns.»

Missmutig schloss der Mann das Tor auf und öffnete die Flügel. «Zimmer zwölf», brummte er, ohne Quint anzusehen.

«Der hat sich ja ganz schön Zeit gelassen», murmelte Ingrid, als sie das Tor passiert hatten. «Und besonders vertrauenerweckend sieht er auch nicht aus.»

Quint parkte den Wagen ein paar Meter abseits des grossen Gebäudes. «Dann wollen wir mal!»

Ingrid übernahm die Führung, da sie sich ja zumindest ein bisschen auskannte. Direkt hinter der Eingangstür befand sich ein kleiner Empfang, der aber momentan nicht besetzt war. Quint war angenehm überrascht. Der Eingangsbereich war freundlich und hell. Er hatte eher eine düstere Räuberhöhle oder eine sterile Klinik erwartet.

«Wir müssen da hinauf.» Ingrid steuerte auf eine breite Steintreppe zu. «Das Zimmer ist im ersten Stock.»

Vor der Tür mit der Nummer zwölf blieb sie stehen und klopfte sachte. Fast augenblicklich wurde geöffnet, und eine gemütlich aussehende Frau strahlte ihre beiden Besucher aus wachen Augen an.

«Da bist du ja, mein Liebes!» Sie umarmte Ingrid herzlich und schüttelte Quint die Hand. «Und einen Begleiter hast du auch mitgebracht! Kommt herein! Ich freue mich so über euren Besuch!»

Nachdem Ingrid ihrer Tante Quint vorgestellt hatte, setzten sie sich an einen Tisch und tranken Kaffee. Während sich die beiden Frauen angeregt unterhielten, liess Quint seinen Blick durch das Zimmer schweifen. Es gefiel ihm. Hier war es fast so behaglich wie bei ihm zuhause. Wenn man so dasass, fiel es schwer, sich die Kurstätte als Hort zwielichtiger Machenschaften vorzustellen. Aber der Schein trog ja leider nur allzu oft.

Schliesslich lenkte Ingrid das Thema auf den eigentlichen Grund ihres Besuchs: «Tante Hanna, du hast am Telefon etwas gesagt, was mich sehr beunruhigt hat. Was hast du damit gemeint, dass hier seltsame Dinge geschehen?»

Die alte Dame beugte sich mit ernstem Gesicht vor und sagte leise: «Ja, es ist wirklich so. Manchmal setze ich mich nachts ans Fenster, wenn mich die Gicht plagt und ich nicht schlafen kann. Dabei habe ich zweimal etwas sehr Seltsames beobachtet.»

Sie brach irritiert ab, als sich Quint erhob und lautlos zur Zimmertür ging. Mit einem Ruck riss er die Tür auf. Der Pförtner zuckte erschrocken zurück und richtete sich aus seiner gebeugten Haltung auf.

«Der Horcher an der Wand hört seine eigene Schand!», dozierte Quint mit kalter Stimme und knallte ihm die Tür vor der Nase zu.

«Verzeihen Sie bitte mein unhöfliches Verhalten, Frau Mader», wandte er sich mit einem entschuldigenden Lächeln an seine Gastgeberin und setzte sich wieder.

«Ach was!», winkte sie ab. «Ich kann den unangenehmen Kerl nicht ausstehen! Und nennen Sie mich ruhig auch Tante Hanna, junger Mann!»

Quint verkniff sich ein schadenfrohes Grinsen und sah Ingrid verstohlen von der Seite an. Ihre Tante hatte offensichtlich einen realistischeren Bezug zu seinem Alter.

«Böckmann ist hier der Hauswart, müssen Sie wissen», fuhr Tante Hanna fort. «Ständig schleicht er irgendwo herum und macht lange Ohren. Wenn der Graf wüsste, was er sich da für ein faules Ei ins Nest geholt hat, würde er ihn bestimmt auf der Stelle entlassen. Wir haben uns schon mehrmals über ihn beschwert, aber Grimm, der Verwalter, hält ihm die Stange. Die beiden stecken ständig zusammen.»

«Der Graf? Meinen Sie damit den Besitzer dieser Kurstätte?» Quint hatte sich interessiert vorgebeugt.

Tante Hanna seufzte. «Ja, der alte Graf von Blauenfels. Ein herzensguter Mann. Aufrichtig und grosszügig. Er hat viel für die Menschen in dieser Gegend getan. Früher war er oft hier und hat sich mit seinen Gästen unterhalten. Aber seit ein paar Monaten hat er sich nicht mehr blicken lassen. Man munkelt, dass er schwer krank ist und deshalb die Öffentlichkeit meidet. Er soll sein Schloss seither nicht mehr verlassen haben.»

«Er lebt in einem richtigen Schloss?» Ingrids Augen leuchteten begeistert.

«Ja, natürlich. Schloss Blauenfels. Kennst du es etwa nicht? Es ist herrlich gelegen; auf einem markanten Felsen, wie der Name schon sagt, umgeben von Wäldern und Wiesen, ein paar Kilometer von hier, zwischen Giersbach und Oberberg. Ein kleines, schmuckes Schloss wie aus einem Märchenbuch, mit Türmchen und Zinnen.

Du musst es dir unbedingt einmal ansehen, es wird dir bestimmt gefallen!»

Ingrid nickte begeistert. Dann fiel ihr wieder ein, dass Tante Hanna ihnen die merkwürdigen Vorkommnisse noch gar nicht geschildert hatte, und ihre Miene verfinsterte sich. Sie wollte gerade nachhaken, aber Quint kam ihr zuvor.

«Ich habe Sie vorher unhöflicherweise unterbrochen, als Sie uns von Ihren nächtlichen Beobachtungen erzählen wollten», erinnerte er die Tante.

«Ja, richtig. Das war ziemlich genau vor einem Monat. Also, wie ich da so am offenen Fenster sass und den Sternenhimmel betrachtete, hörte ich auf einmal Stimmen. Zwei oder drei Männer unterhielten sich leise. Leider konnte ich nicht verstehen, worum es ging. Dann entfernten sie sich, und gleich darauf hörte ich unseren Wagen wegfahren. Danach war alles still. Ich bin dann noch etwa eine Stunde sitzengeblieben, aber der Wagen kam nicht zurück. Am Morgen, als wir frühstückten, stand er mitten auf dem Platz. Grimm und Böckmann waren bis zum Mittagessen nirgends zu sehen. Vermutlich haben sie länger geschlafen.»

«Erinnern Sie sich noch, um welche Zeit der Wagen wegfuhr?»

«Kurz nach Mitternacht.» Die Antwort kam so prompt und bestimmt, dass keinerlei Zweifel an ihrer Richtigkeit bestehen konnten.

«Sie sprachen von zwei Ereignissen, wenn ich Sie richtig verstanden habe.»

«Genau.» Die alte Dame lächelte. «Sie sind ein aufmerksamer Gesprächspartner. Das gefällt mir. Vor genau zwei Wochen hat sich der seltsame Vorgang praktisch haargenau wiederholt. Ich sass wieder am Fenster und hörte plötzlich wieder leise Stimmen. Diesmal fand die Unterhaltung direkt unter meinem Fenster statt. Da ich neugierig bin und wissen wollte, worum es ging, beugte ich mich ein wenig vor.»

Ingrid sog erschrocken die Luft ein.

«Keine Sorge, mein Liebes.» Tante Hanna tätschelte ihrer besorgten Nichte beruhigend die Hand. «Niemand hat etwas gemerkt. Und es hat sich gelohnt! Ich konnte zwar nur ein Wort verstehen, weil die Männer danach sofort verschwanden. Aber es war ein sehr interessantes Wort.»

«Nun spann uns doch nicht länger auf die Folter, Tante Hanna! Was für ein Wort war das?» Ingrid platzte beinahe vor Neugier.

«Geldtransport!»

Quint warf Ingrid einen bedeutungsvollen Blick zu und fragte vorsichtig: «Haben Sie sonst noch mit jemandem darüber gesprochen?»

«Mit keiner Menschenseele. Man würde es mir ja ohnehin nicht glauben.»

Ingrid atmete erleichtert auf und bat ihre Tante aufgeregt: «Du darfst es auch niemandem ausser uns sagen! Bitte versprich mir, dass du es sonst niemandem erzählst! Diese Leute sind sehr gefährlich!»

«Mach dir um mich keine Sorgen», beschwichtigte die alte Dame ihre Lieblingsnichte, «ich kann meinen Mund halten! Als Onkel Siegfried noch beim Zoll war, hat er mir auch manchmal Dinge erzählt, die ich für mich behalten musste.»

Ingrid musterte ihre Tante misstrauisch. «Da ist noch etwas, nicht wahr? Ich sehe dir an, dass du uns etwas verheimlichst! Gib es zu, du hast noch mehr Neuigkeiten!»

Tante Hanna nickte triumphierend. «Das Beste kommt erst jetzt: Letzte Nacht wurde hier geschossen! Zweimal!»

Die Reaktion ihrer beiden Besucher schien nicht ganz den Erwartungen der Erzählerin zu entsprechen. Ingrid hielt sich vor Schreck die Hand vor den Mund und blickte bestürzt zu Quint hinüber, der mit grimmigem Gesicht in seine Kaffeetasse starrte.

«Warum macht ihr denn so betrübte Gesichter? Grimm und Böckmann haben einen Dieb oder Einbrecher gejagt, aber er ist ihnen entwischt!» Hanna Mader grinste schelmisch. «Die beiden sahen heute Morgen ziemlich mitgenommen aus. Kein Wunder, denn viel Schlaf haben sie nicht bekommen. Sie sind nämlich mitten in der Nacht noch weggefahren, nachdem sie ihre erfolglose Jagd abgeblasen haben. Das ganze Haus war auf den Beinen, weil sie mit der Schrotflinte herumgeballert haben!»

«Und du bist sicher, dass der Einbrecher entkommen ist?», erkundigte sich Ingrid hoffnungsvoll.

Tante Hanna lachte. «Ja. Unsere beiden erfolglosen Helden sind das Gespött des Tages! Alle machen sich lustig über sie!»

«Aber vielleicht haben sie ihn ja doch getroffen, und er liegt womöglich verletzt irgendwo da draußen!»

«Das glaube ich nicht», schaltete sich Quint ein und erhob sich. «Dann hätten die beiden Männer bestimmt eine Blutspur gefunden, als sie nach ihm gesucht haben. Gibt es hier eine Toilette für Besucher?»

«Aber natürlich. Gehen Sie einfach die Treppe hinunter und dann nach rechts. Die Toilette befindet sich direkt vor dem grossen Essraum.»

«Danke.»

Quint ging die Treppe hinunter und wandte sich nach links. Er wollte die Gelegenheit nutzen, um sich hier ein wenig umzusehen. Ingrids Befürchtung, dass Sentence womöglich angeschossen worden war, hatte durchaus ihre Berechtigung. Immerhin war es dunkel gewesen. Die beiden sauberen Herren konnten die Blutspur auf dem Erdboden einfach übersehen haben.

Er grüsste die Dame am Empfang mit einem freundlichen Nicken, verliess das Gebäude und wandte sich nach rechts. Bei der Remise parkte ein Kastenwagen; das also war das Fahrzeug der beiden Spitzbuben. Das relativ grosse Grundstück mit den vielen Bäumen und dem Wald ausserhalb der Mauer war Sentence sicherlich entgegengekommen bei seinen nächtlichen Eskapaden. Ihn dort zu erwischen, war beinahe aussichtslos – sofern er tatsächlich unverletzt geblieben war. Es bestand also durchaus Hoffnung, dass er entkommen war.

Einigermassen beruhigt schlenderte er weiter. Als er sich der nächsten Gebäudeecke näherte, hörte er eine Männerstimme. Sofort blieb er stehen und spitzte die Ohren. Zunächst konnte er nichts verstehen, da sehr leise gesprochen wurde, doch dann wurde es besser, weil der Sprecher offenbar näherkam.

«Aber falls die Alte von Nummer zwölf tatsächlich etwas mitbekommen hat, sollten wir sie vielleicht zum Schweigen bringen. Ein Treppensturz kann manchmal sehr böse enden, gerade in diesem Alter, und …» Der Mann verstummte augenblicklich, als er um die Ecke kam und beinahe mit Quint zusammenstiess.

«Wenn ihr es wagt, die alte Dame auch nur schief anzusehen, bringe ich bei meinem nächsten Besuch meine Freunde mit», sagte Quint ganz ruhig. Doch der gefährliche Unterton in seiner Stimme war nicht zu überhören.

«Und wer soll das sein?», fragte der Verwalter spöttisch, als er sich von seiner Überraschung erholt hatte.

«Glaub mir, das willst du gar nicht so genau wissen! Jedenfalls jaulen solch dreckige Strolche wie ihr jeweils nur ganz kurz und winseln dann, bevor sie schliesslich ganz verstummen – für immer.»

«So?» Grimms Augen verengten sich, als er die Fäuste ballte. Hinter ihm umfasste der Pförtner den Hammerstiel in der rechten Hand fester.

Quint bewegte die Hand in seiner linken Jackentasche ein wenig. «Denkt nicht mal dran, oder ich blase euch das Licht aus! So, wie ihr gerade dasteht, reicht dafür eine Kugel aus. Bevor du richtig realisiert hast, dass das Projektil vorne rein und hinten wieder ausgetreten ist, steckt es bereits im Wanst deines Kumpels.»

Böckmann liess den Hammer fallen wie ein glühendes Eisen. Grimm zögerte. Schliesslich senkte er den Blick und entspannte sich.

«Du kannst schon mal das Tor öffnen!», wandte sich Quint an Böckmann, der sich vorsichtig ein wenig zur Seite bewegte, um nicht mehr direkt hinter seinem Vorgesetzten in der Schusslinie zu stehen. «Wir wollen gleich gehen. Und es liegt ganz bei euch, ob ich wiederkomme oder nicht. Los, zischt ab!»

Die beiden trollten sich. Als sie aus seinem Blickfeld verschwunden waren, setzte sich auch Quint in Bewegung. Wahrscheinlich wurde er bereits vermisst.

Als er nach kurzem Anklopfen wieder ins Zimmer trat, warf ihm Ingrid einen fragenden Blick zu, den er jedoch ignorierte.

«Sie haben es hier wirklich sehr schön, Frau ... Tante Hanna», wandte er sich an die Gastgeberin. «Ich habe mich ein wenig umgesehen. Aber jetzt wird es Zeit für uns.»

Als sie sich herzlich von Hanna Mader verabschiedet hatten und im Wagen sassen, fragte Ingrid: «Müssen wir nicht zuerst diesem Scheusal von Pförtner sagen, dass wir gehen? Das Tor ist bestimmt zu! Ich habe gesehen, dass er es hinter uns wieder geschlossen hat.»

«Er weiss Bescheid. Und sein Boss auch. Ich glaube, sie haben verstanden.»

Ingrid sah ihn von der Seite unsicher an.

Das Tor war offen. Von Böckmann war weit und breit nichts zu sehen.

«Scheint tatsächlich so, als hätten Sie sich unmissverständlich ausgedrückt», bemerkte Ingrid mit einem Lächeln, das aber sogleich wieder einer besorgten Miene wich. «Ich mache mir grosse Sorgen um Tante Hanna! Wenn dieser Böckmann gehört hat, dass sie uns etwas über seltsame Vorgänge erzählen wollte, wird er wissen, was sie damit meinte, auch wenn Sie ihn vertrieben haben! Dann könnte es sein, dass sie in grosser Gefahr ist!»

«Wie ich bereits sagte: Ich gehe davon aus, dass man meine klare Ansage kapiert hat und entsprechend berücksichtigen wird. Aber ich schlage trotzdem vor, dass Sie Ihre Tante in nächster Zeit täglich anrufen. Zumindest solange, bis wir die beiden Mistkerle aus dem Verkehr gezogen haben. Was mich im Moment aber mehr beschäftigt, ist die Frage, wo Sentence steckt.»

6. Kapitel

Mitleidig lauschte Sentence dem langanhaltenden Knurren seines Magens. Er hatte Hunger wie ein Bär. Dabei wusste er noch nicht einmal, wo er eigentlich war. Aber er wusste zumindest, dass er nicht dort war, wo er gern sein würde, nämlich in einem sicheren Schlupfwinkel beim Geldzählen. *Sein* Geld! Liebevoll tätschelte er die durch den Tragriemen mit ihm verbundene prall gefüllte Stofftasche neben sich.

Nach seiner unfreiwilligen, unbequemen und nicht enden wollenden Fahrt hatte der Transporter schliesslich doch noch gehalten. Als die beiden Fahrer seiner Meinung nach weit genug vom Fahrzeug weg gewesen waren, hatte er das gemeine Türschloss in Rekordzeit geknackt und sich in einem nahegelegenen kleinen Steingebäude versteckt. Irgendwann waren die beiden Gangster weggefahren. Aber er war immer noch hier, und das seit vielen Stunden!

Die Schritte kamen wieder näher. Wie lange wollte der Kerl denn noch hier patrouillieren? Konnte er nicht einfach irgendwo ausser Sichtweite einen Posten beziehen und ein Nickerchen machen?

Als das monotone Geräusch in unmittelbarer Nähe abrupt verstummte, sank Sentence noch ein wenig mehr in sich zusammen. Was sollte das denn nun wieder? Der stramme Wachsoldat würde doch hoffentlich nicht ausgerechnet vor seinem Versteck seine Zelte aufschlagen wollen?

Doch seine Befürchtungen wurden noch übertroffen. Das leise Quietschen, mit dem sich die alte Holztür in den Angeln drehte, liess Sentence in seiner sitzenden Haltung auf dem nicht einmal unbequemen Zementsack zur Salzsäule erstarren. Er kam hier herein!

Im hellen Streifen des durch die offene Tür des fensterlosen Raums hereinfallenden Tageslichts konnte er den Eindringling deutlich erkennen. Was er sah, gefiel ihm überhaupt nicht. Und auch der ungepflegte Bart trug keineswegs zu einem etwas wohlwollenderen Urteil bei.

Ein ausgewachsener Schwarzbär auf den Hinterbeinen hätte die Türöffnung kaum besser auszufüllen vermocht. Sentence erkannte auf Anhieb, mit welcher Sorte von Gangster er es zu tun hatte. Nämlich mit einer, der er konsequent aus dem Weg zu gehen pflegte. Dies war ein brutaler Schläger, dem es grossen Spass machte, hoffnungslos unterlegene Opfer erbarmungslos zu verdreschen. Somit schied der noch nicht einmal gefasste Plan, den unwillkommenen Besucher zu überwältigen, von vornherein aus.

Während seine Augen jeder Bewegung des Brockens argwöhnisch folgten, ohne dass sich der Kopf auch nur einen Millimeter rührte, fürchtete er, dass selbst dies schon zu viel sein und ihn verraten könnte. Solange er keinen Mucks machte, hatte er vielleicht eine Chance, unbemerkt zu bleiben – und damit ohne gebrochene Knochen!

Zielstrebig näherte sich das verabscheuungswürdige Individuum der von Sentence entferntesten Ecke, bückte sich und kramte zwischen Schaufeln, Spaten und Spitzhacken herum. Mit einem zufriedenen Brummen richtete sich der Menschenbär wieder auf. Ein leises Gluckern ertönte, gefolgt von einem Rülpser, der selbst ein Kamel in Verlegenheit gebracht hätte. Ein heimlicher Trinker! Hoffentlich nahm er die Flasche mit und liess sich hier nie wieder blicken!

Sentence war alles andere als überrascht darüber, dass sein Wunsch nicht in Erfüllung ging. Seit er diesen vermaledeiten Auftrag angenommen hatte, stolperte er von einer Misere in die nächste. Mit einem zufriedenen Grunzen wischte sich der unseriöse Wachposten das Gestrüpp in seinem Gesicht mit dem linken Ärmel ab, stellte die Flasche in ihr Versteck zurück und richtete sich wieder zu voller Grösse auf. Wenn er sich jetzt in seine Richtung drehte, war es aus! Denn dass er in dem kleinen Raum an seinem Gegner vorbeikam, war praktisch ausgeschlossen.

Diesmal war das Glück jedoch auf seiner Seite. Mit gesenktem Kopf wandte sich der Hüne dem Ausgang zu und zog ab. Nach dem obligaten Quietschen und dem markanten Geräusch des altertümlichen Schlosses, das beim Zuziehen der Tür entstand, entfernten sich die Schritte. In seinem Versteck herrschten wieder Ruhe und undurchdringliche Finsternis.

Sentence atmete tief durch. Für den Moment war die Gefahr gebannt. Aber der Säufer würde der Versuchung höchstwahrscheinlich schon sehr bald wieder nachgeben. Bis dahin musste er seine Situation massgeblich verbessert haben, denn ein zweites Mal würde die Sache wohl kaum so glimpflich ausgehen. Es gab also zwei Möglichkeiten, um den Pratzen zu entgehen, und beide waren nicht besonders erfolgversprechend. Er entschied sich für den Versuch der nachhaltigeren, aber gefährlicheren Variante.

Rasch erhob er sich und schaltete seine Lampe ein. Mit ein paar schnellen Schritten war er bei der Tür und griff nach der rostigen Klinke. Nach einer Sekunde des Zögerns drückte er sie vorsichtig nieder und öffnete die Tür ganz langsam einen Spaltbreit.

Zum ersten Mal, seit man ihn hierher entführt hatte, ohne es zu merken, sah er etwas von seiner Umgebung. Allerdings war es nicht sehr viel. Und es war auch nichts, was seine zusammengekniffenen Augen sonderlich erfreute. Mauern lösten in Jack Sentence immer zwiespältige Gefühle aus. Wenn er sich ausserhalb befand, bestand die Möglichkeit, dass dahinter etwas Lohnenswertes auf ihn wartete. Hier aber schien es sich umgekehrt zu verhalten. Und diese Mauer war sehr hoch. Zu hoch.

Natürlich war es üblich, Mauern mit Toren oder zumindest Türen auszustatten, die im Idealfall von beiden Seiten benutzt werden konnten. Davon war hier aber so weit das Auge reichte nichts zu sehen. Das war zugegebenermassen nicht besonders weit. Aber irgendwie hatte er das unangenehme Gefühl, dass es hier nur Mauerdurchgänge gab, durch die man nicht einfach nach Belieben rein- und rausspazieren konnte. Der alkoholliebende Zottelbär marschierte bestimmt nicht aus reinem Vergnügen durch die Gegend.

Er steckte die Lampe in die Jackentasche zurück und öffnete die Tür behutsam etwas weiter. Das verräterische Quietschen liess sich dadurch immerhin etwas unterdrücken. Als die Öffnung breit genug war, um sich hindurchzuzwängen, streckte er den Kopf hinaus und sah sich schnell nach beiden Seiten um. Die Luft schien rein zu sein.

Während er sich mit seiner kostbaren Tasche ins Freie

schlängelte, entschied er sich für links. Auf Zehenspitzen schlich er zur Ecke. Dort ging er in die Hocke und neigte den Kopf langsam zur Seite, bis sein rechtes Auge freie Sicht hatte. In einer Entfernung von etwa zehn Metern ragte die nächste Mauer vor ihm auf; noch imposanter und mit Zinnen. Nach allem, was er bisher mitbekommen hatte, konnte es sich hierbei nur um die Aussenmauer einer Raubritterburg handeln. Und er befand sich offenbar mittendrin!

Nach kurzem Überlegen rang er sich dazu durch, bis zur nächsten Gebäudeecke weiterzugehen. Doch bereits nach drei Schritten musste er den Rückzug antreten. Vor ihm ertönten wieder Schritte, kurzzeitig überlagert von einem atemberaubenden Rülpser. Irgendwie schien die Verdauung des Hofwächters nicht ganz richtig zu funktionieren. Aber immerhin hatte er im Gegensatz zu ihm selbst wenigstens etwas zu verdauen!

So schnell es die Rücksichtnahme auf die erforderliche Lärmvermeidung zuliess, eilte Sentence wieder in sein Versteck zurück, machte die Tür zu und zog sich im Schein seiner Lampe in den erfolgversprechendsten Winkel zurück. Nicht mehr lange, und der Fleischberg würde sich wieder einen kräftigen Schluck aus der Pulle genehmigen. Blieb nur zu hoffen, dass es sich bei seiner bevorzugten Hausmarke um billigen Fusel handelte, der blind machte!

Doch die Schritte passierten den kritischen Punkt in unvermindertem Tempo, wurden leiser, verstummten plötzlich ganz – und kamen gleich darauf wieder näher, um diesmal direkt vor der Tür erneut zu stoppen. Also doch! Die Sucht war stärker als der gute Vorsatz!

Wie schon ein paar Minuten zuvor, veränderten sich

die Lichtverhältnisse und die Geräuschkulisse in der Steinhütte. Die Flasche fand den Weg zum Mund, der Kopf neigte sich nach hinten, die durstige Kehle empfing das Feuerwasser wie die ausgetrocknete Erde den Sommerregen. Schliesslich verstummte das Gluckern. Doch statt des erwarteten Rülpsers war ein anderes Geräusch zu vernehmen.

Es dauerte einen Moment, bis Sentence begriff, woher das bedrohliche, dumpfe Grollen kam: Sein Magen beschwerte sich mit einem fürchterlichen Knurren, das einem Löwen zur Ehre gereicht hätte, über die ihm widerfahrende himmelschreiende Ungerechtigkeit.

Der unförmige Kopf des Alkoholikers neigte sich lauschend ein wenig zur Seite. Doch es gab nichts mehr zu hören, und Sentence hoffte inständig, dass es so blieb, bis er wieder allein war. Kopfschüttelnd murmelte der durstige Fläz etwas vor sich hin und nahm noch einen kräftigen Schluck, ehe er die Flasche wieder versteckte.

Nun war wieder der gefährlichste Augenblick gekommen. Sentence spannte unwillkürlich seine Muskeln an. Irgendwie hatte er ein ganz ungutes Gefühl in der Magengegend, und es war nicht der Hunger! Langsam drehte sich sein fleischgewordener Albtraum um. Noch ein paar Zentimeter … jetzt war der Blick genau auf ihn gerichtet!

Der Hüne stutzte und hielt mitten in der Bewegung inne. Unablässig stierte er auf dieselbe Stelle. Sentence spürte eine Hitzewelle in sich aufsteigen. Gleich würde er von diesem abscheulichen Subjekt brutal zusammengeschlagen werden! Dann nützte ihn auch der Inhalt seiner Tasche nichts mehr. Tote brauchten kein Geld. Wenn schon das letzte Hemd keine Taschen hatte, würde sich eine prall gefüllte Umhängetasche wohl erst recht nicht sonderlich gut machen. Zwischen seinen wirbelnden Gedanken blitzte kurz etwas auf. Ein kleiner Hoffnungsschimmer? Eine Investition in ein paar bis zur Öffnung mit erstklassigem Whisky gefüllte Flaschen? Liess sich das gefährliche Raubtier damit vielleicht zähmen? Man konnte es zumindest versuchen!

Das leise Lachen der Bestie liess Sentence das Blut in den Adern gefrieren. Seine Bestechungsidee verflüchtigte sich im Bruchteil einer Sekunde. Warum nur war sein Revolver in diesem Augenblick grösster Gefahr nicht bei ihm? Kopfschüttelnd wandte sich der Säufer ab, ging mit etwas unsicheren Schritten zur Tür und verschwand.

Mit offenem Mund stand Sentence da und starrte ungläubig zum Ausgang, den er jedoch wegen der jetzt wieder herrschenden Dunkelheit nicht sehen konnte. War der Blick des Alkoholikers schon so getrübt, dass er ihn gar nicht richtig erkannt hatte? Hatte er geglaubt, sein vernebeltes Hirn spiele ihm einen üblen Streich?

Die sich langsam entfernenden Schritte lösten in ihm riesengrosse Erleichterung aus. Er lebte noch! Die enorme Anspannung fiel von ihm ab wie eine zentnerschwere Last. Dankbar verlagerte er sein Gewicht auf den linken Fuss, um den drohenden Muskelkrampf im rechten Bein noch zu verhindern. Als er das Bein schüttelte, um es zu lockern, gab der Boden unter ihm nach.

Bevor er realisierte, was passiert war, spürte er den dumpfen Schmerz, als sein Kopf unsanft gegen etwas Hartes stiess. Instinktiv griff er sich an die schmerzende Stelle. Sie fühlte sich warm und feucht an. Offensichtlich hatte er sich eine Platzwunde zugezogen. Seine Hand tastete nach der Lampe. Sie war weg. Allmählich däm-

merte ihm, dass er einen Stock tiefer auf dem kalten Boden sass.

Oben quietschte die Tür. Der Krach musste die Nebel
im Kopf des Schwarzbären durchdrungen haben.

«Ist da jemand?», dröhnte eine tiefe Stimme. «Komm
sofort raus, wer immer du auch bist!»

Irgendwie schien es, als sei der Kerl plötzlich wieder
stocknüchtern.

7. Kapitel

Mit ernstem Gesicht lenkte Quint den Wagen vom Kiesweg auf die Überlandstrasse. War Sentence den beiden Halunken tatsächlich unverletzt entkommen? Oder lag er mit einer Ladung Schrot im Körper irgendwo im Wald und hauchte sein sündiges Leben aus? Sentence war hart im Nehmen, aber kugelresistent war auch er nicht.

«Sie machen sich Sorgen um Sentence, nicht wahr?», riss ihn Ingrids leise Stimme aus seinen düsteren Gedanken.

Er nickte. «Ich werde im nächsten Ort kurz halten und den kleinen Tobias anrufen. Vielleicht steht sich Sentence ja bereits vor meiner Wohnung die Beine in den Bauch, um mir mitzuteilen, dass ich kein Polizeisonderkommando zur Landruhe scheuchen muss.»

«Den kleinen Tobias?»

Quint musste trotz des Ernstes der Lage grinsen. «Tobias Fischer. Der Junge meiner Nachbarn. Ein richtiger Lausbub. Er treibt seine Eltern mit seinen Streichen manchmal an den Rand der Verzweiflung, aber er ist schwer in Ordnung. Wir verstehen uns prächtig.»

«Das kann ich mir vorstellen!», lachte Ingrid, wurde jedoch sogleich wieder ernst. «Aber was sollen wir tun, wenn Sentence dort nicht aufgekreuzt ist? Irgendetwas müssen wir doch unternehmen!»

«Da wird uns schon was einfallen», versuchte Quint sie zu beruhigen. «Warten wir erst einmal ab.»

Vor dem Postamt gleich hinter der Ortseinfahrt stoppte er. «Es kann einen Moment dauern.»

Ingrid nickte stumm und drückte ihm heimlich die Daumen.

Kurz darauf hatte Quint die Mutter von Tobias am Telefon. «Guten Tag Frau Fischer, hier ist Quint. Kann ich bitte Tobias sprechen? Danke. – Hallo Tobias! Kannst du mir einen kleinen Gefallen tun? Geh doch bitte mal zu mir rüber und wirf einen Blick in den Briefkasten! Wenn da ein Brief oder ein Zettel drin liegt, fisch ihn raus, klar? Und schau auch beim Eingang nach! Vielleicht findest du dort etwas. Ich rufe dich in fünf Minuten wieder an!»

Er wartete, bis die vereinbarte Zeit um war, und rief nochmals an. «Quint. Hast du etwas gefunden? Und du hast auch niemanden gesehen? Nein, nicht die Frau. Einen Mann. Ja, genau den meine ich! Danke, Tobias, du hast mir trotzdem sehr geholfen! Bis dann!»

Ingrid wusste sofort Bescheid, als sie Quint aus dem Postamt kommen sah: Fehlanzeige!

«Nichts. Kein Brief, kein Zettel an der Tür. Kein Lebenszeichen von Sentence.» Quint knallte die Tür heftiger zu als gewöhnlich.

«Was jetzt? Wollen Sie nicht doch lieber die Polizei informieren?»

Quint schüttelte entschieden den Kopf. «Nein! Jedenfalls jetzt noch nicht. Ich werde mir mal die Gegend um die Kurstätte ansehen. Vielleicht finde ich etwas, das uns irgendwie weiterbringt.»

«Ich bin dabei! Vier Augen sehen mehr als zwei!»

«Ich weiss nicht, ob das eine gute Idee ist», begann Quint zögernd und verscheuchte ärgerlich den Gedanken an einen tödlich verwundet im Wald liegenden Jack Sentence.

«Sie rechnen mit dem Schlimmsten, nicht wahr?», fragte Ingrid mit belegter Stimme.

Quint zuckte schweigend mit den Schultern und wich ihrem forschenden Blick aus.

«Ich möchte trotzdem mitkommen», sagte sie leise und sah ihn bittend an.

«Na gut», gab er schliesslich nach. «Es ist Ihre Entscheidung.»

Ingrid nickte tapfer. «Danke.»

Quint fuhr los. Er wollte möglichst nahe am Waldrand parken, um nicht zu viel Zeit zu verlieren. Als er den grünen Ford auf einem Parkplatz am anderen Ortsende erblickte, traf es ihn wie ein Faustschlag in die Magengrube.

Ingrid bemerkte seine Reaktion. «Was ist?»

«Dort drüben steht sein Auto.»

«Dann ist ihm also tatsächlich etwas zugestossen!» Die Tränen schossen ihr in die Augen. «Wir müssen uns beeilen! Vielleicht ist er verletzt und braucht Hilfe!»

Quint parkte direkt neben dem Ford. Beim Aussteigen warf er einen Blick ins Wageninnere, konnte jedoch nichts Aussergewöhnliches feststellen.

Als sie etwas später den Waldrand erreichten, deutete Quint auf eine Anhöhe. «Von dort dürfte man einen relativ guten Blick auf die Kurstätte haben. Sentence hat das Gelände bestimmt eine Weile beobachtet, bevor er über die Mauer geklettert ist.»

Auf dem Weg dorthin sahen sie sich aufmerksam nach allen Seiten um. Aber von Sentence war nirgends eine Spur zu entdecken. Es schien fast so, als wäre er nie hier gewesen. Doch als sie den kleinen Hügel erreicht hatten, blieb Quint stehen und deutete auf eine Stelle am Boden.

«Hier hat jemand gelegen. Sehen Sie? Ich wette, dass er es war! Der Platz ist ideal für einen heimlichen Beobachter. Wenn er noch hier ist, kann er sich eigentlich nur im Bereich der Mauer aufhalten, der von hier aus nicht einzusehen ist. Ich werde das überprüfen. Sie bleiben hier und rühren sich nicht, klar? Es wird nicht lange dauern.»

«Seien Sie vorsichtig!» Ingrids banger Blick folgte Quint, bis er um eine Mauerecke verschwunden war. Würde er Sentence finden? Und wenn ja, in welchem Zustand? Es erschien ihr wie eine Ewigkeit, bis er endlich wieder zwischen den Bäumen auftauchte – allein.

«Weit und breit nichts von ihm zu sehen.» Es klang ein wenig ratlos.

«Es könnte ja sein, dass er sich irgendwo anders versteckt oder einen anderen Weg genommen hat, so dass wir ihn einfach verpasst haben», mutmasste Ingrid hoffnungsvoll. «Vielleicht hat er Ihr Auto nicht erkannt und ist inzwischen bereits weggefahren.»

«Das werden wir ja bald sehen.» Quint war sehr skeptisch. «Gehen wir!»

Nach ein paar Schritten blieb Ingrid plötzlich wie angewurzelt stehen. «Da liegt ein Rucksack!»

Quint, der schon ein Stück weiter war, kam sofort zurück und ging neben dem Fundstück in die Hocke. Wortlos begann er, den gesamten Inhalt Stück für Stück auszupacken. Als er damit fertig war, sah er zu Ingrid auf, die mit bleichem Gesicht neben ihm stand und auf die Auslegeordnung vor ihren Füssen blickte. Es konnte kein Zweifel bestehen, wem der Rucksack gehörte.

«Vielleicht ist er nachher noch mal rein», murmelte Quint nachdenklich. «Das traue ich ihm ohne Weiteres zu. Als ihn die beiden Mistkerle mit einer Schrotflinte verjagt haben, rechneten sie wohl kaum damit, dass er so tollkühn sein würde, einen zweiten Versuch zu wagen. Und genau darauf könnte Sentence spekuliert haben.»

«Sie glauben, dass er sich noch auf dem Grundstück befindet? Oder gar im Haus?»

«Ich halte es zumindest nicht für ausgeschlossen. Vielleicht ist es ihm gelungen, seine beiden Verfolger auszutricksen. Und jetzt sitzt er in seinem Versteck fest. Aber es gibt leider auch noch eine andere Möglichkeit. Nämlich, dass sie ihn doch noch erwischt haben.»

«Und was sollen wir jetzt tun? Vielleicht wäre es doch das Beste, die Polizei zu rufen, damit sie das ganze Grundstück nach ihm absucht. Sentence bekommt dann natürlich auch Schwierigkeiten, aber vielleicht steckt er ja bereits jetzt in weitaus grösseren.» Ingrid war unschlüssig.

«Haben Sie heute sonst noch etwas vor?», fragte Quint unvermittelt.

Sie sah ihn erstaunt an. «Nein. Warum fragen Sie?»

«Mir ist da gerade ein Gedanke gekommen. Wenn Sentence den beiden Schuften tatsächlich entkommen ist, wie sie offenbar behaupten, warum sind sie dann mitten in der Nacht zusammen weggefahren? Und wohin? Zur Polizei jedenfalls nicht!»

«Woran denken Sie?» Ingrids eben noch hoffnungsvolle Miene verwandelte sich schlagartig in blankes Entsetzen. «Doch nicht etwa, dass sie ihn …?»

Quint schüttelte den Kopf. «Ich glaube eher, dass sie ihn woanders hingebracht haben – lebend, meine ich. Eine Kurstätte ist kein sehr guter Platz, um einen Gefangenen zu verhören. Das Risiko, dass jemand etwas davon mitbekommt, ist bei so vielen Leuten einfach zu gross. Und dass sie ihn verhören wollen, sofern sie ihn wirklich haben, ist naheliegend, denn immerhin besteht das Risiko, dass er inzwischen seine seltsamen Erlebnisse noch jemandem mitgeteilt hat. Und das hat er ja tatsächlich.»

«Klingt einleuchtend. Aber wohin?»

Quint packte eilig wieder alles in den Rucksack. «Denken Sie an unser Gespräch mit Tante Hanna!»

Ingrid sah ihn zunächst verständnislos an, doch dann stiess sie aufgeregt hervor: «Der Graf ... das Schloss!»

«Genau», bestätigte Quint nickend, erhob sich und schulterte den Rucksack. «Er ist der Besitzer der Kurstätte, und Grimm und Böckmann sind seine Angestellten. Was also liegt näher, als der Verdacht, dass der saubere Graf vielleicht gar nicht der Ehrenmann ist, für den er sich ausgibt, sondern der Kopf einer skrupellosen Verbrecherbande? Die Welt ist voll von ähnlichen Beispielen, denn die Tarnung ist gut. Ich schlage deshalb vor, dass wir uns das Schloss, von dem Ihre Tante so angetan ist, einmal aus der Nähe ansehen.»

Der Wagen von Sentence stand immer noch auf dem Parkplatz, als sie dort ankamen. Ingrids Enttäuschung hielt sich jedoch in Grenzen, da sie jetzt möglicherweise eine heisse Spur hatten, die sie verfolgen konnten.

«Geben Sie mir doch mal die Karte, die im Handschuhfach liegt», bat Quint, nachdem er den Rucksack von Sentence im Kofferraum verstaut hatte.

«Ein Schloss dürfte eigentlich kaum zu übersehen sein», bemerkte Ingrid spöttisch, während sie ihm die Landkarte hinhielt. «Wie ich Sie kenne, suchen Sie nach einer Möglichkeit, unbemerkt hinter die Hofmauern zu schauen. Und wahrscheinlich muss ich dann wieder alles haargenau abzeichnen, damit Sie einen Plan aushecken können, wie Sie am besten hineingelangen.»

«So ungefähr», brummte Quint, ohne sie anzusehen, und faltete geräuschvoll den Ortsplan auseinander.

«Das meinen Sie doch jetzt nicht im Ernst, oder?», rief Ingrid entsetzt. «Ich habe doch nur Spass gemacht! Sie können doch nicht tatsächlich ein solch selbstmörderisches Vorhaben in Erwägung ziehen! Nur schon der Gedanke daran ist absurd!»

«Letztes Jahr hat es doch auch ganz gut geklappt. Und in meiner aktiven Zeit als Geheim…»

«Das kann man doch überhaupt nicht miteinander vergleichen!», fiel ihm Ingrid erregt ins Wort. «Zu Ihrer Geheimdienstzeit waren Sie fünfundzwanzig Jahre jünger und unversehrt, und auf Hohenwerfen hatten Sie Sentence als Unterstützung dabei! Aber diesmal wären Sie völlig auf sich allein gestellt!»

«Wieso? Wenn unsere Theorie stimmt, ist er doch schon dort», entgegnete Quint ungerührt. «Und im Übrigen habe ich auch nicht vor, mich bei Nacht und Nebel einzuschleichen.»

«Sondern?» Ihre grünen Augen funkelten ihn zornig an.

«Mir schwebt da eher eine Art Höflichkeitsbesuch vor; ein gemütliches Beisammensein unter blaublütigen Geschäftsleuten, wenn Sie so wollen.»

«Stammen Sie etwa aus einer Adelsfamilie?», fragte Ingrid verdutzt.

«Nein, wo denken Sie hin!», entgegnete er lachend. «Aber das kann die Gegenseite ja nicht wissen.»

«Sie glauben doch nicht ernsthaft, dass man Sie einfach einlässt, nur weil Sie sich als Adliger ausgeben?

Unangemeldet kommt dort bestimmt niemand rein! Tante Hanna hat ja gesagt, dass der Graf sich komplett aus der Öffentlichkeit zurückgezogen hat! Da wird er wohl kaum sonderlich erbaut sein über den Besuch eines ihm völlig Unbekannten – auch wenn er angeblich blaublütig ist!»

«Ich werde meinen Besuch selbstverständlich ankündigen, damit man mich mit dem gebührenden Respekt empfängt.»

«Und wie wollen Sie das anstellen?» Ingrid hatte sich wieder etwas beruhigt, war aber immer noch nicht überzeugt.

«Keine Sorge, da fällt uns bestimmt etwas Passendes ein.» Quint hielt seiner Beifahrerin die Karte unter die Nase. «Sagen Sie mir rechtzeitig Bescheid, wo ich abbiegen muss, damit wir nicht plötzlich vor einer hochgezogenen Zugbrücke stehen! Oder vor einem heruntergelassenen Fallgitter! Das ist mir nämlich schon passiert, wie Sie wissen!»

8. Kapitel

«Du sollst rauskommen!», brüllte der um seinen Rausch betrogene Gangster wütend.

Sentence rührte sich nicht. Der Bär war gereizt und somit sehr gefährlich. Aber besonders gute Augen schien er nicht zu haben. Sonst müsste er selbst im Halbdunkel des Raums allmählich erkennen, dass dort niemand mehr war, zumal sich die Nebel um ihn ja deutlich gelichtet zu haben schienen. Er hoffte nur, dass der Brocken nicht auch in das Loch fiel und ihn mit seinem Gewicht unter sich zermalmte.

«Na warte, dann komm ich dich eben holen!»

Andererseits konnte es vielleicht sogar ein grosser Vorteil sein, wenn er mehr oder weniger blind durch den Raum tappte und in die Fallgrube stürzte. Sofern er sich dabei ordentlich die Rübe anschlug oder einen Fuss verknackste, konnte aus dem Jäger sehr schnell das Opfer werden. Das bedingte aber, dass er selbst sich aus dem Sturzbereich zurückzog.

Während von oben ein schepperndes Geräusch und ein lästerlicher Fluch zu ihm herunter drangen, tastete Sentence die Wände um sich herum ab. Auf einer Seite fehlte sie. Leise kroch er auf allen vieren dorthin. Die Grube war sehr schmal, aber anscheinend ziemlich lang, denn die vierte Wand liess immer noch auf sich warten. Jedenfalls genügte ihm der Platz vollkommen als Deckung vor vom rechten Weg abgekommenen Besuchern.

Doch irgendwie schien sich der Held im Obergeschoss

nicht so recht zu trauen. Die Geräusche schienen mehr oder weniger immer vom selben Ort zu kommen. Vielleicht hatte das Riesenbaby seinerzeit zu oft im Dunkeln schlafen müssen und mied deshalb den finsteren Teil des Steingebäudes.

Das plötzliche Zuschlagen der Tür liess ihn aufhorchen. Hatte die Kavallerie etwa zum Rückzug geblasen? Oder holte sie Verstärkung? Wohl eher Letzteres! Dann war keine Zeit zu verlieren! Er musste sich einen Überblick über seine Situation verschaffen und Schutzmassnahmen ergreifen!

Als er nach einigem Herumkriechen und Herumtasten seine Lampe endlich wiedergefunden hatte und sie eben einschalten wollte, fiel ihm eine weitere Möglichkeit ein. Konnte es eine Falle sein? War der Klotz wirklich gerissen genug, ihn in einen Hinterhalt locken zu wollen? Auszuschliessen war es nicht. Aber dieses Risiko musste er eingehen.

Entschlossen knipste er die Lampe an und sah sich um. Was er sah, liess ihn erstaunt die Augenrauen hochziehen. Die Fallgrube entpuppte sich als Tunnel, der sich ein ganzes Stück schnurgerade dahinzog und dann einen Knick nach links machte. Wohin er führte, vermochte er natürlich nicht abzuschätzen, da er seinen unfreiwilligen Aufenthaltsort ja immer noch nicht kannte. Aber vielleicht war es ja sogar sein Weg in die Freiheit!

Jetzt war auch die Ursache für seinen unerwarteten Fall ersichtlich: Der so plötzlich unter seinen Füssen verschwundene Boden war ein mit zwei Scharnieren an der linken Tunnelwand befestigter rechteckiger Holzdeckel, der sich nach unten öffnen liess. Das war zwar unüblich, liess sich aber damit begründen, dass man es offenbar nicht riskieren wollte, wegen irgendwelchem unachtsam auf dem Deckel deponierten Krempel im Tunnel festzusitzen. Dieser Gang war eindeutig darauf ausgelegt, vom Tunnel in das Steingebäude zu gelangen, nicht umgekehrt. Darauf deutete auch der Umstand hin, dass der primitive Verschluss – ein durch zwei Ösen geschobenes Stück Holz, das altersbedingt unter seinem Gewicht nachgegeben hatte – auf der Unterseite angebracht war.

Das Naheliegendste war nun, dass er seine Verteidigungsstrategie darauf aufbaute und die Klappe wieder schloss. Dafür brauchte er nicht mehr zu tun, als sie in ihre ursprüngliche Position zu drücken und mit einer Hälfte des zerbrochenen Holzstücks notdürftig zu verriegeln.

Wieder wesentlich zuversichtlicher gestimmt, erhob sich Sentence. Der Geheimgang war nur etwa eineinhalb Meter hoch, aber für einen unsichtbaren Fluchtweg war das vollkommen ausreichend. Am Gangende richtete er sich ganz auf, so dass sein Kopf über den Lukenrand hinausragte, und liess den Lichtkegel seiner Lampe schnell durch den Raum huschen. Er war tatsächlich allein, aber das konnte sich schnell ändern.

Rasch bückte er sich nach dem längeren Holzstück, hob es auf und schloss den Deckel über sich. Während er mit der linken Schulter und dem Kopf dagegen drückte, schob er mit der rechten Hand das Holz durch die an der Decke befestigte Öse. Für beide war es leider zu kurz, aber der Deckel lag trotzdem schön auf, auch wenn der Holzriegel seitlich nicht stabilisiert war. Mit etwas Glück würde sein Provisorium halten, wenn niemand darauf herumtrampelte.

Zufrieden zog er sich wieder ein Stück in den Tunnel

zurück. Da anzunehmen war, dass der Geheimgang schon viel länger da war als die Gangster, standen die Chancen gut, dass sie von dessen Existenz keine Ahnung hatten. Und von seiner unfreiwilligen Anwesenheit wussten sie ja auch nichts. Sie konnten höchstens vermuten, dass sich ausser ihnen noch jemand hier herumtrieb.

Seine Überlegungen wurden abrupt durch Stimmen unterbrochen, die lauter wurden. Die Kavallerie rückte also mit Verstärkung wieder an!

«Pass bloss auf! Vielleicht ist er bewaffnet!»

«Das bin ich auch. Und jetzt mach endlich die Lampe an und leuchte in alle dunklen Winkel!»

Nach einer Pause, in der nur Schritte zu hören waren, schnauzte der neue Mann ärgerlich: «Du willst mich also doch auf den Arm nehmen! Da ist niemand, und da war auch niemand!»

«Aber ich habe es doch deutlich gehört, als ich draussen vorbeigegangen bin!», beteuerte der nun vollends nüchtern gewordene Trinker verwirrt. «Etwas hat richtig laut Krach gemacht! Und gesehen habe ich ihn auch!»

«Gesehen? Was hast du gesehen?»

«Einen Mann … glaube ich. Eine Gestalt, die aussah wie ein Mann. Ganz deutlich konnte ich es nicht erkennen, aber …»

«Wo?» Die Frage klang wie ein Peitschenhieb.

«Dort drüben.»

«Und was hattest du hier drin zu suchen?»

Schweigen.

«Ich will wissen, was du hier drin verloren hast! Also mach dein Maul auf! Hast du wieder angefangen, heimlich zu saufen? Wo hast du das Zeug versteckt? Los, rede, oder du lernst mich kennen!»

«So kannst du nicht mit mir reden!», begehrte der ertappte Sünder auf.

«So? Kann ich das nicht? Willst du mir etwa drohen?» Die Frage war gefährlich ruhig gestellt worden.

«Nein, nein, so habe ich das nicht gemeint! Aber ich habe doch nur einen ganz kleinen Schluck genommen!»

«Zeig mir, wo du das Dreckszeug versteckt hast! Und hör auf, mich anzulügen! Deine Fahne riecht man zehn Meter gegen den Wind! Und das, obwohl du stinkst wie ein Iltis!»

Es waren wieder Schritte zu hören.

«Es ist nur eine kleine Flasche, siehst du? Und sie ist noch halbvoll! Ich habe wirklich nur einen ganz kleinen Schluck genommen, glaub mir!»

«Gib sie mir!»

«Ach, lass sie mir doch, Frank! Es ist ja nicht mehr viel drin, und ich verspreche dir auch, heute nichts mehr zu trinken!»

«Gib sie mir!»

«Aber wir sind doch Kumpel, Frank! Bitte, lass mir die Flasche! Ich werde die ganze Woche keinen Tropfen mehr trinken! Ehrenwort!»

«Her damit! Oder du wirst bald nie mehr etwas trinken!»

Es klirrte.

«Warum hast du das getan?» Der wankende Riese heulte vor Wut und Enttäuschung auf.

«Wo hast du das Zeug her?»

Schweigen.

«Von wem hast du die Flasche bekommen? Sag es mir, oder der Graf wird dich danach fragen!»

«Nein! Nein! Nicht! Bitte sag dem Grafen nichts davon, bitte nicht!»

«Dann sag mir, wer sie dir gegeben hat!»

«Böckmann! Er ist schuld! Er hat sie mir gegeben! Ich wollte sie zuerst nicht nehmen, aber er hat sie mir richtig aufgedrängt! Böckmann ist schuld!»

«Von Böckmann also. Sieh mal einer an.»

«Ja, ja, Böckmann! Jetzt, wo ich es dir gesagt habe, wirst du dem Grafen nichts davon erzählen, nicht wahr? Du hast es mir versprochen, Frank!»

«Ich habe dir gar nichts versprochen! Und jetzt hör endlich mit deinem erbärmlichen Gewinsel auf! Du widerst mich an! Wenn du einem Wehrlosen die Zähne einschlagen kannst, fühlst du dich stark und mächtig! Aber in Wahrheit bist du ein elender Feigling! Ein gemeines Schwein, nichts weiter! Los, hau ab! Verschwinde! Und komm mir heute nicht mehr unter die Augen!»

Die Tür wurde geräuschvoll geschlossen. Danach herrschte friedliche Ruhe.

Sentence atmete erleichtert auf. Ein Glück, dass es hier Abstinenzler zu geben schien, die ihre Prinzipien mit eiserner Faust durchzusetzen vermochten. Dieser Graf schien ein strenges Regiment zu führen. Aber offenbar hatte er auch Dreck am Stecken. Wer solches Personal beschäftigte, konnte kaum eine blütenweisse Weste haben. Und die beiden kriminellen Elemente, die ihn unwissentlich hierher verschleppt hatten, gehörten allem Anschein nach zumindest im weiteren Sinne auch dazu. Eine feine Gesellschaft, in die er da hineingeraten war!

Der Moment unmittelbarer Gefahr war also überstanden, aber aus dem Schneider war er damit noch lange nicht. Falls der zusammengestauchte Hüne seinen Patrouillendienst wieder aufgenommen hatte, war ein erneuter Vorstoss einfach zu riskant. In der Verfassung, in der er sich nach dem Disput mit Frank befand, musste eine Begegnung mit ihm zwangsläufig als qualvoll vollstrecktes Todesurteil enden.

Somit blieb ihm nichts anderes übrig, als hier unten die Nacht abzuwarten, um dann einen neuen Ausbruchsversuch zu wagen. Oder er versuchte es mit dem Tunnel. Da er ohnehin nichts anderes tun konnte, entschied er, gleich mit der Erforschung des Geheimgangs anzufangen.

Geduckt ging er im Licht seiner Lampe ein paar Schritte. Doch dann blieb er stehen und schaltete sie aus. Sie war einfach zu kostbar, um unnötig die Energie der Batterien zu verschwenden. Bis zum Linksknick waren es schätzungsweise zwanzig Meter. Die schaffte er auch im Dunkeln, wenn er sich langsam den Wänden entlangtastete. Zeit hatte er schliesslich genug.

Vorsichtig setzte er einen Fuss vor den anderen. Der felsige Boden war uneben und an einigen Stellen rutschig, weil es von der Decke tropfte. Es musste eine ganz schön schweisstreibende Arbeit gewesen sein, einen solchen Tunnel in den Fels zu hauen. Besonders dann, wenn es vor Jahrzehnten, wenn nicht gar Jahrhunderten geschehen war.

Als er die Stelle mit der Richtungsänderung erreicht hatte, blieb er stehen und knipste die Lampe an. Keine fünf Meter vor ihm führte eine Treppe aus grossen Steinbrocken nach oben. Dahinter verschwand der weitere Verlauf des Gangs aus seinem Blickfeld.

Gespannt nahm er die neun groben Stufen in Angriff. Im obersten Teil waren die Wände nicht mehr felsig, sondern gingen in Bruchsteinmauern über. Vom vierten Tritt aus war zu erkennen, dass der Tunnel an einer relativ kleinen Holztür sein vorläufiges Ende fand. Aber die Tür hatte zumindest ein Schloss, und Schlösser zu knacken war ein wesentlicher Bestandteil seiner geschäftlichen Aktivitäten. Sofern sie auf der anderen Seite nicht verbarrikadiert war, stellte das also kein grosses Problem dar.

Lautlos legte er die letzten Meter zurück und blieb dann mit leicht geöffnetem Mund stehen, um besser zu hören. Auf der anderen Seite war alles still. Er schob die Umhängetasche etwas nach hinten, öffnete den Reissverschluss der linken Jackentasche und zog sein Werkzeug heraus. Der Rest war Routine.

Nachdem er seine praktischen Hilfsmittel wieder eingepackt und die Lampe ausgemacht hatte, öffnete er ganz langsam die Tür. Sie war erstaunlich schwer für ihre Grösse. Er musste ziemlich stark drücken, damit sie sich bewegte. Ein leises, kratzendes Geräusch war zu hören. Offenbar schabte sie am Boden.

Die Dunkelheit dahinter war genauso schwarz wie auf seiner Seite. Er liess die Lampe einmal kurz aufleuchten. Der Raum war klein und hatte an der linken Wand eine weitere Tür. Dazwischen gab es nicht allzu viel; vor allem keine unangenehmen Überraschungen. Beruhigt drückte er die Tür noch etwas weiter auf, knipste die Lampe an und betrat den Kellerraum.

Als der Lichtkegel eine Runde absolviert hatte und seine Tür erfasste, stutze Sentence. Die Innenseite verfügte über drei waagrechte Bretterböden, die zwischen vier vertikalen Holzlatten befestigt waren. Das ganze Konstrukt war an der Tür befestigt. Ein mit allerlei Krempel vollgestopftes Gestell, dessen Hauptaufgabe darin zu bestehen schien, diese Tür zu tarnen! Deshalb also hatte sie sich so schwer bewegen lassen.

Ahnungsvoll ging er auf die andere Tür zu, machte die Lampe wieder aus und lauschte einige Sekunden lang. Nichts. Vorsichtig drückte er die Klinke nieder und zog daran. Die Tür war unverschlossen, und der hauchdünne Streifen zwischen Türblatt und Rahmen liess zweifelsfrei erkennen, dass es auf der anderen Seite nicht ganz so dunkel war wie hier.

Er öffnete die Tür noch etwas weiter und erkannte im Halbdunkel eine gewundene Steintreppe, die an der linken Wand nach oben führte. Damit wurde seine Ahnung endgültig zur Gewissheit: Dieser Fluchttunnel führte in seinem speziellen Fall in die falsche Richtung.

9. Kapitel

Der Weg zum Schloss führte zwischen grünen Wiesen und baumbestandenen Hügeln hindurch zwar nicht besonders steil, aber kontinuierlich aufwärts.

«Nach der nächsten Richtungsänderung müssen wir links abbiegen!», kommandierte Ingrid, ohne von der Karte aufzublicken. «Allzu weit kann es dann nicht mehr sein. Der Feldweg endet drei Biegungen weiter.»

«Gratuliere, Sie haben die Karte tatsächlich richtig interpretiert», spottete Quint, als die Verzweigung in Sicht kam, und deutete während er nach links einlenkte mit einer Kopfbewegung auf das Verbotsschild am rechten Wegrand mit der Aufschrift: *Privat! Zutritt für Unberechtigte verboten!*

«Genau dasselbe Schild wie am Tor der Kurstätte», stellte Ingrid fachmännisch fest. «Der Graf scheint sehr grossen Wert auf Privatsphäre zu legen. Irgendwie seltsam, wo er doch bis vor kurzem angeblich ziemlich leutselig gewesen sein soll, finden Sie nicht?»

«Das dürfte mit seinen mutmasslichen dunklen Geschäften zusammenhängen. Vielleicht hat er seine kriminelle Ader erst sehr spät entdeckt und daher grossen Nachholbedarf. So, hier ist Schluss.»

Der Weg endete direkt vor dem Wald. Sie stiegen aus und schlossen die Autotüren ab. Quint öffnete den Kofferraumdeckel und nahm das Fernglas von Sentence aus dem Rucksack.

Schweigend wanderten sie durch den Wald, stetig

bergauf, zur einzigen etwas höher als der markante Blauenfels gelegenen Stelle, um von dort auf das Schloss hinunterzublicken.

Eine halbe Stunde später war es endlich so weit. Sie hatten den höchsten Punkt erreicht: Ein kleines Plateau, kaum breiter als zehn Meter, das nach drei Seiten hin fast senkrecht abfiel. Einen Steinwurf entfernt lag das Schloss unter ihnen, majestätisch und schön, mit kleinen Türmen, deren Spitzen ihren Beobachtungsposten nur um wenige Zentimeter überragten.

«Was für ein Anblick!», schwärmte Ingrid mit leuchtenden Augen. «Tante Hanna hat nicht übertrieben! Es ist wirklich zauberhaft! Wie gerne würde ich es einmal von innen sehen!»

«Man sollte sehr vorsichtig damit sein, was man sich wünscht», dämpfte Quint ihre Euphorie mahnend. «Falls der gute alte Sentence tatsächlich dort unten festgehalten wird, würde er vermutlich liebend gern mit Ihnen tauschen. Ob das wirklich erstrebenswert ist, wage ich zu bezweifeln.»

«Spielverderber», brummte sie ärgerlich. «Sie sehen immer nur die Realität. Typisch Mann! Kein Sinn für Romantik!»

Grinsend hob der Gescholtene das Fernglas an die Augen. Stark vergrössert glitten Mauern, Türme und Gebäude vorbei, als er es langsam von links nach rechts und von oben nach unten bewegte und jeden Zentimeter genau betrachtete. Vom Hof war allerdings nur ein sehr beschränkter Bereich einzusehen, und die Zufahrt mit dem Tor war seinem wachsamen Blick gänzlich entzogen.

Etwas enttäuscht liess er schliesslich das Fernglas sinken. «Abgesehen davon, dass wir diesmal keinen Zeichnungsblock dabeihaben, hätte sich die Arbeit auch nicht gelohnt. Der für mich interessanteste Teil liegt sozusagen im toten Winkel. Das Schloss ist falsch ausgerichtet.»

«Darf ich den Feldstecher auch einmal haben?»

«Klar. Aber passen Sie auf, dass Ihnen dabei nicht schwindlig wird!»

Ingrid nickte ernst und griff danach, als Quint den Lederriemen über den Kopf gestreift hatte und es ihr hinhielt. Geduldig wartete er, jederzeit bereit, sie notfalls vom Abgrund zurück zu reissen, bis Ingrid sich endlich sattgesehen hatte und das Fernglas absetzte.

«Dann geben Sie Ihren wahnwitzigen Plan also auf und überlassen die Durchsuchung des Schlosses der Polizei?», fragte sie erleichtert und gab ihm den Feldstecher zurück.

Quint sah sie erstaunt an. «Keineswegs. Wie kommen Sie darauf?»

«Aber Sie sagten doch eben, dass unser Erkundigungsausflug aufgrund der Ausrichtung des Schlosses nutzlos ist!»

«Deshalb werde ich doch Sentence nicht im Stich lassen! Was glauben Sie, wie oft ich in meinem Leben schon improvisieren musste? Ausserdem sagte ich doch schon, dass ich dem Grafen ganz offiziell einen Besuch abstatten werde. Und was Ihre offenbar fixe Idee mit der Polizei betrifft: Mit welcher Begründung soll die das Schloss durchsuchen? Wollen Sie denen sagen, dass unser Kamerad bei einem seiner zwielichtigen Unternehmen verschwunden ist und vielleicht vom schwarzen Grafen im Verlies der düsteren Raubritterburg gefangen gehalten wird? Und womöglich auch noch gefoltert? Dann zieht man uns augenblicklich aus dem Verkehr und steckt uns in eine Sorte Kurstätte, die weit ungemütlicher ist, als die von Tante …»

Mitten im Satz brach er ab und richtete den Feldstecher auf den einzusehenden Teil des Schlosshofs. Zwei Männer näherten sich dem kleinen Steingebäude. Der grössere, ein wahrer Hüne, redete aufgeregt auf seinen Begleiter ein. Als sie vor dem Bau stehenblieben, war deutlich zu verstehen, was die beiden sprachen:

«Pass bloss auf! Vielleicht ist er bewaffnet!»

«Das bin ich auch. Und jetzt mach endlich die Lampe an und leuchte in alle dunklen Winkel!»

Ingrid sog erschrocken die Luft ein.

Etwa zwei Minuten lang war nichts mehr zu verstehen, da die Männer in der Steinhütte waren. Dann klirrte es, als ob jemand eine Flasche zerschlagen hätte, und ein Geheul wie von einem angeschossenen Wolf ertönte. Schliesslich wurden die Stimmen wieder lauter, und die beiden erschienen in der Tür. Laut und deutlich sagte der Begleiter zum Schlägertyp, der wie ein geprügelter Hund dastand:

«Ein gemeines Schwein, nichts weiter! Los, hau ab! Verschwinde! Und komm mir heute nicht mehr unter die Augen!»

Mit gesenktem Kopf trottete der Hüne davon, während sein harter Kritiker die Tür mehr oder weniger zuknallte und in die andere Richtung verschwand. Zehn Sekunden später war keiner mehr zu sehen.

«Das war ja eine ganz interessante Vorstellung.» Quint liess das Fernglas sinken, wandte aber seinen nachdenklichen Blick nicht von dem Steingebäude ab, während er wie zu sich selbst langsam weitersprach: «Es macht den

Anschein, dass der Prügelknabe jemanden gesehen haben will, den er nicht zu sehen erwartete. Einen Fremden, einen Eindringling. Aber der scheint nun nicht mehr dort zu sein. Deshalb wurde sein Begleiter wütend; er glaubt ihm nicht.»

«Aber was hatte das Klirren zu bedeuten?», wandte Ingrid besorgt ein. «Könnte es nicht sein, dass dort doch jemand ist, dem sie eine Flasche auf den Kopf gehauen haben? Der eine Mann hat den wie ein brutaler Schläger aussehenden Koloss doch ein gemeines Schwein genannt. Vielleicht halten sie Sentence dort unten fest! Und jetzt ist er bewusstlos – oder sogar tot!»

Quint legte ihr beruhigend die Hand auf den linken Unterarm. «Ihre Fantasie geht wohl gerade ein bisschen mit Ihnen durch. Die beiden haben die Tür nicht abgeschlossen, und sie war es auch nicht, als sie dort ankamen. Folglich wird dort drin niemand festgehalten. Ausserdem warnte der Koloss, wie Sie ihn eben genannt haben, den anderen vor einem möglicherweise bewaffneten Gegner.»

«Aber wie erklären Sie sich das Klirren? Das hat nicht nach einer unabsichtlich umgestossenen Flasche geklungen! Da ist etwas in Scherben gegangen!», beharrte Ingrid auf ihrem Standpunkt.

«Da bin ich ganz Ihrer Meinung», stimmte ihr Quint freundlich lächelnd zu. «Abgesehen davon, dass ich den zweiten Mann für wesentlich gefährlicher halte, teile ich Ihre Einschätzung des primitiven Schlägers. Aber er machte auf mich einen etwas labilen Eindruck.»

«Was wollen Sie damit andeuten?»

«Ich glaube, dass er trinkt. Das Klirren könnte darauf hindeuten, dass ihm sein Begleiter auf die Schliche gekommen ist und eine Flasche mit Alkohol gefunden und auf den Boden geschmissen hat.»

«Das könnte tatsächlich eine Erklärung für den Streit sein», sinnierte Ingrid. «Aber irgendetwas Unerwartetes muss der Trinker trotzdem gesehen haben. Sonst hätte er wohl kaum Hilfe geholt und vor einem – möglicherweise – Bewaffneten gewarnt. So betrunken, dass er halluziniert hat, schien er nicht zu sein.»

«Sie haben recht, irgendetwas muss ihn völlig aus dem Konzept gebracht haben. Ein unbekannter Eindringling, der plötzlich wie vom Erdboden verschwunden ist – das riecht stark nach Sentence! Das würde bedeuten, dass man ihn nicht erwischt und entführt hat, sondern dass er aus freien Stücken hier ist. Das wiederum ergibt nur dann einen Sinn, wenn er sich heimlich von Grimm und Böckmann hierher transportieren lassen hat; im Kastenwagen, mitten in der Nacht!»

«Er lebt!», jubelte Ingrid. «Und ein Gefangener der üblen Burschen dort unten ist er auch nicht!»

«Es sieht zumindest schon wesentlich besser aus als befürchtet.» Auch Quint war die Erleichterung deutlich anzumerken. «Aber sie haben ihn entdeckt, und auch wenn sie es noch nicht so richtig glauben wollen, werden sie trotzdem wachsamer sein. Die Festungsmauern könnten sich für Sentence sehr schnell in Gefängnismauern verwandeln, die zu überwinden selbst für einen ausgebufften Halunken wie ihn sehr schwierig werden könnte. Es ist mir ohnehin ein Rätsel, wie er von der Bildfläche verschwunden ist, bevor die beiden ihn schnappen konnten. Der Trinker kommt übrigens gerade wieder um die Ecke marschiert.»

Schweigend folgten sie mit den Blicken dem wie ein

Wachsoldat patrouillierenden Gangster, bis er wieder aus ihrem Sichtfeld verschwunden war.

«Vielleicht ist Sentence durch einen unterirdischen Gang entkommen! In einigen Burgen und Schlössern soll es ja von Geheimgängen nur so wimmeln!» Ingrids Backen glühten vor Eifer.

«Sie mit Ihren romantischen Vorstellungen», seufzte Quint schicksalsergeben. «Vermutlich träumen Sie heute Nacht auch noch davon, wie in diesem Wald Einhörner herumirren.»

«Da muss ich Sie leider enttäuschen! Mir ist bisher jedenfalls noch keins begegnet!»

Blitzschnell fuhr Quint herum. Etwa vier Meter entfernt stand ein Jäger, die Flinte über die rechte Schulter gehängt, so dass sie mit dem Abzug nach oben am ledernen Tragriemen hing. Der Lauf zeigte scheinbar unbeabsichtigt auf Quint, aber das konnte täuschen.

«Entschuldigen Sie bitte, wenn ich Sie beide erschreckt habe. Aber ich konnte der Versuchung, meinen Senf dazuzugeben, einfach nicht widerstehen. Gestatten Sie, dass ich mich vorstelle: Hubert Stein.»

«Angenehm. Würde es Ihnen etwas ausmachen, Ihr Gewehr ein wenig anders zu tragen, damit es nicht direkt auf mich zielt?», fragte Quint höflich, ohne Anstalten zu machen, sich und Ingrid ebenfalls vorzustellen.

«Oh, Verzeihung, das ist mir gar nicht aufgefallen.» Der junge Mann veränderte die Tragweise so, dass der Lauf nun hinter seiner rechten Schulter zum Himmel zeigte. «Es ist übrigens gar nicht geladen. Ich habe nicht die Absicht, heute noch etwas zu erlegen. Aber nun muss ich weiter. Es hat mich gefreut, Sie kennenzulernen. Schönen Tag noch!»

«Waidmannsdank!», rief Quint ihm hinterher und wartete gespannt auf die Reaktion.

Der junge Mann drehte sich nochmals um. «Wie? Ach so, ja, danke.»

«Was sollte das jetzt eben?», erkundigte sich Ingrid und runzelte die Stirn, als sie Quints Grinsen bemerkte. «Der Jäger war doch ganz sympathisch und nett.»

«Hm, schien eigentlich ganz in Ordnung zu sein.»

«Aber?» Die Art, wie Quint das gesagt hatte, in Kombination mit seinem spitzbübischen Gesichtsausdruck, weckte ihr Misstrauen.

«Er lügt.»

«Was?»

«Er lügt», wiederholte Quint. «Aber nicht besonders gut.»

«Inwiefern?»

«Er gibt vor, ein Jäger zu sein. Aber er ist keiner. Nie im Leben.»

«Wie kommen Sie denn darauf?», fragte sie entgeistert. «Er ist gekleidet wie ein Jäger, hat eine Jagdflinte dabei und sagt, dass er heute nichts mehr erlegen will. Und dann kommen Sie und behaupten, er sei kein Jäger?»

«Ganz einfach: Er verhält sich nicht wie ein Jäger. Kommen Sie, wir müssen uns eine Bleibe für die Nacht suchen und meinen Besuch im Schloss ankündigen. Palavern können wir auch auf dem Rückweg.» Er setzte sich in Bewegung.

Ingrid folgte ihm eilig. «Können Sie mir das vielleicht freundlicherweise etwas genauer erklären?»

«Was? Das mit der Unterkunft oder …»

«Der Jäger!», unterbrach sie ihn ärgerlich. «Sie wissen genau, was ich meine!»

«Er hat keine Ahnung von der Jägersprache, er hantiert mit seiner Flinte, als hätte er noch nie zuvor ein Gewehr in seinen Händen gehabt, geschweige denn damit auch nur einen Schuss abgegeben, und er trägt etwas, was Jäger üblicherweise nicht zu tragen pflegen.»

«Und das wäre? Was missfällt Ihnen an seiner Kleidung?»

«Ich rede nicht von seiner Kleidung. Ich meine das Schulterhalfter, das er darunter trägt.»

«Ein Schulterhalfter?», wiederholte Ingrid erschrocken. «Meinen Sie, dass er zum Schloss gehört?»

Quint schüttelte den Kopf. «Das glaube ich eigentlich nicht – obwohl ich es natürlich nicht mit Sicherheit ausschliessen kann. Dafür ist er mir irgendwie zu anständig.»

«Aber was sonst?»

«Wenn ich das wüsste!»

Zwanzig Minuten später waren sie beim Wagen und fuhren zurück in den Ort. Vor einem gepflegt aussehenden Gasthof hielten sie und erkundigten sich nach einer Schlafgelegenheit für voraussichtlich zwei Nächte, wobei Quints Wunsch nach zwei nebeneinanderliegenden Einzelzimmern mit Verbindungstür einen vielsagenden Blick der Besitzerin zur Folge hatte. Der Umstand, dass sie abgesehen von einem Rucksack ohne Gepäck reisten, trug das Übrige dazu bei. Aber das störte ihn nicht im Geringsten. Hauptsache, sie bekamen die Zimmer.

Nachdem sie die Zimmer bezogen hatten, gingen sie gemeinsam nach unten und fuhren zum Postamt, um zu telefonieren. Quint musste es mehrmals klingeln lassen, bis jemand abhob.

«Hallo?», meldete sich endlich eine Männerstimme.

«Bin ich mit Schloss Blauenfels verbunden?», fragte Quint so schroff, dass Ingrid neben ihm unwillkürlich zusammenzuckte und ihn erstaunt ansah.

«Wer spricht denn da?», erkundigte sich die Stimme am anderen Ende der Leitung vorsichtig.

«Ich muss den Grafen sprechen! Es ist dringend!»

«Wollen Sie mir nicht erst sagen, wer Sie sind?»

«Ein entfernter Verwandter! Und nun machen Sie schon, ich habe nicht ewig Zeit!»

Es dauerte eine Weile, bis sich der Mann wieder meldete.

«Der Graf ist im Augenblick unpässlich.»

«Richten Sie ihm aus, dass es um eine Erbschaftsangelegenheit geht! Die Sache duldet keinen Aufschub! Haben Sie verstanden? Gut. Ich rufe in einer halben Stunde nochmals an!» Quint unterbrach die Verbindung.

«Sie machen ja ganz schön Druck», bemerkte Ingrid augenzwinkernd.

«Ich bin ja schliesslich auch nicht irgendein dahergelaufener Hanswurst. Ich bin ein Graf, der sich mit dem Lakaien eines anderen Grafen herumärgern muss. Da ist ein wenig Autorität schon angezeigt», entgegnete Quint lachend.

«Dann müssen wir jetzt also eine halbe Stunde warten», stellte Ingrid fest.

«Wir werden die Zeit sinnvoll nutzen. Ich besorge uns ein paar Sachen; Zahnbürsten und dergleichen. Und Sie rufen in der Zwischenzeit bitte Ihre Tante an und quetschen sie über den Grafen aus! Ich will alles wissen, jedes noch so unwichtig erscheinende Detail! Schliesslich kann ich ihm nicht eine einigermassen plausible Geschichte vorlügen, ohne zumindest einige Tatsachen zu kennen.

Bitten Sie den Postbeamten um Papier und einen Bleistift und notieren Sie alles!»

Als Quint von seiner Einkaufstour zurückkam, beendete Ingrid gerade ihr Gespräch mit Tante Hanna. Zufrieden nahm er zur Kenntnis, dass das oberste Blatt des Notizblocks vollständig mit ihren zierlichen Buchstaben gefüllt war.

«Der Anruf bei Tante Hanna scheint sich ja gelohnt zu haben», bemerkte er gutgelaunt.

Ingrid lachte. «Allerdings! Tante Hanna war kaum zu bremsen!»

«Dann werde ich jetzt noch mal im Schloss anrufen. Ich bin ja gespannt, ob man mich wieder vertrösten will.»

Diesmal wurde bereits nach dem dritten Rufzeichen abgehoben.

«Ja, bitte?», meldete sich dieselbe unpersönliche Stimme wie beim ersten Mal.

«Ist der Graf jetzt pässlich?»

«Leider immer noch nicht. Wo sind Sie abgestiegen? Der Graf wird Sie dann zurückrufen. Aber es kann spät werden, er ist gerade sehr beschäftigt.»

«Ich wohne im Gasthof zum Löwen, Zimmer Nummer vier! Die Telefonnummer müssen Sie sich schon selbst besorgen! Und falls es zu spät werden sollte, richten Sie dem Grafen aus, dass ich ihn morgen Nachmittag aufsuchen werde!» Quint knallte den Hörer auf die Gabel.

«War das nicht etwas unvorsichtig?» Ingrid wirkte besorgt.

«Ja, da könnten Sie durchaus recht haben. Kommen Sie, wir haben noch eine Menge zu besprechen! Aber zuerst sollten wir endlich einen Happen essen!»

10. Kapitel

Unschlüssig stand Sentence am Fuss der Wendeltreppe. Was sollte er tun? Obwohl er immer noch keine Ahnung hatte, wie das Hauptgebäude dieser Liegenschaft aussah, war ihm klar, dass es sich dabei mit grosser Wahrscheinlichkeit um eine Burg handelte. Vielleicht war es sogar ein Schloss, aber das machte keinen grossen Unterschied. In seiner momentanen Situation kam es einem Gefängnis gleich. Und so, wie die Treppe vor ihm aussah, befand er sich hier nicht in einem Turm der Aussenmauer, sondern eher im Zentrum dieser mittelalterlichen Wehr- und Wohnanlage – und damit mitten im Schlamassel.

Das neuerliche Knurren seines Magens nahm ihm die Entscheidung ab. Hier musste es irgendwo eine Küche oder Speisekammer geben! Er konnte es nicht riskieren, erwischt zu werden, bloss weil sich sein Magen mit Recht lautstark beschwerte, oder weil er vor Hunger derart geschwächt war, dass seine geistige und körperliche Fitness darunter litt. Die Nahrungsbeschaffung duldete keinen weiteren Aufschub!

Nach kurzem Überlegen entschied er sich dafür, die Tür seines Fluchtwegs zu schliessen. Das würde zwar im Fall einer erforderlichen Schnellflucht den entscheidenden Faktor Zeit negativ beeinflussen, war aber immer noch wesentlich besser, als den Tunnel leichtsinnig in die Hände des Gegners fallen zu lassen.

Auf Zehenspitzen schlich er die Treppe hinauf. Immerhin konnten die Steinstufen nicht knarren. Er hatte keine Ahnung, wie viele Personen sich hier aufhielten, und er verspürte auch absolut keine Lust, es herauszufinden. Die unfreiwilligen Bekanntschaften, die er im Zusammenhang mit diesem gelinde gesagt unerfreulichen Auftrag bereits gemacht hatte, reichten ihm vollkommen.

Die Treppe wurde ein Stockwerk höher von einem rund zwei Meter breiten Absatz unterbrochen, der aus dem Rundturm auf einen Korridor führte, und wand sich danach noch weiter nach oben. Da er die Küche eher im unteren Geschoss vermutete, verliess Sentence den Turm und schlich im Halbdunkel des Korridors zur ersten Tür.

Dahinter war es vollkommen ruhig, und so legte er die rechte Hand auf die Klinke. Kaum hatte er das Eisen berührt, zog er sie zurück, als ob er sich die Finger verbrannt hätte. Schritte! Jemand näherte sich von der anderen Seite der Tür!

Wie ein geölter Blitz verschwand Sentence von der Bildfläche. Zehn Sekunden später stand er bereits wieder eine Etage tiefer mit der Hand an seinem Lieblingsgestell und lauschte mit klopfendem Herzen den näherkommenden Schritten. Ein Mann hustete kurz. Er kam in den Turm!

Sentence spannte seine Muskeln. Wenn der andere die Treppe herunterkam, blieb ihm keine Zeit mehr, um das Regal leise zu verschieben. Dann musste er die dahinter versteckte Tür mit einem Ruck aufreissen und schleunigst verschwinden. Und von diesem Moment an würden sie ihn gnadenlos jagen!

Die Geräusche auf den Steinstufen liessen ihn erleichtert aufatmen. So ging man keine Treppe hinunter. Der Bursche wollte nach oben. Kurz darauf wurde eine Tür geöffnet und gleich wieder geschlossen. Im Turm war es wieder still.

Sentence wischte sich mit dem Ärmel den Schweiss von der Stirn. Allmählich wurde er zu alt für solche Eskapaden. Ärger stieg in ihm hoch. Jetzt hatte er endlich eine ganze Tasche voller Geld; zum ersten Mal in all den Jahren, seit man ihn ungerechtfertigt gefeuert hatte und er sich seinen Lebensunterhalt mit teilweise grenzwertigen Unternehmen verdienen musste. Und nun sass er in diesem Steinhaufen fest und hatte Hunger wie ein Wolf! Es war zum Auswachsen!

Die erneuten Türgeräusche zwei Etagen über ihm liessen ihn aufhorchen. Da kam der Kerl ja schon wieder! Hoffentlich verschwand er auch ebenso schnell und hielt sich für den Rest des Tages von diesem Teil der Burg fern! Die Schritte kamen die Treppe herunter und entfernten sich wieder Richtung Korridor, wo gleich darauf die Tür geöffnet und geschlossen wurde.

Als wieder Ruhe herrschte, ging ein Ruck durch Sentence. Hier unten herumzustehen und auf ein Wunder zu hoffen, brachte ihn nicht weiter! Er musste einen erneuten Versuch wagen! Aber vielleicht war es ratsam, sein Glück diesmal ein Stockwerk höher zu versuchen. Oder gleich zwei. Mehr Betrieb als auf der Etage direkt über ihm war dort wahrscheinlich auch nicht, doch möglicherweise hatte er etwas mehr Zeit, sich rechtzeitig zu verstecken, falls wieder jemand kam.

Langsam nahm er die Treppe wieder in Angriff. Vor dem Absatz blieb er kurz stehen, horchte, und ging dann etwas schneller weiter. Als er ein kleines Fenster erreichte, das vor ewigen Zeiten als Schiessscharte gedient haben mochte, blickte er neugierig hinaus. Die Aussicht war atemberaubend, aber nicht sehr hilfreich. Tief unter seinem Aussichtsturm konnte er Wiesen, Bäume und in einiger Entfernung eine kleine Ortschaft erkennen. Aber was ihn wirklich interessierte, nämlich seine unmittelbare Umgebung und vor allem ein Tor in die Freiheit, blieb ihm weiterhin verborgen. Enttäuscht wandte er sich ab und setzte seinen Aufstieg fort.

Der Turm war zwar noch höher, aber Sentence verliess ihn im zweiten Stock, wo er ähnlich verfuhr wie zuvor im Erdgeschoss. Auch hier war es ruhig hinter der ersten Tür, aber das wollte nichts heissen. Vielleicht liess er sie unbewusst gerade deshalb links liegen und ging zur nächsten weiter.

Nach einem schnellen Kontrollblick nach links und rechts betätigte er vorsichtig die Klinke und drückte sanft gegen die Tür. Sie war abgeschlossen. Abgesehen davon, dass ihn verschlossene Türen schon von Berufs wegen interessierten, gab dieser Umstand Anlass zur Hoffnung, dass der Raum dahinter nicht allzu oft benutzt wurde.

Zwanzig Sekunden später war die Tür wieder abgeschlossen, aber diesmal von innen. Der Raum war ziemlich klein und praktisch leer. Das Mobiliar bestand lediglich aus einem uralten Schrank, der an der rechten Wand stand und bis zur Aussenwand mit dem kleinen Fenster reichte, dessen schmutziges Glas nur sehr zurückhaltend Tageslicht ins Zimmer liess.

Vielleicht konnte man hier trotzdem etwas mehr von der unmittelbaren Umgebung sehen. Und tatsächlich: Durch ein kleines Guckloch in der fast blinden Scheibe war etwas zu erkennen, das stark nach der Zufahrt zu diesem abgelegenen Gefängnis aussah. Irgendwo dort unten musste sich der Ausgang aus diesem Albtraum befinden!

Seine Laune besserte sich schlagartig, obwohl er nicht die geringste Ahnung hatte, wie er ungesehen dorthin gelangen sollte. Aber bevor es dunkel war, konnte er ohnehin keinen Ausbruchsversuch wagen, und bis dahin würde ihm bestimmt etwas einfallen. Solange man ausser der unglaubwürdigen Aussage eines Trunkenbolds keinen Beweis für seine Anwesenheit hatte, standen die Chancen gar nicht so schlecht. Eine andere Sache war dann das Tor, aber grundsätzlich konnte man jedes Schloss bezwingen – auch das einer Burg!

Grinsend wandte er sich ab. Dabei fiel sein Blick wieder auf den Schrank. Mehr aus Gewohnheit als aus Neugier warf er einen kurzen Blick hinein. Die Dinger waren nicht unpraktisch als kurzfristiges Versteck, sofern sie nicht bis zum Anschlag mit Krempel vollgestopft waren. Bei diesem Exemplar war dies definitiv nicht der Fall. Er war leer, und zwar komplett, und die linke Seitenwand war auch nicht mehr richtig befestigt.

Er lehnte die Tür nur an. Obwohl er Kleiderschränke mit Inhalt leeren Kästen als Versteck vorzog, konnte es vielleicht ganz nützlich sein, sich diese Option offenzuhalten. Falls wider Erwarten doch jemand in diesen Raum wollte, musste er zuerst die Tür aufschliessen. Das würde ihm genügend Zeit verschaffen, um in den Schrank zu schlüpfen.

Mitten in der Bewegung hielt er inne. Wie konnte die Seitenwand ein paar Zentimeter nach aussen offenstehen, wenn der Schrank an einer meterdicken Mauer stand? Begann hier etwa schon wieder so ein unnützer Geheimgang, der nicht ausserhalb der äussersten Wehrmauer endete?

Sentence zog die Tür wieder auf, stieg in den Schrank und drückte mit einer Hand gegen die Seitenwand, die sogleich nach links aufschwang. Er holte seine Lampe hervor und leuchtete durch die Öffnung. Zwischen dem Schrank und den Steinen der Aussenmauer befand sich ein Hohlraum, der sich nach rechts fortsetzte und schräg nach unten führte; gerade breit und hoch genug, um einem Mann als Durchgang zu dienen.

Da er sowieso nichts anderes zu tun hatte, zog er die Schranktür hinter sich zu und zwängte sich in den Geheimgang. Vielleicht war er ja von einem Nimmersatt angelegt worden und führte mit etwas Glück direkt in die gräfliche Speisekammer. Langsam stieg er im Licht seiner Lampe die primitive Treppe hinab, deren Stufen unterschiedlich hoch waren. Seine Geldtasche hatte er aus Platzgründen nach hinten geschoben.

Nach etwa zehn Tritten blieb Sentence stehen, machte die Lampe aus und horchte in die Dunkelheit. Waren da nicht Stimmen? Tatsächlich. Aber sie schienen glücklicherweise weit weg zu sein und auch nicht näher zu kommen. Nach einer Weile knipste er die Lampe wieder an und brachte die restlichen Steinstufen hinter sich. Ab hier verlief der Gang horizontal.

Vorsichtig ging er weiter. Er musste sich nun in etwa auf der gleichen Höhe wie der erste Stock befinden. Mit jedem Schritt wurden die Stimmen lauter. Bald konnte er einzelne Wörter unterscheiden. Als er schliesslich verstand, was die beiden Männer redeten, die sich rechts von ihm hinter der Mauer aufhalten mussten, blieb er stehen, knipste die Lampe aus und hörte gespannt zu.

«Da gibt es noch etwas. Leider etwas sehr Unerfreuliches. Schulz säuft!»

«Bist du dir da ganz sicher?»

«Absolut. Ich habe eine Flasche gefunden und ihn zur Rede gestellt. Nach anfänglichem Leugnen hat er es schliesslich zugegeben. Er behauptet, Böckmann habe ihm die Flasche förmlich aufgedrängt.»

Es dauerte ein paar Sekunden, bis der andere Mann ruhig sagte: «Bring ihn her!»

«Kommt sofort.»

Ein paar Geräusche waren zu vernehmen, dann blieb es eine ganze Weile ruhig. Geduldig wartete Sentence auf die Rückkehr des Mannes, der ihm in gewisser Weise einen grossen Gefallen getan hatte, indem er der Behauptung des Trinkers, dass sich auf dem Grundstück ein Fremder herumtrieb, keinen Glauben schenkte.

Dann war es so weit. Nebenan wurde es wieder lebendig.

«Komm ruhig näher, Schulz!», sagte die ruhige Stimme freundlich. «Wie ich höre, hast du gegen die Vorschriften verstossen. Was hast du mir dazu zu sagen?»

«Bitte, vergeben Sie mir, Graf! Ich habe nur ganz wenig getrunken, und die Flasche habe ich auch nicht mehr! Es wird nicht wieder vorkommen! Ich verspreche es!»

«Du gibst es also zu. Und du gelobst Besserung. Das ist doch schon ein Anfang.»

«Ja, ich weiss, dass ich einen Fehler gemacht habe! Aber es wird bestimmt nie wieder vorkommen, glauben Sie mir das bitte, Graf!»

«Ich glaube dir. Und Frank glaubt es bestimmt auch. Das tust du doch, Frank, nicht wahr?»

«Ja, das glaube ich auch.»

«Sehr schön. Wir sind uns also alle einig, dass es nie wieder vorkommen darf, nicht wahr, Schulz?»

«Ja, ja, das sind wir, Graf!»

«Gut. Und du siehst natürlich auch ein, dass wir dich für dein Vergehen bestrafen müssen, oder? Das müssen wir doch, Frank, nicht wahr?»

«Unbedingt! Eine Verweigerung des Gehorsams muss auf jeden Fall bestraft werden!»

«Das sehe ich genauso, Frank. Und du doch auch, Schulz, nicht wahr?»

«Ja, Graf.»

«Ausgezeichnet. Was meinst du, Frank, wären in Anbetracht dessen, dass Schulz Reue zeigt und Besserung gelobt, zehn Peitschenhiebe angemessen?»

«Das finde ich sehr gnädig.»

«Ich denke, dass du das Urteil auch sehr gnädig findest, Schulz!» Die Stimme klang plötzlich hart und unnachgiebig.

«Ja, Graf», kam leise die Antwort.

«Ich kann dich kaum verstehen, Schulz. Sprich lauter!»

«Ja, Graf», wiederholte der Verurteilte etwas lauter. «Das ist wirklich sehr gnädig, Graf.»

«Dann soll es so sein.» Diese Worte waren wieder freundlich gesprochen worden, aber die Stimme wurde sogleich wieder eiskalt. «Vollstreck das Urteil, Frank! Aber versau mir nicht den Teppich!»

«Jawohl. Dreh dich um, Schulz! Und geh ein paar Schritte zurück! Das reicht!»

Sentence schloss die Augen, als er die Peitsche auf den Rücken des schreienden Hünen klatschen hörte. Dieser Graf schien noch im finstersten Mittelalter zu leben, wenn er sein fehlbares Personal auspeitschen liess.

«Ich hoffe, das wird dir eine Lehre sein!», liess sich der gnädige Richter wieder vernehmen, als es endlich vorbei war. «Sei gewiss, dass die Strafe weitaus härter ausfallen wird, wenn du rückfällig wirst! Du kannst jetzt gehen!»

«Danke, Graf.» Schulz war kaum noch zu verstehen.

«Was ist mit Böckmann? Sollten wir ihn nicht auch bestrafen?», erkundigte sich Frank.

«Natürlich werden wir ihn ebenfalls bestrafen. Aber nicht mit der Peitsche. Es würde zu viele Fragen aufwerfen, wenn der Hauswart einer angesehenen Kurstätte mit blutigen Striemen am Hals herumläuft und vor Schmerzen kaum aufrecht gehen kann. Aber mir wird schon etwas einfallen, verlass dich darauf! Und jetzt lass uns speisen! Es wird schon bald dunkel.»

Sentence verspürte ein flaues Gefühl in der Magengegend. Er hatte immer noch nichts zu essen. Aber irgendwie war ihm der Appetit vergangen.

11. Kapitel

Sie kamen. Quint hörte den drittobersten Tritt der Holztreppe zweimal kurz hintereinander leise knarren. Lautlos erhob er sich, ging um den Sessel herum und öffnete das nur angelehnte Fenster von Ingrids Zimmer.

Als nebenan die Tür leise geöffnet wurde und zwei Gestalten in sein Zimmer schlichen, stand er bereits im Blumenbeet und liess das Seil los. Wie ein Schatten verschwand er in der Dunkelheit, während die lange Messerklinge dreimal tief in das sorgfältig arrangierte Bündel unter seiner Bettdecke eindrang und seinen vermeintlichen Schlaf in ewige Ruhe umwandeln sollte.

Die markante Form des Kastenwagens war selbst in der Nacht nicht zu übersehen. Geduckt rannte Quint darauf zu und machte sich an der Hecktür zu schaffen. Das Schloss schien irgendwie vermurkst zu sein, liess sich aber trotzdem relativ gut öffnen. Sicherheitshalber schob er ein Stück Karton dazwischen, als er die Tür von innen zumachte und in ihrer Position festhielt. Sich selbst in einem Fahrzeug des Gegners einzuschliessen, konnte fatale Folgen haben.

Der Wagen schwankte leicht, als die beiden verhinderten Meuchelmörder in die Kabine kletterten. Die Türen wurden praktisch geräuschlos zugezogen, und im nächsten Moment setzte sich das Fahrzeug mit leisem Brummen in Bewegung. Erst am Ortsende erhöhte der umsichtige Fahrer das Tempo.

«Das hat ja wie am Schnürchen geklappt!», triumphierte der Beifahrer, den Quint grimmig lächelnd als Böckmann identifizierte. «Der macht bestimmt keinen Ärger! Nie mehr!»

«Kein Mensch hat etwas gemerkt», stimmte Grimm zu. «Der Chef wird sehr zufrieden sein. Vielleicht lässt er ja sogar ein paar Mäuse extra springen.»

«Du kannst ja mal vorsichtig fragen, wenn du nachher anrufst! Das würde Schulz bestimmt gewaltig fuchsen! Der Graf und Hartmann halten ihn sehr kurz an der Leine. Er darf sich nicht einmal hin und wieder einen Schluck genehmigen. Ich habe ihm beim letzten Mal eine Flasche Schnaps mitgebracht, aber zuerst wollte er sie gar nicht annehmen. Ich musste ihn richtiggehend überreden.»

«Bist du verrückt? Wenn die beiden das merken, wird Schulz mächtigen Ärger kriegen!»

«Und wenn schon! Eine kleine Abreibung könnte dem Gorilla gar nicht schaden! Er verprügelt ja auch gern schwächere Gegner!»

«So? Und wenn rauskommt, dass er die Flasche von dir hat? Glaubst du, er hält den Mund, wenn sie ihn in die Mangel nehmen? Du bist ja noch dämlicher als ich dachte!»

Mit einem beleidigten Brummen von Böckmann fand die aufschlussreiche Unterhaltung zu Quints grossem Bedauern ihr vorläufiges Ende. Immerhin wusste er jetzt, dass er richtig spekuliert hatte. Die beiden beabsichtigten nicht, ihre vermeintliche Erfolgsmeldung persönlich zu überbringen.

Als nach einer scharfen Kurve der Untergrund holpriger wurde, wusste Quint, dass sie sich nun auf dem Weg zur Kurstätte befinden mussten. Wenig später wurden sie langsamer.

Kurz bevor das Fahrzeug ganz zum Stillstand kam, öffnete Quint die Tür, stieg aus, ohne sie loszulassen, und lehnte sie wieder an. Voller Anspannung lauschte er den Geräuschen, als Böckmann das Tor öffnete. Auf welcher Seite würde er stehen? Links, auf der Fahrerseite!

Als Grimm wieder anfuhr, schloss Quint im Gehen vorsichtig die Hecktür. Dicht hinter dem erneut stoppenden Wagen wartete er, bis Böckmann im schwachen Schein der Rücklichter ahnungslos keine zwei Meter an ihm vorbeiging, als er den ersten Torflügel schloss. Jetzt!

Mit einem Sprung war Quint hinter Böckmann und liess den improvisierten Totschläger auf dessen hässlichen Schädel niedersausen. Noch während der Pförtner bewusstlos zusammenbrach, packte ihn Quint unter den Armen und schleifte ihn rückwärtsgehend zum Wagen. Eilig kroch er unter das Fahrzeug, drehte sich um und zerrte sein friedlich schlummerndes Opfer dicht zu sich heran.

Schwer atmend wartete er auf die Reaktion des Fahrers, die rechte Hand sicherheitshalber fest auf den Mund des Bewusstlosen gepresst. Drei Sekunden später war es so weit.

«Wo bleibst du denn?!», rief Grimm ärgerlich aus dem Fenster. «Mach endlich vorwärts! Ich muss noch telefonieren!»

Ein paar weitere Sekunden verstrichen. Quints Atem ging wieder ruhig und gleichmässig.

«Anton?» Die befehlsgewohnte Stimme klang plötzlich unsicher. «Was soll der Unsinn? Steig endlich ein!»

Aber Anton rührte sich nicht. Und wenn Quint nicht alles täuschte, würde sich daran noch geraume Zeit nichts ändern. Er war der Ansicht, dass ihm die Dosierung der Schlagstärke ziemlich gut gelungen war.

Das ratschende Geräusch, mit dem die Handbremse angezogen wurde, liess darauf schliessen, dass Grimm gleich aussteigen würde. Tatsächlich knirschte kurz darauf der Kies unter seinen Schuhen, als er sich in Richtung Tor auf die Suche nach dem vermissten Beifahrer machte. Wie er ihn ohne Lampe finden wollte, war Quint allerdings schleierhaft. Unter dem Wagen war es finster wie mitten in einem zugeschnürten Sack voll Steinkohle. Offenbar war Böckmann für die Beleuchtung zuständig.

«Anton! Wo steckst du denn? Nun lass doch den Blödsinn! Nur weil wir erfolgreich waren, ist das noch lange kein Grund, übermütig zu werden! Komm jetzt endlich, ich muss morgen beizeiten aufstehen!»

Da er auch diesmal keine Antwort bekam, rief Grimm mit einem Anflug von Verzweiflung in der Stimme: «Wenn du jetzt nicht sofort kommst, sage ich Frank, dass du verschwunden bist! Den Rest kannst du ihm dann später selber erklären!»

Als seine Drohung ebenfalls wirkungslos in der Nacht verpuffte, entfaltete der verlassene Verwalter plötzlich hektische Aktivität. Innert kürzester Zeit sass er wieder im Fahrerhaus. Noch während er die Tür zuknallte, legte er krachend den Gang ein, gab übertrieben viel Gas – und würgte prompt den Motor ab, weil er vergessen hatte, die Handbremse zu lösen.

Beim zweiten Versuch wurde der Anlasser betätigt, bevor das Kupplungspedal richtig durchgedrückt war. Dafür war jetzt wenigstens die Handbremse gelöst, denn sonst hätte der Wagen keinen Satz nach vorn und damit dem Motor zum zweiten Mal den Garaus gemacht. Quint zog bereits in Erwägung, den Wagen anzuschieben, als es endlich klappte.

Mit laut aufheulendem Motor und durchdrehenden Hinterrädern schoss der Wagen davon und deckte Quint und Böckmann mit einer Ladung Kies ein, wovon letzterer allerdings nichts merkte.

Aufatmend erhob sich Quint und schleifte Böckmann rückwärtsgehend durch das halboffene Tor. Hinter der Mauer liess er ihn wieder zu Boden sinken, zog eine kleine Lampe aus der Jackentasche und schaltete sie ein. Fast augenblicklich wurde keine dreissig Meter entfernt auf einer Wiese der Motor seines Wagens gestartet, den Ingrid ohne Beleuchtung zum signalisierten Treffpunkt steuerte.

«Alles gutgegangen?», erkundigte sie sich leise, während sie ausstieg, zum Kofferraum eilte und den Deckel öffnete.

«Ja. Helfen Sie mir mit den Beinen, der Bursche ist ziemlich schwer», murmelte Quint.

Gemeinsam verfrachteten sie ihren bewusstlosen Fang in den Kofferraum.

«Und jetzt nichts wie weg, bevor Grimm in einem Anflug von Heldentum an den Ort der Schande zurückkehrt!»

Ingrid brachte das Auto zuerst in die neue Fahrtrichtung, ehe sie das Standlicht einschaltete und das Tempo erhöhte. Als sie sich der Strasse näherten, schaltete sie das Abblendlicht ein.

«Ihr tollkühner Plan hat also tatsächlich funktioniert», stellte sie erleichtert fest, als sie auf die Strasse einbog und den Wagen beschleunigte.

«Bis jetzt ist zumindest alles glatt gegangen», bestätigte Quint zufrieden. «Und die Reaktion von Grimm hat mir ganz gut gefallen. Ich denke schon, dass unser Schachzug, eine gegnerische Figur vom Brett zu nehmen, bei der Gegenseite für einige Verwirrung sorgen wird – auch wenn es sich bei Böckmann nur um einen Bauern oder maximal einen Läufer handelt.»

In ausreichender Entfernung zum Gasthof hielt Ingrid an und stellte den Motor ab. «Ich drücke Ihnen die Daumen, dass Sie niemand sieht.»

«Drücken Sie», murmelte Quint und stieg aus.

Zwei Minuten später betrat er den Gasthof durch den Hintereingang und schlich die Treppe hinauf. Den drittobersten Tritt liess er aus. Leise öffnete er die Tür von Ingrids Zimmer, trat ein und schloss hinter sich wieder ab. Im Dunkeln tastete er sich zum Fenster vor, holte das Seil ein, löste den Knoten und machte das Fenster zu.

Mit dem Seil über dem linken Arm ging er zur Verbindungstür, schloss sie auf und auf der anderen Seite gleich wieder ab. Auch hier bewegte er sich mit kleinen Schritten vorsichtig zum Fenster, jedoch nicht, um es zu schliessen, sondern um die Vorhänge zuzuziehen.

Im Licht der Nachttischlampe schlug er die ruinierte Bettdecke zurück, packte das zerstochene Bündel und stopfte es in den Schrank. Anschliessend formte er das voluminöse Deckbett so, dass die hässlichen Einstiche nicht zu sehen waren. Nach einem prüfenden Rundumblick löschte er die Nachttischlampe und begab sich zur Tür, die aufgrund der schlechten Manieren seiner ungeladenen Gäste nicht verschlossen war. Dort lauschte er kurz, trat auf den Gang hinaus und drehte gleich darauf vollkommen geräuschlos den Schlüssel mit der 4 im Schloss um.

Unbemerkt verliess er eine halbe Minute später mit dem Seil über dem Arm den Gasthof wieder durch die Hintertür, schloss sie pflichtbewusst ab und ging zu seinem Auto zurück, wo ihn Ingrid schon ungeduldig erwartete.

«So, jetzt sind Sie wieder dran», bemerkte Quint grinsend, während er das Seil unter den Beifahrersitz schob. «Wenn es sich einrichten lässt, möchte ich zum Frühstück wieder zurück sein. Aber halten Sie die Geschwindigkeitsbeschränkungen trotzdem unbedingt ein! Die Devise lautet, kein Aufsehen zu erregen und Polizeikontrollen möglichst zu vermeiden.»

«An mir solls nicht liegen!» Ingrid fuhr langsam, bis sie die Häuser hinter sich gelassen hatten. Dann drehte sie grosszügig auf.

«Und noch etwas: Denken Sie daran, dass dies mein Auto ist und ich sehr daran hänge!», mahnte Quint und warf Ingrid einen finsteren Blick zu. «Auch wenn Sie die Höchstgeschwindigkeit ganz knapp einhalten, müssen Sie nicht unbedingt mit unvermindertem Tempo durch die Kurven rasen!»

«Aye, aye, Käpt'n!» Unbeeindruckt jagte sie den alten Opel um die nächste Biegung.

Als im Osten der Morgen graute, meldete sich Quint wieder zu Wort. «Halten Sie da vorn irgendwo! Ich möchte mich um unseren Passagier kümmern.»

Augenblicklich nahm Ingrid den Fuss vom Gaspedal und brachte den Wagen sanft zum Stehen.

«Lassen Sie den Motor laufen und halten Sie die Augen offen! Wenn jemand kommt, geben Sie kurz Gas, damit ich Bescheid weiss!»

Mit einer Rolle Klebeband aus dem Handschuhfach

ging er zum Fahrzeugheck und öffnete den Kofferraumdeckel, wobei er sicherheitshalber einen Arm vor sein Gesicht hielt. Falls Böckmann wider Erwarten doch schon bei Bewusstsein war, würde er ihn bei den diffusen Lichtverhältnissen so wohl kaum erkennen können.

Die Vorsichtsmassnahme erwies sich als unnötig. Der gute Anton weilte noch immer im Reich der Träume. Quint fesselte ihm die Handgelenke und sparte dabei nicht mit Klebeband. Bei der Gelegenheit untersuchte er auch gleich den Inhalt sämtlicher Taschen und nahm grinsend die Lampe und alle Ausweispapiere an sich, was allerdings aufgrund der doch sehr beschränkten Platzverhältnisse nicht ganz einfach war. Aber jetzt hatte er wenigstens noch genug Zeit dafür. Zum Schluss wickelte er ihm noch einen Streifen um den Kopf, damit seine Augen vor unerwünschten Lichteinflüssen geschützt waren, wenn sie ihn später loswerden wollten. Zufrieden knallte er den Deckel zu und stieg wieder ein.

«Schläft er noch?», erkundigte sich Ingrid, während sie losfuhr.

«Ja. Ich habe ihm die Augen verbunden und ihn sicherheitshalber noch etwas stabilisiert, damit er sich bei Ihren angsteinflössenden Fahrkünsten nicht wehtut.»

Eine halbe Stunde später ging Ingrid auf Schleichfahrt und schaltete das Licht aus. «Noch ein paar Meter, dann sind wir am Ziel. Suchen Sie sich einen aus, der Ihnen gefällt. Die Richtung stimmt bei allen.»

«Was halten Sie von dem gleich nebenan? Der sieht doch prächtig aus, finden Sie nicht?»

«Oh ja, der gefällt mir auch sehr gut!», stimmte Ingrid lachend zu. «Sagen Sie mir einfach, wann ich stoppen soll!»

«Jetzt! Bringen Sie das Seil mit!» Quint stiess die Tür auf und stieg schnell aus.

Er hatte den Deckel noch nicht ganz offen, da stand Ingrid bereits neben ihm. Gemeinsam zerrten sie Böckmann so weit aus dem Kofferraum, dass ihn sich Quint wie ein halboffenes Klappmesser über die rechte Schulter legen konnte.

«Die Luft scheint rein zu sein», wisperte Ingrid aufgeregt.

So schnell es die geschulterte Last zuliess, ging Quint auf den geschlossenen Güterwagen zu, derweil ihn Ingrid überholte und sich bereits an der Waggontür zu schaffen machte, als er dort ankam. Nach zwei vergeblichen Versuchen vermochte sie die Schiebetür weit genug zu öffnen, um Böckmanns Oberkörper auf den Holzboden zu bekommen, während Quint sich bemühte, die Balance zu halten und möglichst ruhig zu stehen.

«Jetzt schieben!», keuchte Ingrid schliesslich.

Gemeinsam wälzten sie die unhandliche Fracht in den fast komplett mit Holzpaletten gefüllten Wagen.

«Geben Sie mir das Seil und setzen Sie sich ins Auto!», schnaufte Quint und kletterte in den Waggon. Eilig zerrte er den Bewusstlosen neben einen Palettenstapel, legte ihm die Schlinge unter den Achseln um die Brust und knotete das andere Seilende an den Paletten fest. Dass Böckmann bei – aus welchen Gründen auch immer – offener Tür aus dem Wagen fallen konnte, war damit ausgeschlossen. Wenn er irgendwann aus den Tiefen seiner Bewusstlosigkeit auftauchte, würde er einen ziemlichen Brummschädel haben. Und wenn der Zug erst einmal fuhr, konnte er um Hilfe rufen und schreien, soviel er wollte; bis ihn jemand hören würde, konnten viele

Stunden vergehen.

Nachdem er sich vergewissert hatte, dass draussen immer noch alles in Ordnung war, und er dem Eisenbahnfreund eine lange Reise gewünscht hatte, kletterte Quint aus dem Güterwaggon und schob die Tür zu.

Noch bevor er richtig im Auto sass, fuhr Ingrid bereits los, hielt die Motordrehzahl und das Tempo jedoch tief, bis sie zwei Richtungsänderungen hinter sich hatten.

«Mit etwas Glück werden wir den nicht so schnell wiedersehen», stellte Quint zufrieden fest. «Auch wenn sein Gesicht alles andere als eine Augenweide ist, würde ich es trotzdem gern sehen, wenn er merkt, dass er ohne Papiere und Geld hunderte von Kilometern von zuhause weg ist! Jetzt noch zu Ihrer Wohnung, den ganzen Krempel einpacken, und dann schnell zurück zum Gasthof!»

12. Kapitel

Der Aufenthalt im Schloss war nicht sehr erholsam. Es herrschte reges Treiben bis tief in die Nacht. Zum dritten Mal seit Anbruch der Dunkelheit stand Sentence im schwarzen Schatten einer mächtigen Säule und musste fürchten, in wenigen Augenblicken entdeckt zu werden.

Bereits zweimal hatte er erfolglos versucht, seine Suche nach etwas Essbarem zu intensivieren. Doch immer genau dann, wenn er kurz davor war, in einen noch unbekannten Bereich seines Gefängnisses vorzudringen, musste er den Versuch im letzten Moment abbrechen und konnte sich gerade noch rechtzeitig einer Entdeckung entziehen.

So auch jetzt. Der Kerl im weissen Kittel sah mit seiner Brille zwar eher wie ein Arzt aus, aber das schmutzige Besteck in den leeren Tellern auf seinem Tablett deutete eher auf einen Küchenbullen hin. Hoffentlich war er wirklich so kurzsichtig, wie die Flaschenböden in seinem Brillengestell es versprachen!

Sentence schmiegte sich noch enger an die kalte Steinsäule, als sich der Weissrock praktisch auf gleicher Höhe mit ihm befand. Glücklicherweise wurde dessen Aufmerksamkeit genau im richtigen Moment von einem ins Rutschen geratenen Messer in Anspruch genommen, das scheppernd vom Teller auf den Rand des Tabletts und von dort auf den Steinboden fiel.

Der ungeschickte Kellner stiess eine Verwünschung aus und bückte sich derart ungelenk, dass das restliche

Besteck ebenfalls zu rutschen begann. Aufgrund einer instinktiven Korrekturbewegung beteiligten sich die Teller ebenfalls am Sturzfestival und zerschellten mit ohrenbetäubendem Klirren auf den Sandsteinplatten. Den Abschluss bildete das nun leere Tablett.

Sentence stellte seine Atmung vorübergehend ein, als der laut fluchende Tölpel direkt neben seinen Füssen niederkniete und wütend die Scherben auf das Tablett warf. Ein Schmerzensschrei liess vermuten, dass sich das wertvolle Porzellan für die grobe Behandlung rächte. Der blutende rechte Daumen verschwand im Mund des glücklosen Abräumers.

«Was ist los, Doc?», ertönte vom anderen Ende des Korridors eine Stimme, die Sentence Frank zuordnete. «Gefällt dir das Geschirr nicht mehr?»

«Blödmann! Wie oft habe ich euch schon gesagt, dass ihr das Besteck nicht in, sondern neben die Teller legen sollt! Das nächste Mal könnt ihr die Scherben meinetwegen selber zusammenfegen!»

Frank lachte schallend und schien sich wieder zu verziehen. Jedenfalls kam er nicht her, um beim Aufräumen zu helfen. Besonders einfühlsam war er seinen Kollegen gegenüber offenbar nicht. Aber dafür hatte er ja andere Qualitäten.

Murrend beendete der Doc seine erniedrigende Tätigkeit, indem er das Besteck vom Boden klaubte und geräuschvoll neben den Scherben deponierte. Beim Aufstehen stützte er sich mit der linken Hand nur wenige Zentimeter neben einem schwarzen Schuh ab, den er jedoch nicht bemerkte. Dann verschwand er zur grenzenlosen Erleichterung von Sentence um die nächste Ecke.

Sentence nutzte die Gelegenheit und schlich ihm nach.

Auch wenn das Geschirr nur noch ein nutzloser Scherbenhaufen war, würde der kurzsichtige Doc deswegen wohl kaum das Besteck auch gleich wegschmeissen, sondern es vermutlich zum Abwaschen in die Küche bringen. Folglich konnte er vielleicht endlich den Weg dorthin in Erfahrung bringen, indem er feststellte, wohin der verärgerte Messer- und Tellerwerfer verschwand.

Ohne ihn auch nur eine Sekunde aus den Augen zu lassen, folgte er seinem ahnungslosen Führer in gebührendem Abstand; stets bereit, sich beim geringsten Anzeichen von Gefahr in eine dunkle Nische zu drücken, von denen es in diesem Labyrinth erfreulicherweise unzählige zu geben schien.

Als er schliesslich aus einem hell erleuchteten Raum, durch dessen Tür der Doc eben verschwunden war, lautes Klappern und Klirren vernahm, blieb Sentence stehen. Dort also musste sich sein langersehntes Ziel befinden. Endlich!

Allerdings war jetzt nicht der geeignete Zeitpunkt, um an den gräflichen Kochtöpfen zu naschen. Und in der Nähe zu warten, bis dort drin das Licht ausging und Ruhe einkehrte, erschien ihm zu riskant. Hier war ihm eindeutig zu viel Betrieb.

Da kaum anzunehmen war, dass es eine Verbindung mit der Küche gab, hatte er die Erkundung des zweiten Geheimgangs zugunsten der Nahrungsbeschaffung vorübergehend eingestellt. Aber vielleicht war es sinnvoll, die Reihenfolge wieder zu ändern, bis die unsympathischen Schlossbewohner endlich zu Bett gegangen waren und schliefen. Wann das sein würde, stand allerdings in den Sternen.

Ebenso vorsichtig wie auf dem Hinweg, den er bis

jetzt nicht gekannt hatte, zog sich Sentence wieder in sein Refugium im zweiten Stockwerk zurück. Als er sich dem Fenster näherte, war ihm, als höre er ein Motorgeräusch.

Nach ein paar Sekunden war er sicher, dass sich direkt unterhalb des Schlosses ein Wagen die Steigung hinaufquälte. Schliesslich hatte er die Strecke auf dem Boden des Kastenwagens sozusagen hautnah miterlebt. Kam da etwa noch Besuch? Um diese Zeit? Oder kehrten die Schurken von einem ähnlichen Unternehmen wie dem für ihn gelegten Hinterhalt zurück?

So oder so war leider davon auszugehen, dass die Lichter im Schloss noch lange brennen würden. Sein gepeinigter Magen, der inzwischen nicht einmal mehr knurrte, musste also wohl noch geraume Zeit auf seine Wiederbelebung warten. Allmählich hatte er die Nase von diesem Ausflug gestrichen voll, Geld hin oder her!

Übelgelaunt stieg er in den Schrank und betrat den Geheimgang. Er konnte nur hoffen, dass die Batterie noch nicht so bald den Geist aufgab. Jedenfalls würde er später in der Küche auch nach Streichhölzern und Kerzen Ausschau halten.

Als er wieder an der Stelle angelangt war, wo man so gut hören konnte, was auf der anderen Mauerseite gesprochen wurde, blieb er stehen und machte die Lampe aus. Vielleicht gab es ja wieder eine ähnliche Vorstellung wie neulich.

Minutenlang stand er geduldig in der Dunkelheit, ohne dass sich etwas tat. Leise Enttäuschung stieg in ihm auf. Offenbar fand die Party in einem anderen Raum statt. Dann musste er wohl die Erkundung des Geheimgangs ohne ein wenig Unterhaltung fortsetzen. Das war schade, aber vielleicht ergab sich ja auf dem Rückweg doch noch etwas.

Er wollte gerade die Lampe anknipsen, als es nebenan lebendig wurde.

«Grimm ist da!»

Das war Frank, und es klang etwas beunruhigt.

«Grimm? Wieso das denn? Der Hornochse sollte doch anrufen!»

Der Graf schien ziemlich verärgert zu sein. Das versprach Hochspannung!

«Er ist völlig durch den Wind! Faselt dauernd etwas, dass Böckmann von einem Augenblick auf den anderen spurlos verschwunden sei! Soll ich ihn reinholen?»

«Tu das! Scheint so, als hätten es die beiden Armleuchter vermasselt!»

Es entstand eine kurze Pause, die Sentence dazu nutzte, seine Lampe in der Jackentasche zu verstauen. Das hier konnte länger dauern, und wenn er schon keine Sitzgelegenheit hatte, wollte er wenigstens einigermassen bequem stehen.

Gleich darauf war eine aufgeregte Stimme zu hören, die stetig lauter wurde und dann verstummte, als deren Besitzer zum Grafen vorgelassen wurde.

«Weshalb bist du hergekommen?», fragte der Graf streng. «Wir hatten doch ausgemacht, dass du den Vollzug telefonisch melden solltest! Warum missachtest du meine Befehle?»

«Ich bitte um Vergebung, Graf! Aber es ist wirklich wichtig, sonst wäre ich nicht gekommen! Böckmann ist spurlos verschwunden!»

Das war der Mistkerl mit der Schrotflinte, der ihm zuvor diesen Willi Beck auf den Hals gehetzt hatte! Zornig ballte Sentence die Fäuste. Fehlte nur noch Knautschgesicht!

«Was heisst verschwunden? Wann? Wo? Wie? Drück dich gefälligst klarer aus und erzähl der Reihe nach! Und schrei nicht so rum! Wir sind nicht taub!»

«Ja, natürlich, also der Reihe nach: Wir haben den Auftrag sauber erledigt! Drei Messerstiche. Alles lief wie am Schnürchen. Niemand hat etwas gemerkt! Wir haben uns auf der Heimfahrt noch darüber unterhalten, dass Sie wahrscheinlich sehr zufrieden mit uns sein würden und dass vielleicht sogar eine kleine Belohnung für uns rausspringen könnte. Böckmann ist dann ausgestiegen, um das Tor zu öffnen. Ich bin aufs Gelände gefahren und habe gewartet, bis er das Tor wieder zugemacht haben und einsteigen würde. Aber er kam nicht!»

Der letzte Satz wurde voller Verzweiflung in einer Lautstärke hervorgestossen, die dem Grafen wahrscheinlich missfallen würde. Dieser Grimm war offenbar mit den Nerven völlig am Ende, was ihn mit einem wohligen Gefühl der Schadenfreude erfüllte. Schliesslich trug der gemeine Schurke mit seiner Schrotflinte die Hauptschuld daran, dass er halb verhungert in diesem ausgehöhlten Steinklotz festsass!

Was den Schallpegel anbelangte, sah sich Sentence sogleich in seiner Vermutung bestätigt.

«Du sollst nicht so rumschreien! Reiss dich gefälligst zusammen, du Jammerlappen! Und nun erzähl weiter, aber in einer angemessenen Lautstärke!»

«Verzeihung, Graf! Wie gesagt, Böckmann stieg nicht ein. Ich habe mehrmals nach ihm gerufen und bin ausgestiegen. Der eine Torflügel war zu, aber der andere stand noch offen. Und weit und breit war nichts zu sehen oder zu hören von ihm. Ich bin dann zum Haus gefahren und habe dort gewartet, weil ich zuerst glaubte, dass er sich einen blöden Scherz mit mir erlaubt hat. Aber er kam nicht. Er ist spurlos verschwunden, wie vom Erdboden verschluckt!»

Mehrere Sekunden lang blieb es vollkommen still. Offensichtlich herrschte auf der anderen Seite der Mauer Ratlosigkeit.

«Seltsam», liess der Graf sich schliesslich vernehmen. «Wenn er aus den Latschen gekippt wäre, hätte er ja direkt beim Tor oder neben dem Wagen liegen müssen. Hast du auch bestimmt richtig nachgesehen? Auch in seinem Zimmer? Vielleicht liegt Böckmann inzwischen schon im Bett und freut sich wie ein kleiner Junge über einen gelungenen Streich, weil er dich reingelegt hat. Wobei seine Freude nur von sehr kurzer Dauer sein wird, falls es sich tatsächlich so verhält!»

«Das war ja auch mein erster Gedanke! Ich habe ihm sogar damit gedroht, dass ich Sie bei meinem Anruf informieren werde, falls er mir einen üblen Streich spielen will und nicht sofort aus seinem Versteck hervorkommt! Aber es kam trotzdem keine Reaktion von ihm! Das ist es ja gerade, was mich so beunruhigt!»

«Das ist in der Tat unerklärlich», stimmte der Graf zu. «Böckmann müsste eigentlich wissen, dass mir ein solch unprofessionelles Verhalten zutiefst zuwider ist. Und gerade in seinem Fall wäre besondere Vorsicht angebracht!»

«Was meinen Sie damit, Graf?», fragte Grimm unsicher.

«Sag es ihm, Frank!»

«Der Dummkopf hat Schulz eine Flasche Schnaps aufgedrängt. Ich habe sie gefunden, und Schulz hat mir daraufhin alles gebeichtet.»

«Er hat es mir heute Nacht auf der Rückfahrt erzählt», gestand Grimm. «Ich habe ihm deswegen gehörig die Leviten gelesen! Aber ich glaube nicht, dass sein Verschwinden damit zusammenhängt. Vielleicht hat es etwas mit diesem seltsamen Besucher in der Kurstätte zu tun.»

«Was für ein seltsamer Besucher?» Die Frage des Grafen kam wie aus der Pistole geschossen.

«Ein ziemlich unangenehmer Typ. Er hat uns mit irgendwelchen Freunden gedroht.»

«Geht es auch etwas genauer? Lass dir nicht jedes Wort aus der Nase ziehen, sonst helfen wir deinem Erinnerungsvermögen mit der Peitsche auf die Sprünge! Also, was wollte der Kerl? Weswegen hat er euch gedroht? Wie sah er aus?»

«Er war ziemlich robust gebaut. So Anfang fünfzig. Machte einen recht hartgesottenen Eindruck auf mich. Er kam in Begleitung einer attraktiven Frau. Die beiden haben die Alte von Zimmer zwölf besucht. Böckmann hat gehört, wie sie den beiden erzählt hat, dass ihr zweimal etwas Merkwürdiges aufgefallen sei. Wir vermuten, dass sie bemerkt hat, wie wir in der Nacht weggefahren oder zurückgekommen sind. Jedenfalls haben wir den Kerl beim Herumschnüffeln erwischt.»

Es entstand eine kurze Pause.

«Weiter!», forderte der Graf schliesslich leise.

«Er muss gehört haben, wie Böckmann und ich uns darüber unterhielten, dass die Alte vielleicht einen schweren Unfall erleiden könnte. Jedenfalls hat er uns damit gedroht, dass seine Freunde uns fertigmachen würden, sobald wir die Alte auch nur schief ansehen.

Und er war bewaffnet!»

Nach einer unheilvollen Stille, die mehr als eine halbe Minute andauerte, liess sich der Graf wieder vernehmen.

«Und warum weiss ich davon nichts?», fragte er gefährlich ruhig. «Warum rufst du nicht sofort an und meldest derart wichtige Vorkommnisse Frank oder mir? Was ist plötzlich los mit dir, Grimm? Du willst doch bestimmt nicht so enden wie die beiden Geldboten, oder?»

«Nein, nein!», versicherte Grimm fast flehend. «Ich hielt es nicht für wichtig genug, um Sie damit zu belästigen. Bitte vergeben Sie mir, Graf!»

«Was wichtig ist und was nicht, hast nicht du zu beurteilen. Und noch etwas, Grimm: Ich rate dir, keine Fehler mehr zu machen. Nicht einen einzigen! Es könnte dein letzter sein. Hast du mich verstanden?»

«Ja, Graf, das habe ich! Ich werde keinen Fehler mehr machen, ganz bestimmt nicht!»

«Das freut mich. Dasselbe gilt übrigens auch für Böckmann. Sag ihm das, falls er wiederauftaucht. Du kannst jetzt gehen.»

«Ja, Graf, das werde ich! Vielen Dank, Graf!»

«Was hältst du davon, Frank?», wollte der Graf von seinem engsten Mitarbeiter wissen, als Grimm gegangen war.

«Ich weiss es ehrlich gesagt nicht», gestand Frank. «Aber irgendwie habe ich den Eindruck, dass uns jemand in die Suppe spucken will! Der merkwürdige Besucher in der Kurstätte, Böckmanns unerklärliches Verschwinden, der Anruf – zweimal – des arroganten Burschen; für mich scheint das alles zusammenzuhängen! Ich glaube nicht an Zufälle – und schon gar nicht an eine derartige Anhäufung davon!»

«Das deckt sich zu hundert Prozent mit meiner Einschätzung. Vielleicht hätten wir den mysteriösen Anrufer doch empfangen sollen, anstatt ihn zu eliminieren. Aber das lässt sich jetzt nicht mehr rückgängig machen. Auf jeden Fall müssen wir sehr wachsam sein und dürfen uns keine Fehler erlauben. Falls Böckmann wirklich überfallen worden ist, hoffe ich, dass man ihn umgebracht hat. Und nun lass uns für heute Schluss machen, es ist schon spät – beziehungsweise früh.»

Die Gedanken in seinem Kopf überschlugen sich, als Sentence das eben Gehörte einzuordnen versuchte. Grimms Beschreibung passte ziemlich gut auf Quint, und bei seiner Begleiterin könnte es sich durchaus um Ingrid Sommer gehandelt haben – obwohl er nicht wusste, was sie mit der ganzen Sache zu tun haben sollte.

Gesetzt den Fall, dass es tatsächlich so war, konnte das nur bedeuten, dass Quint zunächst darauf verzichtet hatte, die Polizei zur Kurstätte zu schicken, und sich stattdessen selbst dort umgesehen hatte. War dieser Böckmann, bei dem es sich zweifelsohne um Knautschgesicht handelte, womöglich von Quint aus dem Verkehr gezogen worden? Bei der Vorstellung daran konnte sich Sentence ein Grinsen nicht verkneifen. Dann war er nicht zu beneiden, denn mit Quint war nicht gut Kirschen essen, wenn man sich mit ihm anlegte.

Zu hoffen blieb allerdings, dass der ermordete Anrufer nicht mit Quint identisch war.

13. Kapitel

Ingrid unterdrückte ein Gähnen, als die Bedienung an ihrem Tisch vorbeiging, und schob den leeren Teller ein Stück von sich. «Das Frühstück war fantastisch. Aber gegen zwei, drei Stündchen Schlaf hätte ich auch nichts einzuwenden. Die Nacht war nicht gerade erholsam, um es einmal freundlich zu formulieren.» Diesmal liess sich das Gähnen nicht mehr unterdrücken.

Quint nickte. «Ich wollte gerade vorschlagen, dass wir schnell alles aus dem Auto in unsere Zimmer hochtragen und uns dann bis kurz vor Mittag hinlegen. Mir wird eine Mütze voll Schlaf ebenfalls guttun, bevor ich mich in die Höhle des Löwen begebe.»

Beim Hochtragen von Ingrids Gepäck begegneten sie vor dem Gasthof einem Mann, der scheinbar tief in Gedanken versunken grusslos und mit finsterem Gesicht an ihnen vorüberging.

«Das war doch der Jäger von gestern», flüsterte Ingrid Quint zu und drehte sich kurz um. «Er scheint uns gar nicht richtig wahrgenommen zu haben. Seltsam.»

«Vielleicht hat er auch nur so getan, in der Hoffnung, dass wir ihn dann nicht wiedererkennen.»

«Aber warum sollte er? Gestern schien er doch ganz nett und leutselig zu sein.»

«Er hat bestimmt gemerkt, dass ich ihm seine Verkleidung als Jäger nicht abgenommen habe, und jetzt ist es ihm peinlich. Oder er ist beleidigt.»

«Trotzdem finde ich sein Verhalten sehr merkwürdig»,

beharrte Ingrid auf ihrem Standpunkt.

«Holen Sie mich dann nachher zum Mittagessen ab, wenn Sie fertig sind, einverstanden?», schlug Quint vor, als er den Koffer in Ingrids Zimmer abgestellt hatte. «Schlafen Sie gut.»

Nach dem Mittagessen trafen sie sich wieder bei Ingrid, um die Einzelheiten ihres weiteren Vorgehens zu besprechen.

«Wir fahren also bis zur Verbotstafel», fasste Ingrid gerade zusammen. «Dort setze ich Sie ab, fahre auf dem anderen Weg weiter bis zum Waldrand und lasse das Auto dort stehen, während ich mich im Wald verstecke und es im Auge behalte. Wenn Sie nicht bis spätestens morgen Mittag dort sind und sich zu erkennen geben, fahre ich los und alarmiere die Polizei.»

«Sofern die Luft um den Wagen herum rein ist!», korrigierte Quint sie mahnend. «Andernfalls werden Sie schön in Ihrem Versteck bleiben und keinen Mucks machen! Es hilft uns beiden nicht, wenn man Sie schnappt! Und Sentence ebenfalls nicht.»

Sie sah ihn besorgt an. «Ich halte Ihr Vorhaben schon für sehr riskant! Wenn man sich nicht gescheut hat, zwei Killer in Marsch zu setzen, die Sie hier im Gasthof umbringen sollten, dann wird man wohl erst recht nicht davor zurückschrecken, Sie im Schloss zu ermorden! Sollten wir das Ganze nicht einfach abblasen und die Angelegenheit der Polizei übergeben? Die zerstochenen Sachen in Ihrem Zimmer dürften doch wohl überzeugend genug sein, um sie aktiv werden zu lassen!»

Quint schüttelte entschieden den Kopf. «Wenn der Graf hier in der Gegend wirklich so angesehen ist, wie Ihre Tante sagt, dann würde man eher uns für verrückt erklären, als ein Sondereinsatzkommando zum Schloss zu schicken. Wie sollen wir beweisen, dass wir diese abenteuerliche Geschichte nicht einfach erfunden und selbst auf die Decken und Kleidungsstücke eingestochen haben? Nein, mein Entschluss steht fest: Ich werde in Kürze diesen Grafen besuchen und ihn ein wenig unter Druck setzen, damit er nervös wird und weitere Fehler begeht! Einen grossen hat er ja schon gemacht, indem er mich beseitigen lassen wollte! Aber selbstverständlich können Sie sofort aussteigen, damit habe ich überhaupt kein Problem! Dann wären Sie aus der Schusslinie, und ich müsste mir keine Sorgen um Sie machen.»

«Wo denken Sie hin?», protestierte Ingrid entrüstet. «Natürlich mache ich mit! Ich wollte nur ganz sichergehen, dass Sie von Ihrem waghalsigen Unternehmen überzeugt sind.»

Quint lächelte. «Das bin ich! Das spurlose Verschwinden von Böckmann müsste eigentlich bereits für einige Unruhe im gegnerischen Lager gesorgt haben. Darauf lässt sich aufbauen. Ich hoffe nur, dass Grimm sich nicht auch auf dem Schloss herumtreibt, wenn ich dort bin! Wenn er mich sieht, wird er sich bestimmt seine Gedanken machen, und das könnte sich dann für Tante Hanna sehr negativ auswirken!»

«Vielleicht weiss sie ja, wo er ist. Ich werde mich beiläufig danach erkundigen, wenn ich sie nachher anrufe.» Ein schelmisches Grinsen erschien auf ihrem Gesicht. «Ausserdem kann ich mir nicht vorstellen, dass er Sie wiedererkennt, wenn ich mit Ihnen fertig bin! Setzen Sie sich schon mal vor den Spiegel!»

«Hoffentlich werde ich das nachher nicht bereuen!», knurrte Quint, während er gehorsam seinen Sitzplatz wechselte.

«Im Gegenteil!», konterte Ingrid lachend. «Sie werden begeistert sein und sich wünschen, immer so auszusehen! Welche darf es denn sein? Die Braune kann ich notfalls auch ein wenig zurechtstutzen, damit Sie nicht wie ein Hippie aussehen.»

Mit skeptischem Blick musterte Quint die kleine Auswahl. «Dann wohl doch eher die Braune. Mit der Schwarzen würde es ja aussehen, wie wenn ich drei Tage ohne Unterbruch mit Lockenwicklern herumgelaufen wäre!»

«Ja, ich finde auch, dass die Braune besser zu Ihnen passt. Setzen Sie sie auf, dann wissen wir mehr. Leider habe ich nur diese beiden Männerperücken. Wenn Sie eine Frau wären, könnte ich Ihnen eine wesentlich grössere Auswahl anbieten.»

«Wenn ich eine Frau wäre, würde ich mein Aussehen bestimmt nicht mit einer Perücke verändern, sondern die Haare je nachdem offen, hochgesteckt oder unter einem Kopftuch verborgen tragen», entgegnete Quint trocken und stülpte sich die Perücke auf den Kopf.

«Aber doch nicht so lieblos! Der Sinn einer Maskierung liegt doch darin, dass man nicht merkt, dass es sich um eine Verkleidung handelt! Wenn Sie sich nicht wenigstens ein kleines bisschen Mühe geben, ist es besser, ich rasiere Ihnen eine Vollglatze!»

«Unterstehen Sie sich! Das können Sie meinetwegen bei sich selber machen, Sie haben ja genügend Frauenperücken, unter denen Sie den Kahlkopf verstecken können!»

«So, und nun halten Sie sich den Schnurrbart probehalber ins Gesicht!», kommandierte Ingrid, als die Perücke perfekt sass und die Haarlänge den Anforderungen entsprach. «Ja, das sieht doch ganz passabel aus. Kein Vergleich zu Ihrem vorherigen Aussehen! Ich hab's ja gleich gesagt!»

«Und was ist, wenn das blöde Ding nicht hält? Ich glaube, wir verzichten besser darauf, als dieses unnötige Risiko einzugehen.»

«Es wird halten, wenn Sie nicht dauernd daran ziehen, verlassen Sie sich darauf! Damit sehen Sie aus wie d'Artagnan von den Musketieren, einfach mit etwas kürzeren Haaren. Naja, vielleicht eher wie Athos; für d'Artagnan sind Sie definitiv zu alt.»

Eine Viertelstunde später lotste Ingrid den Verwandlungskünstler aus dem Gasthof und zum Auto, ohne dass ihn jemand zu Gesicht bekam, und fuhr los. Die Fahrt zum Postamt verlief schweigend. Es war alles besprochen.

Als Ingrid nach dem Telefongespräch mit ihrer Tante wieder in den Wagen stieg, grinste sie. «Tante Hanna geht es gut. Allerdings scheint sie Böckmann zu vermissen. Jedenfalls hat sie die abstrusesten Theorien, weshalb ihn heute noch niemand gesehen hat, wo er doch sonst überall herumschnüffelt. Dafür scheint Grimm umso aktiver zu sein.»

«Solange er seine Energie sinnvollerweise in seine ehrenwerte Arbeit als Verwalter der Kurstätte steckt und das Grundstück nicht verlässt, ist doch alles in bester Ordnung», spottete Quint. «So, und nun weiter zum Autoverleih!»

Wenig später hielt Ingrid direkt neben dem grünen Ford von Sentence und stellte den Motor ab. Während sie sich aufmerksam nach allen Seiten umsah, stieg Quint aus und verschaffte sich in kürzester Zeit Zugang zum Fahrzeuginnern. Als er hinter dem Lenkrad sass und den Wagen kurzgeschlossen hatte, nickte er Ingrid zu. Eilig verriegelte sie die Beifahrertür des Opels, stieg aus, schloss die Fahrertür ab und ging dann ohne Hast zum Ford hinüber, wo sie sich nach einem unauffälligen Kontrollblick erleichtert auf den Beifahrersitz fallen liess.

Quint liess das Auto in gemächlichem Tempo vom Parkplatz rollen und beschleunigte erst ausserhalb des Ortes.

«Mich würde interessieren, wie Sentence reagieren würde, wenn er hierherkäme und feststellen müsste, dass sein Auto verschwunden ist.» Ingrid musste kichern, als sie sich sein Gesicht vorstellte.

«Ich kann Ihnen sagen, was er tun würde: Genau dasselbe wie ich eben! Er kennt meinen Opel und würde einfach damit losfahren. Und er würde es mir nicht verübeln, dass ich mir seinen Wagen geborgt habe, wenn er den Grund dafür wüsste. Vielleicht ist es eine übertriebene Vorsichtsmassnahme, aber ich möchte verhindern, dass man mein Auto sieht, falls während meiner Anwesenheit im Schloss nach meinem Transportmittel gesucht wird. Grimm und Böckmann haben es bei unserem Besuch in der Kurstätte gesehen und es vielleicht gemeldet. Ausserdem wechseln wir ja später wieder.»

«Apropos wechseln: Der Platz dort vorn scheint mir dafür geeignet zu sein.»

Quint nickte und hielt am Strassenrand, damit sie die Plätze tauschen konnten. Er erklärte Ingrid, wie sie den Wagen kurzschliessen musste, und nahm zufrieden zur Kenntnis, dass sie damit keinerlei Probleme hatte. Zwei Minuten später waren sie bereits wieder unterwegs, und

Ingrid hatte Gelegenheit, sich mit dem Auto von Sentence anzufreunden.

Als Ingrid an der Verzweigung mit dem gräflichen Verbotsschild hielt, um Quint aussteigen zu lassen, schärfte er ihr noch einmal ein: «Vergessen Sie nicht, was ich Ihnen gesagt habe! Gehen Sie kein Risiko ein! Setzen Sie sich beim geringsten Anzeichen von Gefahr unbemerkt ab!»

Ingrid nickte. «Aber seien Sie ebenfalls vorsichtig! Ich möchte nicht ohne Sie von hier wegfahren müssen!»

«Ich werde mir Mühe geben», versprach Quint, bevor er die Tür zuschlug und ihr kurz zuwinkte.

Nachdem der Wagen aus seinem Blickfeld verschwunden war, betrat er das Gelände hinter der Verbotstafel – und damit den Besitz des angeblich so grossherzigen Grafen, der offenbar kein Problem damit hatte, schon bei der blossen Erwähnung einer Erbschaftsangelegenheit einem ihm völlig Unbekannten ein Mordkommando auf den Hals zu hetzen. Er war schon sehr gespannt darauf, diese widersprüchliche Person kennenzulernen. Aber zunächst einmal musste er überhaupt zum Grafen vorgelassen werden.

Der Weg zum Schloss war nicht besonders weit, aber er wurde mit jedem Meter steiler. Die Bäume wichen dem schroffen Blauenfels, dem die Zufahrt zu den hoch über Quint aufragenden Türmen und Mauern vor Jahrhunderten Zentimeter für Zentimeter mühsam abgerungen worden war. Der Angriff auf eine derart günstig gelegene Burg musste seiner Ansicht nach zur Zeit ihrer Errichtung allein schon aufgrund ihrer Sturmfreiheit von vornherein zum Scheitern verurteilt gewesen sein. Schon damals war eine Kriegslist mit Sicherheit wesentlich erfolgversprechender gewesen, und so sollte es auch heute sein, wie er hoffte.

Immerhin gab es keine hochgezogene Zugbrücke und kein heruntergelassenes Fallgitter zu überwinden; ein Umstand, den Quint mit grosser Befriedigung zur Kenntnis nahm. Die beiden Flügel des massiven, eisenbeschlagenen Tors waren geschlossen, aber das hatte er auch nicht anders erwartet.

Energisch drückte er zweimal hintereinander auf den Klingelknopf an der rechten Mauer. In Gedanken zählte er bis fünf, klingelte erneut und liess dabei den rechten Daumen mindestens zehn Sekunden auf dem Knopf liegen. Schliesslich kam er nicht als Bittsteller, sondern als – angeblich – rechtmässiger Erbe dieses Besitztums, welches man seinen Ahnen und Urahnen seit langer, langer Zeit vorenthielt – und damit ihm als Letztem seiner Linie. Und da man es nicht einmal für nötig befunden hatte, auf seine beiden Anrufe zu antworten, würde man ihm schon ein gewisses Mass an Verärgerung zugestehen müssen.

Es dauerte geraume Zeit, bis sich hinter dem mächtigen Tor endlich etwas regte. Besonders eilig schien man es hier mit dem Einlassen von Gästen nicht zu haben, und er hatte sich immerhin am Vortag telefonisch angemeldet. Das unverkennbare Geräusch eines Schlüsselbundes war zu vernehmen. Der linke Torflügel wurde geöffnet, und Quint sah sich dem Hünen gegenüber, den er durch das Fernglas beobachtet und als Trinker eingestuft hatte. Offenbar war er hier so etwas wie der Wachhund.

«Wer sind Sie denn?», fragte der kräftige Torhüter, der ganz offensichtlich mit jemand anderem gerechnet hatte, erstaunt. «Was wollen Sie hier? Das ist Privatbesitz! Haben Sie die Tafel unten denn nicht gesehen?»

«Ich will den Grafen in einer wichtigen Angelegenheit sprechen! Also starren Sie hier keine Löcher in die Luft! Bringen Sie mich gefälligst zu ihm, ich bin angemeldet!»

Der von Quints forschem Befehlston völlig überrumpelte Schlosswächter starrte ihn verblüfft an. «Davon weiss ich nichts», stammelte er, als er seine Sprache wiedergefunden hatte.

«Es reicht, wenn der Graf und ich es wissen. Also los! Auf, auf! Worauf warten Sie noch?»

«Aber ich muss zuerst den Grafen informieren, bevor ich Sie reinlassen kann!»

Der Bursche schien sich wieder gefasst zu haben, aber das liess sich vielleicht sogleich rückgängig machen.

«Sie sollten darauf achten, dass sich Ihr übermässiger Alkoholkonsum nicht allzu sehr auf Ihr Denkvermögen auswirkt und Ihren Verstand noch mehr vernebelt», mahnte Quint in fürsorglichem Tonfall. «Wie heissen Sie eigentlich, mein verwirrter Freund?»

«Schulz. Ich … man nennt mich einfach Schulz», antwortete der wankende Koloss verdattert.

«Schulz.» Quint nickte zufrieden. «Das gefällt mir! Ich überlege gerade, ob ich Sie übernehmen soll, wenn mir das Ganze hier gehört – offiziell mir gehört, um genau zu sein. Es handelt sich ja nur noch um eine kleine Formalität. Also, Schulz, Sie dürfen mich Graf nennen. Ganz formlos, einfach nur Graf. Den Rest können Sie weglassen, weil Sie mir sympathisch sind.»

«Graf?», echote Schulz verständnislos. «Aber wieso Graf? Die sind doch beide hier!»

Volltreffer! Quint liess sich seine Überraschung nicht

anmerken. Das also war die logische Erklärung für das widersprüchliche Verhalten des rätselhaften Grafen! Es handelte sich um zwei Personen mit grundverschiedenen Charakteren!

«Na, sehen Sie, Schulz! Die beiden werden sich bestimmt über den Besuch eines entfernten Verwandten freuen! Lassen Sie mich jetzt rein und seien Sie so gut, mir den Weg zu zeigen! Ich war noch nie hier, obwohl das Schloss mein rechtmässiges Erbe ist! Eigentlich verrückt, nicht?»

Schulz zögerte, gab dann aber seinen Widerstand auf. «Also gut, Graf. Wenn Sie ein Verwandter sind, wird das schon in Ordnung gehen. Kommen Sie, ich bringe Sie hin!»

Quint unterdrückte ein zufriedenes Grinsen und folgte seinem potentiellen Untergebenen durch den Schlosshof zum Eingang. Welchen der beiden Grafen würde er wohl gleich zu sehen bekommen? Die edle oder die niederträchtige Ausführung?

14. Kapitel

Zum ersten Mal, seit er zu diesem haarsträubenden Abenteuer aufgebrochen war, fühlte sich Jack Sentence wieder als Mensch.

Nachdem der Graf und Frank endlich in die Federn gekrochen waren, hatte er kurzerhand wieder umdisponiert und der Küche den langersehnten Besuch abgestattet. Still und heimlich hatte er sich sozusagen an den gräflichen Kochtöpfen gütlich getan, wobei es sich in Tat und Wahrheit um die Reste des Abendessens gehandelt hatte, die glücklicherweise den Weg zurück in die Küche gefunden hatten, ohne dem Doc vom Tablett zu springen. Jedenfalls hatte es ihm vorzüglich geschmeckt, und er hatte sich so richtig sattgegessen.

Eigentlich hatte er sich bei der Gelegenheit auch gleich etwas eingehender im Erdgeschoss umsehen wollen. Aber kurz nachdem er die Küche verlassen hatte, war schon wieder jemand in der Nähe herumgegeistert und hatte seine Pläne durchkreuzt. Entweder gab es hier noch mehr bedauernswerte Kurzaufenthalter wie ihn, die ihren Hunger heimlich stillen mussten, oder jemand ging einer nächtlichen Nebenbeschäftigung nach, von der ausser dem Betreffenden selbst niemand etwas wissen durfte.

Nach seiner Rückkehr in das unbenutzte Zimmer hatte es sich Sentence unter Verwendung seiner Geldtasche als Kopfkissen im Schrank einigermassen bequem gemacht und erstaunlich gut und lange geschlafen. Er wollte möglichst ausgeruht sein, wenn er in der kommenden Nacht einen Ausbruchsversuch wagte. Einen weiteren würden ihm seine unfreiwilligen Gastgeber wohl kaum zugestehen, wenn sie erst einmal Kenntnis von seiner Anwesenheit hatten.

Aber jetzt war es langsam an der Zeit, sich wieder einer sinnvollen Tätigkeit zu widmen. Vorsichtig erhob er sich in seinem Schrankbett, hängte sich die Tasche um und stiess die Klappe zum Geheimgang auf. Vielleicht waren die Erbauer dieser ungastlichen Burg ja doch weitsichtig genug gewesen, einen Fluchttunnel zu buddeln, der weit ausserhalb der äussersten Mauer endete.

Ein weiteres Mal stieg er im Schein seiner Lampe die groben Stufen hinab und spitzte die Ohren, sobald er sich im horizontal verlaufenden Bereich befand. Und auch diesmal wurde er nicht enttäuscht. Noch bevor er nah genug an der Stelle mit der besten Akustik war, um das Gesprochene zu verstehen, entlockten ihm die Stimmen ein Lächeln der Vorfreude. Bisher waren die Darbietungen im unsichtbaren Raum nebenan sehr unterhaltsam gewesen. So gesehen sprach eigentlich alles dafür, dass es auch diesmal interessant werden konnte.

«Hast du sonst noch etwas von Belang?», erkundigte sich der Graf gerade, als Sentence seinen Logenplatz eingenommen hatte.

«Allerdings», antwortete Frank. «Der Doc hat sich darüber beschwert, dass jemand während seiner Abwesenheit in der Küche gewesen ist.»

Das fröhliche Grinsen verging Sentence augenblicklich. Natürlich war zu erwarten gewesen, dass sein nächtlicher Besuch in der Küche nicht unbemerkt bleiben würde. Aber musste der tollpatschige Verpflegungsfeldwebel deswegen gleich einen Aufstand machen und Frank zum Grafen schicken? So gut kochte er nun auch wieder nicht, und mehr als lauwarm waren die Reste ebenfalls nicht gewesen!

«Und wo liegt das Problem?»

Der Graf schien dem Umstand, dass sich jemand in dieser elenden Hungerburg selbst bediente, glücklicherweise ebenfalls keine allzu grosse Bedeutung beizumessen.

«Die Essensreste von gestern sind verschwunden. Und in der Speisekammer fehlen auch ein paar Sachen.»

«Na und? Dann wird sich Schulz eben noch einen Nachschlag genehmigt haben. Wir alle wissen ja, dass er frisst wie ein Scheunendrescher. Mir ist es jedenfalls lieber so, als wenn er säuft!»

«Genau da liegt ja der Hund begraben. Schulz behauptet steif und fest, dass er es nicht war. Und ich glaube ihm. So verfressen er auch sein mag, bisher hat er sich noch nie selbst bedient, sondern immer den Doc halb verrückt gemacht. Ausserdem wird er sich hüten, uns nach der Abreibung von gestern anzulügen. Ich bin mir ganz sicher, dass er die Wahrheit sagt. Glaub mir, ich hätte es ihm angemerkt, wenn er lügen würde!»

Eine bedeutungsschwere Pause trat ein. Sentence runzelte besorgt die Stirn. Diese Entwicklung gefiel ihm gar nicht!

«Ich nehme an, du bist dir der Tragweite deiner Einschätzung voll und ganz bewusst, Frank», sagte der Graf schliesslich ruhig. «Wenn wir Schulz und uns beide ausschliessen können, kommt rein theoretisch – und sage bewusst rein theoretisch – nur noch der Doc selbst in Frage. Das ergibt aber überhaupt keinen Sinn. Weshalb sollte er sich dann beschweren? Er kann sowohl in der Küche als auch in der Speisekammer schalten und walten, wie es ihm gerade in den Kram passt. Ich lasse ihm da ja völlig freie Hand. Folglich gibt es nur eine logische Erklärung: Wir haben einen heimlichen Mitbewohner! Und das erst seit kurzem! Jemand muss sich hier eingeschlichen haben!»

«Es gibt keine andere Möglichkeit», stimmte Frank zu. «Wir haben es mit einem Eindringling zu tun, der uns ausspionieren oder ausschalten will! Und ich weiss inzwischen auch, auf welchem Weg er ins Schloss gekommen sein muss!»

Sentence zog alarmiert die Augenbrauen hoch.

«Ich höre!» Die Stimme des Grafen hatte einen gefährlichen Unterton angenommen.

«Vom kleinen Steingebäude im Hof führt ein unterirdischer Gang in den Ostturm! Ich habe ihn vorhin erst entdeckt!»

«Wie bist du darauf gekommen?»

«Ich habe einen schweren Fehler gemacht», gestand Frank leise. «Schulz hat in seinem Suff etwas von einem Fremden gefaselt, den er im Halbdunkeln undeutlich erkannt haben will, als er sich im Steingebäude wieder einmal einen Schluck genehmigte. Er hat mich deswegen extra geholt. Wir haben den ganzen Raum durchsucht, aber nicht den geringsten Hinweis auf die Anwesenheit eines Fremden gefunden. Schulz war ganz durcheinander. Deshalb habe ich auch die Flasche gefunden und bemerkt, dass er wieder zu saufen angefangen hat. Ich war zum Schluss gelangt, dass er sich das alles unter Alkoholeinfluss nur eingebildet hat, da ich es für undenkbar hielt, dass jemand unbemerkt in den Schlosshof gelangen könnte. Das war leider eine Fehleinschätzung. Ich habe mich geirrt. Und ich weiss auch, dass ich dich trotzdem unverzüglich darüber hätte informieren müssen – und nicht nur über das Vergehen von Schulz.»

«Allerdings, das hättest du tatsächlich tun müssen! Auf wen soll ich mich denn noch verlassen können, wenn du auch noch zu schlampen anfängst? Du hast doch selbst erlebt, was mit Grimm und Böckmann los ist! Also reiss dich gefälligst zusammen, wenn du nicht willst, dass uns alles um die Ohren fliegt! Kann ich mich auf dich verlassen, Frank?»

«Ja, Rolf, das kannst du! Und ich denke, das weisst du auch – trotz dieses Fehlers. Schliesslich sind wir seit unserer Kindheit Freunde. Ich habe dich noch nie im Stich gelassen, und du mich auch nicht! Wir halten doch schon seit eh und je zusammen wie Pech und Schwefel. Das hat uns dein Onkel doch oft genug vorgeworfen.»

«Gut, dann wäre das ja geklärt. Aber nun zurück zu unserem eigentlichen Problem. Wie hast du den Geheimgang entdeckt?»

«Nach Grimms Bericht über Böckmanns merkwürdiges Verschwinden habe ich mir alle Ereignisse der letzten Tage nochmals in Ruhe durch den Kopf gehen lassen. Dabei ist mir der Verdacht gekommen, dass Schulz möglicherweise tatsächlich jemanden gesehen haben könnte, obwohl wir niemanden gefunden haben. Da der Unbekannte unmöglich durch die Tür und über den Hof entkommen sein konnte, während Schulz mich geholt hat, musste er einen anderen Weg genommen haben. Deshalb habe ich mich vorhin nochmals gründlich im Raum umgesehen – und bin schliesslich fündig geworden!»

«Aber wie konnte der Halunke überhaupt unbemerkt

in den Hof gelangen? Das Tor ist rund um die Uhr geschlossen und wird jeweils nur kurz geöffnet, wenn jemand von uns rein oder raus muss», wandte der Graf ein.

«Auch dafür habe ich eine erschreckend einfache Erklärung gefunden; mehr erschreckend als einfach! Was, wenn Grimm und Böckmann sich geirrt haben, und der nächtliche Besucher in der Kurstätte gar nicht über die Mauer geflohen ist, sondern die beiden reingelegt und sich im Kastenwagen versteckt hat? Wenn der Einbruch nur ein Täuschungsmanöver war, um sich heimlich hier einzuschleichen? Die beiden Schwachköpfe sind ja auch prompt losgebraust und hierhergekommen! Während sie uns ihre Version der Geschichte erzählt haben, konnte der clevere Hund problemlos unbemerkt den Wagen verlassen und sich im Steingebäude verstecken!»

«So könnte es tatsächlich gewesen sein!», stimmte der Graf ärgerlich zu. «Diese beiden Vollidioten! Da beseitigen sie voller Stolz einen Gegner im Gasthof, nachdem sie uns zuvor bereits einen anderen direkt in unser Hauptquartier geschleppt haben! Das wirft auch ein ganz anderes Licht auf Böckmanns Verschwinden! Jemand geht nach einem genau durchdachten Plan gegen uns vor! Aber wer steckt dahinter?»

«Vielleicht die liebe Verwandtschaft? Einer deiner Vettern?», gab Frank zu bedenken.

«Du meinst Hermann?»

«Ja. Ihm würde ich jede Schweinerei zutrauen!»

«Grundsätzlich gebe ich dir recht», stimmte der Graf nach einer kurzen Pause zögernd zu. «Skrupellos und gierig genug ist er zweifellos. Und er hasst mich.»

«Aber du bist trotzdem nicht davon überzeugt, habe

ich recht? Warum? Was spricht dagegen?»

«Es passt nicht zu ihm. Hermann ist kein Stratege und Taktiker. Er ist jähzornig, handelt oft völlig irrational. Manchmal denke ich, er ist nicht ganz dicht. Ausserdem war er mit Sicherheit nicht der seltsame Anrufer. Seine Stimme hätte ich auch nach all den Jahren sofort wiedererkannt. Nein, Frank, ich glaube nicht, dass Hermann etwas damit zu tun hat. Wir müssen den Gegner woanders suchen! Aber wo?»

«Vielleicht wissen wir es ja bald. Wenn wir den Kerl schnappen, werden wir es schon aus ihm herausprügeln!»

«Dazu müssen wir ihn erst einmal finden! Und selbst wenn wir das ganze Schloss auf den Kopf stellen und in jeden Winkel schauen, kann es ja sein, dass er sich bereits wieder aus dem Staub gemacht hat!»

«Das glaube ich nicht!», entgegnete Frank entschieden. «Ich habe mir den Geheimgang genau angesehen. Er wurde in erster Linie erstellt, um das Schloss unbemerkt zu verlassen und gegebenenfalls wieder dorthin zurückzukehren; nicht umgekehrt. Der Zugang erfolgt durch eine als Gestell getarnte Tür zuunterst im Ostturm. Der Ausgang im Steingebäude kann grundsätzlich nur vom Gang aus geöffnet und wieder richtig verschlossen werden. Es handelt sich dabei um eine Holzklappe im Bretterboden des Raums, die nur nach innen geöffnet werden kann. Als Verschluss dient ein durch zwei Ösen geschobenes Holzstück.»

«Und wie ist unser ungebetener Gast dann vom Raum in den Gang gekommen?», unterbrach der Graf die Ausführungen seines Vertrauten.

«Er muss buchstäblich eingebrochen sein; und damit

meine ich nicht mit roher Gewalt, sondern unbeabsichtigt, wie jemand auf einem zugefrorenen See! Dabei muss das nicht mehr gerade schnittfrische Holzstück unter dem Gewicht in zwei Teile zerbrochen sein. Aber es ist dem Eindringling gelungen, die Verriegelung noch rechtzeitig vor unserem Eintreffen provisorisch zu reparieren und die Klappe zu schliessen. Deshalb haben wir ihn nicht gefunden. Und sie war geschlossen, bis ich sie entdeckt und aufgebrochen habe. Folglich kann er das Schloss – zumindest auf diesem Weg – noch nicht verlassen haben! Und das wird er auch nicht, weil ich die Klappe mit dem Holzboden im Steingebäude verschraubt habe, so dass es einfach unmöglich ist, sie von unten zu öffnen!»

«Warum arbeitet der Mann eigentlich nicht für, sondern gegen uns?», beschwerte sich der Graf sarkastisch. «Vielleicht sollten wir unseren Gegnern ein Tauschgeschäft vorschlagen, sobald wir den Burschen geschnappt haben, und ihnen zusätzlich zu Böckmann auch noch Grimm überlassen! Damit wären wir auf einen Schlag eine Menge Sorgen los und könnten unsere Personalqualität entscheidend verbessern! Auf jeden Fall müssen wir das Schloss systematisch durchkämmen, von oben nach unten, von Ost nach West, bis wir den Schurken haben!»

15. Kapitel

Schulz schien ziemlich starke Schmerzen zu haben. Er bewegte sich unnatürlich steif und vorsichtig. Quint konnte sich des Eindrucks nicht erwehren, dass der Mann eine fürchterliche Tracht Prügel hatte einstecken müssen. Als er dann auch noch die schräg über den Stiernacken verlaufenden roten Striemen sah, wusste er Bescheid.

«Warten Sie bitte kurz hier, Graf, ich muss schnell Bescheid sagen, dass Sie da sind!» Sein Blick flehte förmlich um Verständnis. «Es dauert bestimmt nicht lange!»

Quint nickte grossmütig. «Schon gut, Schulz. Ich habe nun schon so viele Jahre gewartet, da kommt es auf ein paar Minuten mehr nicht an.»

Mit einem erleichterten Nicken verschwand Schulz durch das stattliche Portal im Innern des beeindruckenden Gebäudes.

Es dauerte länger als Schulz angedeutet hatte. Besonders erfreut schien man verständlicherweise über den ungebetenen Besucher nicht zu sein, mit dessen Erscheinen man trotz vorgängiger Anmeldung nicht mehr gerechnet hatte. Als der Bote endlich wieder zum Vorschein kam, machte er jedenfalls ein ziemlich unglückliches Gesicht. Sein neuer Status als Prügelknabe schien sich weiter gefestigt zu haben.

«Folgen Sie mir bitte, Graf», murmelte Schulz und blickte dabei zu Boden. «Man erwartet Sie.»

Gespannt betrat Quint den nicht sehr grossen, aber

stilvollen Eingangsbereich, von dem auf der linken Seite eine grosszügige, mit einem blauen Läufer ausgelegte Treppe nach oben führte. Nachdem Schulz das Portal hinter ihm geschlossen hatte, führte er ihn diese Treppe hinauf zu einer nur angelehnten Tür, klopfte kurz an, stiess die schwere Holztür ganz auf und gab den Weg frei.

Quint war beeindruckt. Vor ihm lag eine prachtvolle Kemenate, durch deren Fenster die letzten Strahlen der Nachmittagssonne fielen, bevor sie hinter den Bergen untergehen würde. Das helle Holz des Dielenbodens und die weiss gestrichenen Wände verliehen dem Raum eine warme, behagliche Atmosphäre, die durch den imposanten, gemauerten Kamin an der rechten Wand noch verstärkt wurde. Die dunkle Holzdecke, von der ein Kronleuchter herunterhing, bildete dazu einen angenehmen Kontrast.

Das Auffallendste waren jedoch die drei furchteinflössenden Wachsfiguren an der linken Wand: ein Pirat mit Augenklappe und Säbel, ein Scharfrichter mit Henkerskapuze und Richtbeil, und ein römischer Legionär mit Helm, Lanze und Schild. Wie Soldaten in der Habachtstellung standen sie mit unbeweglicher Miene da und starrten mit leblosem Blick die gegenüberliegende Wand an.

«Bitte treten Sie doch näher!» Der elegant gekleidete, hinter einem wuchtigen Schreibtisch sitzende Mann, der hier offensichtlich sein Arbeitszimmer und zugleich eine Art privates Wachsfigurenkabinett eingerichtet hatte, hob den rechten Arm zu einer einladenden Bewegung. Allerdings machte er keinerlei Anstalten, sich aus seinem Ledersessel zu erheben.

143

Langsam ging Quint an den ersten beiden wächsernen Wachposten vorbei und blieb in der Nähe des Römers und damit direkt vor dem in warmen Brauntönen gehaltenen Teppich stehen, welcher wie eine kleine Insel mitten im Ozean den Schreibtisch und den Sessel dahinter zu tragen schien.

«Nehmen Sie sich den Stuhl dort drüben und setzen Sie sich!», sprach der Graf mit befehlsgewohnter Stimme und deutete mit einem leichten Kopfnicken auf den altertümlich wirkenden Holzstuhl neben dem Kamin.

Gelassen griff Quint nach der Stuhllehne und registrierte dabei die auf dem Kaminsims liegende Peitsche. Vielleicht diente dieser Raum ja gelegentlich auch als Folterkammer, wenn Schulz in Ungnade gefallen war – oder sonst jemand. Gemächlich stellte er den Stuhl vor den Schreibtisch und setzte sich seinem Gastgeber gegenüber.

«Was verschafft mir die Ehre?» Die dunklen Augen im Gesicht des Mittvierzigers mit den hellbraunen Haaren musterten Quint kalt und abschätzend.

«Hat Ihnen das Ihr Leibeigener nicht bereits gesagt?», fragte Quint ruhig und zog dabei erstaunt die Augenbrauen hoch.

Der schmallippige Mund seines Gegenübers verzog sich ein wenig, so dass die Mundwinkel nicht mehr ganz so stark nach unten zeigten. Aber die Augen bekamen einen gefährlichen Glanz.

«Sie wollen damit doch nicht etwa andeuten, dass an dem sinnlosen Gestammel von Schulz etwas dran ist, oder? Ich bitte Sie, machen Sie sich doch nicht lächerlich! Also, was wollen Sie wirklich? Und fassen Sie sich bitte kurz, Sie verschwenden meine kostbare Zeit!»

«Bei so vielen Kostbarkeiten – und nicht nur Zeit – wie Sie und Ihre Ahnen mir und meinen Vorfahren gestohlen haben, werden Sie schon ein wenig Geduld aufbringen müssen! Im Übrigen möchte ich den Grafen persönlich sprechen – den richtigen! Konstantin Graf Blauenfels. Ich weiss ja nicht einmal, wer Sie sind; und ob Sie überhaupt befugt sind, mit mir zu verhandeln!»

Als Ausgleich zu den schmaler werdenden Augen wurde die Zornesfalte auf der Stirn des Grafen deutlich ausgeprägter. «Was fällt Ihnen ein!», zischte er böse. «Ich bin Rolf Graf Blauenfels!»

«Also tatsächlich der missratene Sprössling von Norbert, diesem Tunichtgut», konstatierte Quint ungerührt. «Habe ich also richtig vermutet. Ein besonders schwarzes Schaf der kontinentaleuropäischen Linie. Wurde Norbert nicht vom Familienrat der Grafentitel aberkannt? Und ausgerechnet Sie schiebt Ihr Onkel vor, um mit mir über sein weiteres Schicksal zu verhandeln? Das ist ja unfassbar! Sagen Sie ihm, dass ich nur mit ihm verhandeln werde und mich andernfalls gezwungen sehe, seine Enteignung unverzüglich einzuleiten! Und nun holen Sie ihn – oder bringen Sie mich zu ihm! Aber subito!»

«Dann sind Sie also der mysteriöse Anrufer?», erkundigte sich der Graf lauernd.

«Was heisst hier mysteriös?», brauste Quint auf. «Ich habe dem Lakaien am Telefon klipp und klar zu verstehen gegeben, dass ich den Grafen sprechen will! Aber er besass die bodenlose Unverschämtheit, mich zu vertrösten! Und das nicht nur einmal, sondern sogar zweimal! Dabei habe ich ihm unmissverständlich meinen Besuch für heute Nachmittag angekündigt, sollte man mich nicht zurückrufen! Was soll daran mysteriös sein? Und nun sitze ich einem unautorisierten Abkömmling dieser unsäglichen Linie gegenüber, der sich dumm stellt! Aber nicht mit mir!»

«Beruhigen Sie sich!», beschwichtigte ihn der Graf, der sich offenbar wieder voll unter Kontrolle hatte. «Vielleicht ist das Ganze ja ein grosses Missverständnis. Ich versichere Ihnen, dass man Sie noch am selben Abend zurückrufen wollte! Aber es ging niemand ans Telefon. Wo sagten Sie noch mal, sind Sie abgestiegen?»

«Im Gasthof zum Bären.»

Der Graf erschien Quint um eine Spur blasser, als er vorsichtig fragte: «Sprachen Sie nicht vom Gasthof zum Löwen?»

«Oh, habe ich das? Dann muss ich die Biester wohl verwechselt haben. Das passiert mir in letzter Zeit leider öfters. Vielleicht handelt es sich ja tatsächlich um ein Missverständnis.» Quint gab sich etwas versöhnlicher.

Der Graf drückte einen Knopf auf seinem Schreibtisch und lehnte sich lächelnd zurück. «Ich schlage vor, wir trinken jetzt zusammen einen Cognac und besprechen die Angelegenheit in aller Ruhe. Es wird sich bestimmt eine Lösung finden. Aber ich fürchte, Sie müssen mit mir vorliebnehmen. Onkel Konstantin fühlt sich seit einiger Zeit nicht wohl. Deshalb hat er mich gebeten, vorübergehend seine Geschäfte zu leiten.»

«Oh! Was fehlt ihm denn? Es ist doch hoffentlich nichts Ernstes, oder?», erkundigte sich Quint mitfühlend und machte ein besorgtes Gesicht.

Die Tür wurde geöffnet, und der Graf rief an Quint vorbei: «Ah, da bist du ja, Frank! Bring uns einen Cognac!»

«Sehr wohl, Graf, kommt sofort!»

Quint hatte Franks Stimme sofort als jene seines telefonischen Gesprächspartners identifiziert, liess sich jedoch nichts anmerken und lauschte interessiert der Antwort auf seine Frage nach dem Gesundheitszustand des alten Grafen.

«Der Arzt meint, dass es sich um einen vorübergehenden Schwächeanfall handelt. Er braucht vor allem viel Ruhe und muss sich schonen. Aber nun zu Ihnen: Ich weiss immer noch nicht, wer Sie eigentlich sind.»

«Ach, wie unaufmerksam von mir!», rief Quint mit betroffenem Gesicht und breitete entschuldigend die Arme aus. «Ich bin der Count of Bluerock! Eigentlich bis vor kurzem Earl of Bluerock, aber da ich meinen Wohnsitz inzwischen von Grossbritannien auf den Kontinent verlegt habe, bin ich jetzt für die Briten eben ein Count. Und für die deutschsprachigen Europäer bin ich Robert Graf Blauenfels. Also auch für Sie!»

Quint beugte sich ein wenig vor und streckte dem etwas geschockt wirkenden stellvertretenden Schlossherrn über den Schreibtisch seine behandschuhte Rechte hin, die dieser nach sekundenlangem Zögern ergriff und schwach drückte.

Es klopfte einmal kurz an die Tür.

«Aha, der Cognac kommt!», rief Rolf eine Spur zu fröhlich. «Stell das Tablett hier ab, Frank! Den Rest mache ich! Aber ich finde, du solltest jetzt anfeuern!»

Frank kam dem Befehl beflissen nach und entzündete die bereits im Kamin aufgeschichteten Scheite mit Hilfe einiger zusammengeknüllter Zeitungsseiten, während sein Herr und Meister den Cognac einschenkte und Quint einen Cognacschwenker hinhielt.

«Um diese Jahreszeit sind die Nächte hier noch ziemlich kühl; besonders in einem Schloss ohne den Luxus einer Zentralheizung! Solange tagsüber die Sonne durch die Fenster scheint, ist es erträglich, aber sobald sie weg ist, wird es ungemütlich. Und das wird sie in wenigen Minuten sein.»

«Wem sagen Sie das.» Quint nickte bestätigend und unterzog das Glas in seiner linken Hand einer aufmerksamen Musterung. «Und auf der Insel ist es noch wesentlich schlimmer. Aber das ist jetzt ja vorbei. Sobald wir alles geregelt haben, werde ich hier einziehen.»

Vom Kamin her war ein ersticktes Husten zu vernehmen. Ein kurzer Blick zu Frank bestätigte jedoch Quints Annahme, dass nicht der Rauch daran schuld war.

«Möchten Sie Ihre Lederhandschuhe nicht ausziehen? So kann der Cognac die Körperwärme ja gar nicht aufnehmen. Und das wäre doch schade, nicht wahr? Ihnen wird bestimmt bald warm genug sein – so nah am Kaminfeuer.» Der Unterton in der Stimme des Grafen wollte nicht so recht zu seinen fürsorglichen Worten und dem Lächeln passen.

«Ich ziehe meine Handschuhe nie aus, wenn ich geschäftlich unterwegs bin», entgegnete Quint leichthin und beobachtete aus den Augenwinkeln, wie Frank mit einem Schürhaken unnötigerweise im Kamin herumstocherte. «Genauso wenig, wie ich ohne Rückversicherung einen neuen Geschäftspartner aufsuche. Ausserdem vertrage ich ziemlich heiss. Seien Sie also ganz unbesorgt!»

«Wie Sie meinen. Ich denke, das genügt jetzt, Frank! Lass uns allein! Ich werde klingeln, wenn wir noch etwas brauchen.»

«Was hat es eigentlich mit den Wachsfiguren auf

sich?», erkundigte sich Quint, nachdem Frank den Raum verlassen hatte. «Ein Steckenpferd von Ihnen? Oder von Ihrem Onkel?»

Der Graf lachte leise. «Von Onkel Konstantin bestimmt nicht! Der hat schon nicht besonders viel übrig für die alten Rüstungen, die hier seit Menschengedenken herumstehen. Ist eine Liebhaberei von mir. Gefallen sie Ihnen? Die Waffen sind übrigens alle echt!»

«Ist bestimmt nicht gerade billig, Ihre Marotte», bemerkte Quint etwas abfällig und blickte interessiert auf seinen Cognacschwenker, in dem sich der in der halboffenen Tür stehende Frank spiegelte. «Ich bevorzuge eine etwas preiswertere und mindestens genauso realitätsnahe Variante.»

«Tatsächlich?», fragte sein Gastgeber gedehnt, während er das Glas schwenkte. «Welche?»

«Ich sammle lebende Figuren, wenn Sie so wollen. Meine Freunde helfen mir dabei. Aber ich statte sie nicht mit Waffen aus; im Gegenteil, ich nehme sie ihnen ab und entsorge sie anschliessend. Im Grunde meines Herzens bin ich Pazifist. Sie sind übrigens etwas früh dran mit dem Schwenken. Ihr Cognac hat bestimmt auch noch nicht die richtige Temperatur, obwohl Sie keine Handschuhe tragen.»

Das Schwenken hatte augenblicklich aufgehört. «Was entsorgen Sie? Die Waffen oder deren Besitzer?»

«Die Waffen natürlich!», antwortete Quint lachend.

«Natürlich.» Der Mund des Grafen verzog sich ebenfalls zu einem Lächeln, das jedoch seine Augen nicht erreichte.

«Meistens jedenfalls», ergänzte Quint und vergewisserte sich dabei, dass Frank sich noch an derselben Stelle befand wie vorher. «In der Regel lasse ich die Besitzer nach einer gewissen Zeit wieder gehen – abgesehen von einigen wenigen Ausnahmen, die statistisch gesehen jedoch kaum ins Gewicht fallen. Normalerweise behalte ich lediglich die Personalausweise; gewissermassen als Trophäen.»

«Könnte man dies als Bestandteil Ihrer – wie sagten Sie noch mal – Rückversicherung betrachten?»

«Ja, unter anderem. Natürlich gibt es da noch einige weitere Massnahmen, wie etwa das Umdrehen von gegnerischen Lakaien, die von ihren Herrschern schlecht behandelt werden – um nur eine zu nennen.»

«Was verstehen Sie unter schlechter Behandlung?»

«Ach, das ist natürlich ein sehr breites Spektrum. Beispielsweise Auspeitschung oder psychischer Druck; Versklavung, wenn Sie so wollen. Das gehört sicherlich dazu.»

«Könnte eine weitere Arbeitsmethode von Ihnen die Entsendung von Spionen oder Saboteuren ins gegnerische Hauptquartier sein?»

«Durchaus. Diese Massnahme hat sich in der Vergangenheit als sehr wirkungsvoll erwiesen.»

Der Graf lächelte. «Kommt es oft vor, dass Ihre Agenten sozusagen von einem Einsatz hinter den feindlichen Linien nicht zurückkehren?»

«Selten. Natürlich kann es vorkommen, dass einer erwischt wird. Die Arbeit ist ja nicht ganz ungefährlich, wie Sie wissen. Aber in der Regel bekommen wir unsere Leute trotzdem wieder mehr oder weniger unbeschadet zurück – entweder durch Verhandlungen oder notfalls mit Gewalt. Letzteres ist aber glücklicherweise nur bei sehr dummen Gegnern der Fall und kommt daher erfreulicherweise auch nur äusserst selten vor. Wir bevorzugen eindeutig die geschäftliche Variante.»

«Und was bieten Sie üblicherweise in solch seltenen Fällen als Tauschmittel an?»

«Nun, das hängt natürlich von verschiedenen Faktoren ab. In Ihrem Fall zum Beispiel gäbe es da mehrere Möglichkeiten.»

«Nämlich?»

«Vor knapp zweihundertdreissig Jahren wurde bei der Vererbung dieses Schlosses ein fataler Fehler begangen. Indem man Ihren Urahn Leopold seinem älteren Bruder und rechtmässigen Erbgrafen Bonifatius vorzog und damit sämtliche Familiengesetze und Traditionen gebrochen hat, wurde der englischen Linie grosses Unrecht zugefügt. Ich habe nun eine Handvoll der besten Anwälte auf den Fall angesetzt, mit dem sehr befriedigenden und gerechten Ergebnis, dass das schändliche Tun von damals offiziell als rechtswidrig beurteilt und damit für ungültig erklärt wird. Somit bin ich als letzter erbberechtigter Vertreter meiner Linie der rechtmässige Besitzer dieses Schlosses und aller übrigen Grundbesitze. Das ist amtlich beglaubigt.»

Der Graf lachte schallend. «Gibt es für diese ungeheuerliche Geschichte auch irgendwelche Beweise?»

«Selbstverständlich. Glauben Sie, ich wäre sonst hergekommen? Ich wollte Ihren Onkel sozusagen schonend darauf vorbereiten, bevor übermorgen der Brief mit der Aufforderung zur Unterzeichnung der Abtretungsurkunde beim zuständigen Gericht ins Schloss flattert. Es ist alles vorbereitet.»

«Und falls er nicht unterzeichnet?» Die dunklen Augen hatten einen tückischen Ausdruck angenommen.

«Dann wird unverzüglich der Enteignungsvorgang eingeleitet!» Quint kontrollierte kurz das Bild in seinem Cognac-Handspiegel auf unerwünschte Veränderungen, bevor er in kameradschaftlichem Ton fortfuhr: «Aber so weit muss es ja gar nicht kommen.»

«Sondern?» Die Stimme des gräflichen Neffen klang ein wenig heiser.

«Da mir das Schloss zusteht, könnten wir es natürlich als potentielles Tauschobjekt in unsere hypothetischen Überlegungen miteinbeziehen. Ehrlich gesagt bin ich nicht besonders scharf darauf, riesige Geldbeträge in den Unterhalt des alten Kastens zu stecken, nur damit ich meinen Geschäftssitz hierher verlegen kann. Ich könnte mir also durchaus vorstellen, gegen eine angemessene Entschädigung von – sagen wir zwei Millionen Mark – und die Freigabe meines Feldagenten in unversehrtem Zustand auf meine diesbezüglichen Ansprüche zu verzichten.»

«Sie sprachen von mehreren Möglichkeiten», erinnerte der Graf mit steinernem Gesicht.

«Richtig. Natürlich können wir bei unserem Geschäft das Schloss auch aussen vor lassen; ich bekomme es ja sowieso und kann es bei Bedarf möglicherweise zu einem deutlich höheren Preis verkaufen. Somit böte sich dann die Variante eines einfachen Gefangenenaustauschs an. Neulich ist mir da ein besonders hässlicher Galgenvogel in die Hände gefallen. Hat zusammen mit einem Komplizen mehrmals auf ein leeres Bett eingestochen und damit die Zimmervermieterin ziemlich gegen sich aufgebracht. Warten Sie, ich zeige Ihnen ein Bild von ihm.»

Quint zog mit der freien rechten Hand den Personalausweis von Böckmann aus der Brusttasche und warf ihn vor dem Grafen auf den Schreibtisch.

Eine Zeitlang war nur das Knacken der Holzscheite im angenehm wärmenden Feuer zu hören.

«Und wenn dieser unsympathische Gefangene für einen Austausch gegen Ihren Feldagenten zu wenig wertvoll wäre?», fragte der Graf schliesslich gepresst.

«Ein gutes Argument. Er taugt wirklich nicht viel», gab Quint zu und warf einen kurzen Blick auf seine Armbanduhr. «Aber das liesse sich vermutlich ohne grössere Probleme kompensieren. Im Moment arbeiten wir gerade an der Neutralisation eines gewissen Manfred Grimm. Möglicherweise haben wir ihn bereits. Er macht einen etwas fähigeren Eindruck auf uns. Ich wäre bereit, ihn sozusagen als wertsteigernde Zugabe an Sie abzutreten. Aber vielleicht sollten wir uns nun ein wenig dem Cognac widmen. Ich fürchte, Ihrer wird sonst allmählich zu warm.»

16. Kapitel

Eilig stieg Sentence die Stufen zu seinem Schlafgemach hinauf. Warum musste die Suche nach ihm ausgerechnet im obersten Stockwerk beginnen? Konnten die gemeinen Schufte nicht im Keller damit anfangen, wenn sie schon den Geheimgang entdeckt und für ihn unbrauchbar gemacht hatten? Dadurch war auch sein ohnehin schon sehr riskanter Notfallplan, das Schloss im Morgengrauen durch den Haupteingang zu verlassen und irgendwie die Aussenmauer zu überwinden, praktisch undurchführbar geworden. Ganz zu schweigen von seiner nebelhaften Hoffnung, hier noch mehr Geld zu finden. Jetzt, wo sie wussten, dass sich irgendwo in ihren geheiligten Hallen ein Fremder herumtrieb, würden sie jedem Schatten misstrauen.

Bevor er in den Schrank stieg, blieb er lauschend auf dem obersten Steintritt stehen. Es war ziemlich unwahrscheinlich, dass in der kurzen Zeit schon jemand auf der Suche nach ihm bis zu diesem Raum vorgedrungen war. Ausserdem war die Tür verschlossen und es steckte kein Schlüssel im Schloss.

Andererseits konnte genau das zu falschen Schlüssen führen, wenn jemand nicht wusste, dass es schon vor seinem heimlichen Eindringen so gewesen war. Deshalb wollte er wenigstens die Schranktür abschliessen; und zwar so, dass niemand auf die Idee kam, ihn dort drin zu suchen und dabei womöglich das aussergewöhnlich geräumige Seitenfach entdeckte. Kein halbwegs vernünftiger Menschenjäger würde sein Wild in einem verschlossenen Schrank vermuten, wenn der Schlüssel aussen steckte.

Dazu musste er allerdings das Schloss zumindest teilweise zerlegen und anschliessend wieder zusammenbauen. Das nahm einige Zeit in Anspruch, konnte aber von entscheidender Bedeutung sein. Und da er ja sein Einbruchswerkzeug ohnehin dabeihatte, wäre es schon fast fahrlässig gewesen, es nicht zu tun.

Er stieg in den Schrank, deponierte die Lampe so, dass er trotz des bereits etwas schwächer gewordenen Lichtstrahls genug sah, zog das Werkzeug aus der Jackentasche und legte es sorgfältig neben sich auf den Schrankboden.

Während er mit einem Taschenmesser die Schrauben der Abdeckung löste, überlegte er, wie lange es wohl dauern mochte, bis sie kamen. Wenn sie sofort nach der Entschlussfassung losgestürmt waren und die Reihenfolge einhielten, mussten sie sich jetzt ebenfalls auf dieser Etage befinden. Und da er sich dem Lauf der Sonne nach zu urteilen ziemlich weit südöstlich aufhielt, konnten sie jeden Augenblick hier sein.

Sentence stellte seine deprimierenden Überlegungen wieder ein, als er die Abdeckung entfernte und zu seinem Werkzeug legte. Zufrieden betrachtete er den Mechanismus und griff nach zwei dünnen, flachen Metallstücken, deren Enden er vorsichtig beidseitig des Schlüsselbarts positionierte. Ganz langsam drehte er damit den Schlüssel im Schloss um, bis sich der Riegel mit einem leisen Klicken um etwa anderthalb Zentimeter verschoben hatte.

Aufatmend zog er die beiden Metalle zurück und versorgte sie, bevor er die Abdeckung wieder montierte. Für den unwahrscheinlichen Fall, dass der Schrank doch kontrolliert wurde, musste alles ganz normal aussehen. Als er anschliessend sein Werkzeug wieder in der Jackentasche verschwinden liess, flackerte seine Arbeitsbeleuchtung kurz und gab dann den Geist auf. Mit einer gemurmelten Verwünschung verstaute er auch die nutzlos gewordene Lampe in seiner Jacke und kletterte durch die Seitenöffnung in den Geheimgang.

Nachdem er die Seitenwand in die ihr ursprünglich vom Tischler zugedachte Position gebracht hatte, tastete er sich mit äusserster Vorsicht durch die vollkommene Finsternis. Die unterschiedlichen Höhen der Steinstufen machten den Weg zu einer echten Herausforderung. Wenn er sich hier einen Fehler erlaubte, konnte er seine Fluchthoffnungen begraben.

Nach einer gefühlten Ewigkeit hatte Sentence endlich den Abschnitt erreicht, der zwar auch nicht wirklich eben war, aber immerhin horizontal verlief. Die Stimmen aus dem verborgenen Raum hinter der Mauer lösten bei ihm ein Gefühl der Erleichterung aus. Offensichtlich beteiligten sich nicht alle verfügbaren Treiber an der Hetzjagd auf ihn. Der Graf selbst war jedenfalls nicht dabei, sondern schien sich gerade mit einem Gast zu unterhalten.

«Und wie könnte aus Ihrer Sicht ein solcher Gefangenenaustausch ablaufen? Ich nehme an, dass Sie diesbezüglich konkrete Vorstellungen haben.»

«Natürlich. Wir führen so etwas ja nicht zum ersten Mal erfolgreich durch. Aber ich finde, wir sollten für heute Schluss machen und unser anregendes Gespräch morgen fortsetzen. Sie werden sich ja sicherlich auch mit Ihrem Onkel beraten müssen; immerhin ist er ja momentan noch der Herr im Hause.»

Mit offenem Mund stand Sentence in der Dunkelheit und staunte. Das war doch Quint!

«Sie haben recht. Werden Sie abgeholt? Wenn Sie wollen, können Sie mein Telefon benutzen. Oder Frank kann Sie fahren»

«Danke für Ihr freundliches Angebot, aber das wird nicht nötig sein. Mein Fahrer hat stets exakte Anweisungen, wie er sich verhalten soll. Ich habe ihm für den Rest des Tages freigegeben, da ich beabsichtige, hier im Schloss zu nächtigen. Ich gehe davon aus, dass Sie nichts dagegen einzuwenden haben.»

Kein Zweifel, es war tatsächlich Quint. Die Stimme und sein selbstsicheres Auftreten waren unverkennbar. Aber warum um alles in der Welt wollte er hier übernachten? War er etwa nicht mehr ganz bei Trost?

«Durchaus nicht. Es ist mir eine Ehre. Ich werde Frank rufen, damit er Sie zu Ihrem Schlafgemach führt. Ah, da kommt er ja gerade! Frank, zeig dem Grafen den Weg zum Gästezimmer und sag dem Doc Bescheid, dass er morgen für eine Person mehr Frühstück machen soll!»

«Sehr wohl, Graf», antwortete Frank in einem Tonfall, dem Sentence entnahm, dass der gräfliche Auspeitscher mindestens ebenso erstaunt war wie er selbst.

«Dann wünsche ich angenehme Nachtruhe.»

«Die wünsche ich Ihnen ebenfalls. Und vielen Dank für Ihre Gastfreundschaft.»

Nachdenklich fuhr sich Sentence mit der Hand über sein stoppeliges Kinn. Graf? Wieso betitelte der Graf gegenüber Frank Quint ebenfalls als Grafen? Von was für einem Gefangenenaustausch hatten die beiden gesprochen? Was hatte das alles zu bedeuten?

«Grimm?», tönte es von nebenan. «Ist alles in Ordnung bei dir? Hör genau zu und unterbrich mich nicht! Einer der Entführer von Böckmann ist hier; der, den ihr angeblich so grandios abgemurkst habt! Er hat behauptet, dass du ebenfalls dran bist! Seine Leute sollen dich jeden Moment haben! Also setz dich sofort in den Wagen und komm her! Aber pass auf, dass sie dich nicht vorher erwischen! Alles Weitere später!»

Sentence grinste über beide Ohren. Quint! Dieses ausgekochte Schlitzohr! Er hatte also die richtigen Schlüsse gezogen und seine Spur bis hierher verfolgt! Aber indem er hier aufkreuzte und sich gewissermassen in die Fänge dieser Bestien begab, ging er ein ganz schönes Risiko ein! Hoffentlich pokerte er nicht zu hoch!

«Was ist denn in dich gefahren?», beschwerte sich Frank aufgebracht, nachdem er seinen verhassten Auftrag ausgeführt hatte. «Wieso hast du den unverschämten Mistkerl nicht hochkant rausgeschmissen? Der blufft doch!»

«So? Und woher hat er dann Böckmanns Papiere? Natürlich kaufe ich ihm das Märchen mit dem Schloss nicht ab; es gibt keine englische Linie. Aber dass er Böckmann ausgeschaltet, ihn und Grimm zuvor aufs Kreuz gelegt und uns einen seiner eigenen Leute auf den Hals gehetzt hat, der hier irgendwo herumschleicht, steht ja wohl ausser Frage! Warum soll ich ihn rauswerfen, wenn er schon mal da ist und freiwillig bleibt?»

«Wenn man es so betrachtet, hast du natürlich recht. Aber was hast du jetzt vor? Wir wissen noch nicht einmal, ob er bewaffnet ist!»

«Mach dir deswegen keine Sorgen! Wir lassen ihn hier nicht mehr weg und versuchen, den anderen auch zu schnappen! Dann werden wir ja sehen, wer in der besseren Verhandlungsposition ist! Ich habe Grimm angerufen, damit er sofort herkommt. So ist er aus der Schusslinie und kann uns hier unterstützen. Du schiebst inzwischen Wache vor dem Gästezimmer, damit unser neuadliger Freund nicht auf dumme Gedanken kommt! Sobald Grimm da ist, kann er dich ablösen, und wir suchen den Komplizen!»

«Bin schon weg!»

Das Grinsen war längst aus dem Gesicht von Sentence verschwunden und hatte einem äusserst besorgten Ausdruck Platz gemacht. Quint hatte wohl tatsächlich etwas zu viel aufs Spiel gesetzt, um ihn da rauszupauken! Das war ihm hoch anzurechnen. Natürlich musste er annehmen, dass man ihn tatsächlich hierher verschleppt hatte. Wie sollte er auch ahnen, dass er mehr oder weniger versehentlich hier eingedrungen war und sich bisher erfolgreich einer Gefangennahme entzogen hatte, indem er sich in Geheimgängen versteckte? Und nun wurde der selbstlose Retter gerade selber zum Gefangenen!

Mit grimmiger Entschlossenheit nahm Sentence seine blinde Erkundung des Geheimgangs wieder auf. Solange die Schurken das ganze Schloss nach ihm durchsuchten und vor Quints Zimmertür einen Posten aufgestellt hatten, konnte er nicht viel ausrichten. Aber irgendwann würde ihr Eifer nachlassen und in Frustration und Wut umschlagen. Sie würden müde und nachlässig werden – und Fehler machen. Dann würden er und Quint ihre Chance bekommen. Und bis dahin wollte er endlich wissen, wo dieser Gang endete!

Während seine Hände den Wänden entlangtasteten, prüfte er bei jedem Schritt zuerst, ob er festen Grund unter dem Fuss hatte, bevor er sein Gewicht darauf verlagerte. Das hier war Neuland für ihn, und er war seit seiner Ankunft schon einmal in ein Loch gefallen. Ein zweites Mal würde es vermutlich nicht so glimpflich ausgehen.

Ein paar Meter weiter war Schluss. Sein rechter Fuss stiess gegen ein Hindernis, bevor das Bein eine ganze Schrittlänge absolviert hatte. Als er die Hände auf Brusthöhe vorstreckte, bestätigte sich die Befürchtung: Hier ging es nicht weiter!

Enttäuscht tastete er alle drei möglichen Richtungen ab. Doch das Ergebnis blieb dasselbe. Auch als ihm einfiel, dass er noch irgendwo in einer Innentasche seiner Jacke ein Feuerzeug haben musste und es tatsächlich fand, sah er im Licht der kleinen Flamme nichts als Steine. Zu allem Überdruss entglitt ihm auch noch das Feuerzeug, als er sich daran die Finger verbrannte.

Wütend liess er sich auf die Knie nieder und suchte mit den Händen den Boden ab. Welch eine Idiotie, einen Geheimgang ohne Sinn und Zweck anzulegen! Das war in etwa so, als wenn man mit tränenden Augen eine Zwiebel in kleine Stücke hackte und sie dann einfach wegwarf: Zum Heulen! Nur schon der Gedanke daran liess sein Augenwasser überlaufen. Seltsamerweise jedoch nur rechts. Das war doch … Zugluft!

Neue Hoffnung keimte in ihm auf. Mit dem Handrücken dicht an der rechten Wand suchte er nach der zugigen Stelle. Da! Etwa einen halben Meter über dem Boden war sie! Fieberhaft glitten seine Finger über die kalten Steine, drückten dagegen, wanderten weiter, drückten erneut … und stiessen ein Stück der Wand weg!

Augenblicklich verstärkte sich der Luftzug. Dieser

Weg schien ins Freie zu führen! Sentence intensivierte die Suche nach seinem Feuerzeug, und wenig später besah er sich in dessen spärlichem Licht die raffinierte Konstruktion. Die Steine waren offensichtlich auf der Aussenseite miteinander verbunden und liessen sich auf zwei primitiven Schienen aus Holz horizontal verschieben. Dadurch gaben sie eine mehr oder weniger rechteckige Öffnung von etwa einem halben Quadratmeter frei.

Mit einem anerkennenden Nicken liess Sentence das Flämmchen verlöschen. Der Planer dieses Geheimgangs musste schon beim Pyramidenbau seine Finger im Spiel gehabt haben. Vorsichtig drückte er den Steinklotz noch ein wenig weiter von sich weg, entledigte sich seiner Umhängetasche und kroch durch die Öffnung.

Auf der anderen Seite angekommen, drehte er sich um, griff nach dem Riemen seiner Geldtasche und zog sie langsam zu sich herüber. Während er sich seine kostbare Beute wieder umhängte, überlegte er, ob er die Öffnung wieder verschliessen sollte, entschied sich jedoch dagegen. Falls ein schneller Rückzug nötig werden sollte, war der Zeitverlust zu gross, wenn er den Durchgang zuerst öffnen und danach hinter sich wieder dichtmachen musste.

Zuversichtlich setzte er seine zeitaufwändige Reise ins Unbekannte fort. Nach ein paar Metern führte der Gang wieder über grobe Tritte nach unten, und daran änderte sich lange nichts. Selbst die Richtung veränderte sich nur geringfügig. Lediglich die Struktur der Wände wurde anders, als die Steinbrocken schliesslich gewachsenem Fels weichen mussten.

Tiefer und tiefer führte ihn der Stollen auf seinem langen und mühseligen Weg in die erhoffte Freiheit. Er musste sich längst ausserhalb dieser Zwingburg mit all ihren kalten Mauern befinden. Aber der Ausgang liess noch immer auf sich warten.

Als Sentence dann plötzlich wieder am Ende einer Sackgasse angekommen zu sein schien, war er beinahe erleichtert. Das war bestimmt wieder ein Trick des Pyramidenspezialisten. Und so war es tatsächlich. Abgesehen davon, dass sich der Durchgang diesmal nach innen öffnen liess, handelte es sich um genau dieselbe Methode.

Innert kürzester Zeit hatte er den Steinblock auf den improvisierten Schienen weit genug zurückgezogen, um hinauszukriechen. Draussen war es schon dunkel, aber im Licht des gerade aufgehenden Mondes konnte er zumindest erkennen, dass er sich zwischen wild wuchernden Sträuchern befand, die nur durch den Felsen in seinem Rücken in ihrer Ausbreitung beeinträchtigt wurden. Nach einer kurzen Berührung mit ihnen wusste er auch, dass es sich um Schwarzdorn oder etwas Ähnliches handeln musste.

Gierig sog er die frische Luft ein. Er hatte es endlich geschafft! Das Dumme daran war nur, dass sich statt ihm jetzt Quint der fragwürdigen Gastfreundschaft des Grafen erfreuen durfte. Aber immerhin kannte er nun einen Weg ins Schloss, von dem sonst wohl kaum jemand wusste, dass er überhaupt existierte, geschweige denn, wo er war!

In der Hoffnung, sich zumindest einigermassen ein Bild von seiner unmittelbaren Umgebung machen zu können, kämpfte er sich mühsam durch das schier undurchdringliche Gestrüpp, das seine Funktion als Tarnung hervorragend erfüllte.

Kurz bevor er es endlich geschafft hatte, liess ihn ein Geräusch innehalten. Ein Auto! Und es kam näher! War da etwa Grimm im Anmarsch? Gespannt lauschte er, wie das Motorgeräusch immer näherkam und sich dann langsam wieder entfernte. Wenigstens wusste er jetzt, dass er sich ganz in der Nähe einer Strasse oder eines Wegs befand.

Als er den stechenden und kratzenden Dschungel endlich überwunden und freie Sicht hatte, stockte ihm der Atem. Keine zehn Meter von ihm entfernt stand am Ende eines Feldwegs ein grüner Wagen, der genauso aussah wie sein guter alter Ford!

Zögernd näherte er sich dem Fahrzeug, bei dem es sich tatsächlich zweifelsfrei um sein Auto handelte. Aber wie kam es hierher? Da ging ihm ein Licht auf. Vielleicht hatte Quint den Wagen auf der Suche nach ihm auf dem Parkplatz entdeckt und kurzerhand requiriert, um seinen Opel zu schonen – besonders dann, wenn Ingrid Sommer tatsächlich mit von der Partie war und ihren halsbrecherischen Fahrstil auslebte! Ausserdem fiel der Ford im Grünen weit weniger auf als Quints rotes Gefährt.

Misstrauisch blickte er sich nach allen Seiten um, bevor er versuchsweise den Griff der Fahrertür betätigte. Sie war nicht abgeschlossen. Da Quint keinen Schlüssel für den Wagen hatte, war das auch keine grosse Überraschung.

Völlig überraschend kam allerdings der leise Zuruf aus den undurchdringlichen Schatten der Bäume: «Sentence!»

«Ingrid?», fragte er mit gedämpfter Stimme, nachdem er sich vom ersten Schreck erholt hatte. «Sind Sie das?»

«Ja. Ich bin hier, zwischen den Bäumen.»

Langsam ging er auf die Stelle zu, von der die Stimme zu kommen schien.

«Wie kommen Sie denn hierher? Beinahe hätte ich Sie mit dem schwarzen Gesicht nicht erkannt», flüsterte Ingrid direkt neben ihm, noch bevor er sie entdeckt hatte.

«Dasselbe könnte ich Sie auch fragen», gab er ebenso leise zurück. «Und dann noch mit meinem Auto!»

«Quint ist im Schloss, um Sie zu befreien! Wir dachten, dass man Sie bei Ihrem Einbruch in der Kurstätte erwischt und entführt hat!»

«Ich weiss», murmelte er. «Deshalb muss ich auch bald wieder rein. Haben Sie zufällig eine Lampe dabei? Und am besten auch gleich zehn Tonnen Dynamit, um diese elende Mistburg auf Kieselsteingrösse zu zerkleinern?»

17. Kapitel

Entspannt lag Quint mit hinter dem Kopf verschränkten Armen auf dem Bett in seinem Nachtquartier und lauschte mit geschlossenen Augen den Geräuschen auf dem Flur. Man hatte ihn im westlichen Teil des zweiten Stockwerks untergebracht, womit er sich seiner Einschätzung nach ziemlich genau über der Kemenate befinden musste, was ihm durchaus entgegenkam.

Seit der neue Wachposten vor seiner Tür beim Dienstantritt unvorsichtigerweise etwas zu laut von der «Suche nach dem anderen Dreckschwein» gesprochen hatte, arbeitete die Zeit für ihn. Da Grimm, den er an seiner Stimme erkannt hatte, damit nur Sentence gemeint haben konnte, bedeutete dies, dass er zwar hier irgendwo sein Unwesen trieb, sich aber nicht in Gefangenschaft befand. Zumindest im Moment nicht. So konnte es ihm nur recht sein, dass ihm die Meute die Suche nach dem Fuchs abnahm.

Allmählich wurde es etwas ruhiger auf dieser Etage. Hier oben war Sentence allem Anschein nach also nicht. Der Suchtrupp schien sein Jagdrevier auf ein anderes Stockwerk zu verlegen. Somit wurde es langsam Zeit für eine kleine Ablenkung für den einsamen Grimm, damit er nicht zu früh einschlief.

Gemächlich setzte sich Quint auf, schwang die Beine über den Bettrand und wartete noch einen Moment, bevor er zur Tür schlurfte und sie mit einem herzhaften Gähnen öffnete.

Sofort fuhr Grimm von seinem Stuhl hoch und griff in die rechte Jackentasche.

«Ach, bemühen Sie sich nicht», beschwichtigte ihn Quint freundlich. «Ich wollte nur nachsehen, ob ich die Tür schon abgeschlossen habe. Aber wie man sieht, habe ich es wieder vergessen. Ich bin es einfach nicht gewöhnt, mich einzuschliessen. Aber seitdem man neulich in einem Gasthof mehrere Decken zerstochen hat, bin ich zum Schluss gekommen, dass ich in dieser Hinsicht bisher vielleicht etwas leichtsinnig war. Man glaubt ja gar nicht, was für ein Gesindel sich heutzutage in fremden Häusern herumtreibt. Gute Nacht.»

Ohne den etwas irritiert wirkenden Grimm weiter zu beachten, schloss er die Tür und drehte den grossen Bartschlüssel geräuschvoll zweimal im Schloss um. Laut gähnend schlurfte er zum Bett zurück, warf sich auf die Matratze, dass die Sprungfedern quietschten, und klopfte anschliessend mehrmals auf das voluminöse Deckbett.

Fünf Minuten lang warf er sich immer wieder im Bett herum, wobei er penibel darauf achtete, dass seine Perücke nicht verrutschte, klopfte auf die Decke, verhielt sich eine Weile ruhig, um dann erneut mit dem Theater zu beginnen. Danach blieb er weitere fünf Minuten ganz ruhig liegen.

Als die kurze Schonzeit für seinen Bewacher um war, stieg er wieder unter der üblichen Geräuschkulisse aus dem Bett, schlurfte zur Tür und schloss sie derart grob auf, dass ihm das uralte Türschloss schon fast leidtat. Diesmal stand Grimm bereits, als er die Tür einen Spaltbreit öffnete.

«Entschuldigen Sie, dass ich nochmals stören muss, aber mir ist gerade eingefallen, dass man mir noch nicht mitgeteilt hat, wann und wo ich zum Frühstück erscheinen soll. Wissen Sie es?»

«Nein. Aber man wird Sie dann schon rechtzeitig wecken und hinbringen», entgegnete der leidgeprüfte Wächter barsch. «An Ihrer Stelle würde ich jetzt schlafen.»

«Ganz recht, das werde ich auch. An einem fremden Ort habe ich anfangs immer ein wenig Schwierigkeiten mit dem Einschlafen, aber nach einer gewissen Zeit klappt es, und dann schlafe ich wie ein Stein. In diesem Sinne: Nochmals gute Nacht!»

Quint drückte die Tür zu und drehte den Schlüssel wieder lautstark um; diesmal allerdings nur einmal. Abgesehen von diesem kleinen Unterschied, den Grimm hoffentlich seiner vorgetäuschten Vergesslichkeit zuschreiben würde, sofern er ihm überhaupt aufgefallen war, hielt er sich exakt an sein Programm: Schlurfen, Federquietschen, Deckenklopfen, Ruhe, Wiederholung der letzten drei Vorgänge.

Als er damit fertig war, begann er zu schnarchen; zuerst leise und gleichmässig, danach laut und unrhythmisch bis zu einem abrupten Aussetzer, dem nach einer kurzen Stille wieder das leise Schnarchen folgte und schliesslich ganz aufhörte.

Damit war seine Vorstellung beendet. Von jetzt an würde der falsche Robert Graf Blauenfels keinen Mucks mehr machen, da seine Hülle verlassen im Bett lag, dessen Fussende in fahles Mondlicht getaucht war.

Regungslos stand Quint in seinem dunkelgrauen Overall, den er unter der Verkleidung getragen hatte, im schwarzen Schatten neben der Tür und wartete geduldig. Ausser einigen harmlosen Geräuschen, die der seiner

167

Zimmertür schräg gegenübersitzende Grimm von Zeit zu Zeit verursachte, blieb draussen alles ruhig.

Nach gut eineinhalb Stunden tat sich endlich etwas. Grimm schien Besuch zu bekommen. Quint konnte zwei Stimmen unterscheiden, die sich leise unterhielten. Verstehen konnte er nichts, aber das war nebensächlich.

Dann kam der kritische Augenblick. Die Stimmen verstummten. Gleich würde sich zeigen, ob man einen zweiten Mordanschlag auf ihn verüben wollte, indem man es noch einmal mit der erfolglosen Messermethode versuchte oder einfach mit einer Maschinenpistole die Tür in ein Fischernetz verwandelte.

Doch nichts dergleichen geschah. Zwanzig Minuten lang war nicht das Geringste zu hören. Dann setzte leises Schnarchen ein. Quint wartete noch zehn Minuten länger. Das Schnarchen wurde manchmal lauter, ebbte zwischendurch ab und war nicht mehr hörbar, um dann erneut einzusetzen.

Quint machte zwei Schritte aus seinem dunklen Winkel. Während er mit der linken Schulter gegen die Tür drückte, näherte sich der rechte Lederhandschuh langsam dem grossen Schlüssel, umfasste ihn mit festem Griff und drehte ihn im Zeitlupentempo einmal um. Zehn Sekunden später steckte der Schlüssel nicht mehr im Schloss. Der ganze Vorgang hatte etwas weniger als eine Minute gedauert und nicht das kleinste Geräusch verursacht.

Vorsichtig drückte Quint die Klinke nieder und öffnete die Tür einen Spaltbreit. Ein Kontrollblick bestätigte seine Vermutung: Mit an die Wand gelehntem Kopf und halboffenem Mund sass Grimm auf seinem Stuhl und schlummerte friedlich in der schwachen Beleuchtung des

Korridors.

Genau darauf hatte er spekuliert. Weder der Graf noch Frank würden sich dazu herablassen, den Nachtwächter zu spielen. Der unbekannte Doc musste das Frühstück machen und schied somit ebenfalls aus. Und Schulz kam nicht in Frage, weil sie fürchten mussten, dass der vorgebliche neue Schlossbesitzer ihn bereits zu sehr beeinflusst oder gar umgedreht hatte. Darüber hinaus konnte man es als Strafe für Grimms und Böckmanns Versagen ansehen.

Er öffnete die Tür gerade weit genug, um nachher aus dem Zimmer schlüpfen zu können, ohne dass Grimms Schlaf durch das Mondlicht beeinträchtigt wurde. In dieser Position fixierte er sie mit dem linken Fuss und der linken Schulter und steckte den Schlüssel ganz langsam von aussen ins Schloss.

Nach einem kurzen Blick auf den Schlafenden verliess Quint das Zimmer, drückte die Klinke nieder und zog langsam die Tür zu. Beim Loslassen der Klinke entstand ein leises Klicken. Augenblicklich verharrte er bewegungslos und lauschte den tiefen Atemzügen schräg hinter ihm. Keine Veränderung. Ruhig und gleichmässig. Trotzdem war es ein sehr unangenehmes Gefühl, einen kaum drei Meter entfernten Gegner im Rücken zu haben.

Nach zweimaligem ruhigem Durchatmen konzentrierte er sich wieder auf seine heikle Aufgabe. Diesmal dauerte die Umdrehung im Türschloss mit der anschliessenden Schlüsselentnahme exakt fünfundvierzig Sekunden. Nun musste er noch unbemerkt an Grimm vorbeikommen und die stellenweise arg knarrende Holztreppe lautlos überwinden.

Mit äusserster Konzentration setzte er sich ganz langsam in Bewegung und vermied es dabei, Grimm anzusehen. Sein Ziel war die rund vier Meter entfernte Treppe in den ersten Stock. Solange er kein Geräusch und keine hastigen Bewegungen machte, war die Wahrscheinlichkeit, dass er den friedfertigen Wachposten aus seinem Tiefschlaf aufschreckte, ziemlich gering.

Als Quint die Treppe erreicht hatte, drehte er sich noch einmal kurz nach Grimm um. Alles in bester Ordnung. Nun lag die letzte Herausforderung auf dieser Etage direkt vor seinen Füssen. Vorsichtig setzte er den rechten Schuh auf den äussersten Teil der obersten Stufe, während er sich gleichzeitig mit der Hand an der Wand abstützte. Ganz leise knackte der Tritt, als er den linken Fuss entlastete, um ihn behutsam neben dem rechten aufzusetzen. Das lag im Toleranzbereich. Weiter!

Auf diese Weise arbeitete er sich Stufe um Stufe nach unten. Auch die Richtungsänderung nach links stellte kein Problem dar, so dass er wenig später auf dem untersten Tritt stand. In diesem Moment kam am anderen Ende des Flurs jemand aus einem Zimmer.

Augenblicklich erstarrte Quint zur Salzsäule. Wer war das denn nun wieder? Der Mann trug eine Brille und kam direkt auf ihn zu. Interessanterweise schien er aber fast ebenso grossen Wert wie er selbst darauf zu legen, niemanden aufzuwecken.

Als die Entfernung zwischen ihm und dem Unbekannten auf ein kritisches Mass zusammengeschrumpft war, spannte Quint seine Muskeln zum Sprung. Gerade noch rechtzeitig konnte er seinen Angriff abblasen. Ohne ihn zu bemerken, verschwand der seltsame Kerl um eine Ecke und versuchte dabei, ein kurzes Husten zu unterdrücken, was ihm aber nicht ganz gelang.

Erleichtert entspannte sich Quint. Eine Rauferei hätte wohl selbst den Tiefschläfer auf der Etage über ihm aus seinen Träumen gerissen. Im Gegensatz dazu war das leise Husten vernachlässigbar. Sicherheitshalber wartete er aber trotzdem noch ein paar Sekunden, bevor er weiterging.

Vor der Kemenate blieb er stehen, lauschte kurz an der Tür und versuchte, einen Blick durch das Schlüsselloch zu werfen, was aber am auf der Innenseite steckenden Schlüssel scheiterte. Der Graf schien sein Arbeitszimmer erfreulicherweise über Nacht nicht abzuschliessen. Langsam drückte er die Klinke herunter und öffnete die Tür.

Wohlige Wärme empfing ihn, als er nach einem kurzen Kontrollblick auf dem Flur durch die Tür schlüpfte und sie geräuschlos hinter sich zumachte. Im Schein des Mondlichts und der Glut im Kamin erschienen ihm die drei Wachsfiguren weitaus bedrohlicher als bei Tageslicht. Böse schienen sie dem nächtlichen Eindringling entgegenzublicken und ihn durch ihre blosse Anwesenheit in die Flucht schlagen zu wollen.

Unbeeindruckt schritt Quint an ihnen vorbei und begab sich hinter den Schreibtisch. Vielleicht fand er hier etwas, das ihn bei der Bekämpfung dieser kriminellen Bande weiterbrachte; belastende Unterlagen, Dokumente, irgendeinen Hinweis auf die Geschädigten. Denn solche gab es zweifellos. Nach allem, was ihm Sentence kurz vor seinem Verschwinden erzählt hatte, musste es sich bei den feinen Herren um eiskalte Raubmörder handeln, die vor nichts zurückschreckten. Und der Anschlag auf ihn selbst war dafür Beweis genug, auch wenn er glücklicherweise fehlgeschlagen war.

Der Umstand, dass die Schubladen abgeschlossen waren, bestärkte Quint in seiner Einschätzung. Wieso sollte jemand, der nichts zu verbergen hatte, in dieser Festung seinen Schreibtisch abschliessen?

Mit einem leichten Lächeln auf den Lippen holte er ein Stück Draht, dessen beide Enden plattgedrückt waren, aus einer Tasche seines Overalls. Erfreulicherweise war es hier drin auch ohne Lampe hell genug, so dass er nicht einmal auf sein Feuerzeug angewiesen war.

Angesichts des drahtigen Gegners kapitulierte das Schlösschen schon beim ersten Versuch. Allerdings entpuppte sich der Schubladeninhalt als weitgehend uninteressant. Ausser ein paar Kontoauszügen, die auf den ersten Blick unauffällig waren, fand er nichts von Belang.

Etwas enttäuscht faltete er die Kontoauszüge zusammen und liess sie in einer Brusttasche seines Overalls verschwinden. Dabei fiel sein Blick auf einen matt glänzenden Gegenstand ganz hinten in der mittleren Schublade. Neugierig griff er danach und hielt zu seiner grossen Freude gleich darauf einen Schlüssel in der Hand. Dem Aussehen nach handelte es sich dabei mit grosser Wahrscheinlichkeit um einen Tresorschlüssel.

Mit einem zufriedenen Grinsen liess er den Blick durch den gespenstisch erleuchteten Raum schweifen. Wenn sich hier ein Tresor mit Geld befand, konnte er sich die Suche nach Sentence sparen, denn dann würde er früher oder später von ganz allein hier auftauchen. Der gewiefte Spitzbube konnte Geld förmlich riechen.

Aber wo war der Tresor versteckt? Wandtresore befanden sich in der Regel hinter Bildern. Das Problem war nur, dass es in diesem Raum keine Bilder gab. Nicht ein einziges. Vermutlich gefielen dem Grafen die Porträts seiner Urahnen nicht, was bei den Nachkommen nicht weiter verwunderlich war. Und einen freistehenden Tresor gab es in diesem Raum nicht, denn der wäre ihm schon bei seinem netten Gespräch mit dem Grafen aufgefallen.

Vielleicht hatte man den Tresor ja auch in ein Möbelstück eingebaut. Oder er befand sich gar nicht hier, sondern in einem anderen Raum. Während er sich erneut umsah, verspürte er ein Kribbeln im Nacken, das er nur zu gut kannte: Gefahr!

Nachdenklich betrachtete Quint die Wachsfiguren, als ob er sich von ihnen eine Antwort erhoffte. Die aber schwiegen beharrlich. Nur der Henker schien mit sich zu ringen. Jedenfalls bewegte sich fast unmerklich der Stoff seiner Kapuze an der Stelle, wo sich seine Nase befinden musste.

18. Kapitel

Quint sträubten sich die Nackenhaare. Ein Hinterhalt! Er war wie ein blutiger Anfänger in eine Falle getappt! Jetzt kam es darauf an, Ruhe zu bewahren und sich möglichst nichts anmerken zu lassen. Er zwang sich zu einem gleichgültigen Gesichtsausdruck und liess seinen Blick weiterwandern. Vielleicht hatte der Kapuzenmann noch keinen Verdacht geschöpft.

Während er sich bemühte, möglichst unauffällig zu wirken, arbeitete Quints Verstand auf Hochtouren. Im Moment verhielt sich der heimtückische Schurke noch ruhig. Vielleicht war er gar nicht auf eine Konfrontation aus. Aber irgendwann musste er diesen Raum wieder verlassen, und bei dem Gedanken, dabei an einem Maskierten mit einem derart gefährlich aussehenden Richtbeil vorbei zu müssen, lief es ihm eiskalt den Rücken hinunter. Welch perfide Idee, jemandem in dieser Tracht aufzulauern! Wer mochte sich wohl unter der Kapuze verbergen? Frank? Oder gar der Graf selbst?

Eigentlich spielte es keine Rolle. Die entscheidende Frage war, wie er hier wieder heil herauskam. Und darauf wusste er keine Antwort. Vielleicht war in seiner Situation tatsächlich Angriff die beste Verteidigung. Er schielte zum römischen Legionär hinüber. Lanze und Schild. Der Graf hatte sich damit gebrüstet, dass seine Figuren über echte Waffen verfügten. Aber wie gut hielt der Römer seine fest? Konnte man sie ihm mit einem schnellen Ruck entreissen?

Der Scharfrichter schien seine Gedanken erraten zu haben. Mit einer schnellen Bewegung hob er das Beil auf Brusthöhe und ging langsam rückwärts zur Tür. Es sah nach einem Rückzug aus. Möglicherweise war ihm ein Waffengang gegen einen fremden Gegner doch zu riskant.

Quint verzichtete angesichts der defensiven Haltung auf eine Provokation und verheilt sich passiv. Ruhig blieb er an seinem Platz stehen und wartete darauf, dass die suchende linke Hand des Maskierten gleich die Türklinke berühren würde. Das tat sie auch. Aber sie wanderte sogleich weiter zum Schlüssel und drehte ihn mit einer energischen Bewegung im Schloss um, bevor sie wieder den Holzstiel der soeben in eine Streitaxt umfunktionierten Waffe umfasste!

Mit einem Satz war Quint neben dem Römer und packte mit beiden Händen den Schaft der Lanze, um sie ihm zu entreissen. In der Hektik fiel der Ruck zu stark aus, so dass die schwere Wachsfigur kippte, ohne die so dringend benötigte Waffe freizugeben.

Der unerwartete Zusammenprall mit der erdrückenden Last war so heftig, dass Quint rückwärts taumelte und das Gleichgewicht verlor. Noch im Fallen sah er die vom Mondlicht beschienene Klinge herabsausen. Während er verzweifelt versuchte, der Attacke zu entgehen, trennte das Beil bereits die vier mit Watte ausgestopften Fingerlinge seines linken Handschuhs fein säuberlich ab; haarscharf neben dem Teil, der nach seinem letzten Geheimdiensteinsatz vor mehr als fünfundzwanzig Jahren von seiner Hand übriggeblieben war!

In Todesangst stiess Quint den starren Römer von sich herunter und rollte sich blitzschnell zur Seite. Keine Sekunde zu früh! Krachend grub sich die messerscharfe Klinge so nah neben seinem Kopf zentimetertief in den Holzboden, dass er den Luftzug spürte.

Mit einem Sprung war er auf den Beinen und rannte um den Schreibtisch herum. In fieberhafter Eile glitt seine rechte Hand über den Kaminsims und bekam den Peitschenstiel zu fassen. Aus der Drehung heraus liess er den Lederriemen auf die Schultern seines Gegners klatschen, der gerade sein Beil wieder freibekam und sich zu ihm umdrehte.

Mit einem wütenden Knurren griff der aggressive Henker wieder an. Der Peitschenhieb schien ihn nicht sonderlich beeindruckt zu haben. Er stürmte mit hoch erhobenem Beil auf Quint zu und liess es erneut mit einem kraftvoll geführten Schlag niedersausen, während ihn die Peitschenschnur am Kopf traf. Funken sprühten, als der handgeschmiedete Stahl auf den steinernen Kamin traf und davon abglitt.

Die Augen funkelten böse durch die beiden Löcher in der unheimlichen Kapuze, als sich der Lederriemen mehrmals um den Hals des erbarmungslosen Angreifers schlang. Ruckartig zerrte Quint an der Peitsche und riss seinen Gegner zu sich heran. Im Nahkampf verlor das langstielige Richtbeil erheblich an Wirkung.

Das schien auch der Maskierte zu wissen. Er liess die nutzlos gewordene Waffe fallen und stürzte sich mit geballten Fäusten auf Quint, der durch die Wucht des ungestümen Angriffs umgerissen wurde und die Peitsche loslassen musste. Eng umschlungen rollten die beiden erbitterten Todfeinde über den Boden. Dabei geriet Quint mit dem Kopf so nah an die Feuerstelle, dass ihm die Hitze und der Rauch die Tränen in die Augen trieben. Er war alles andere als ein Schwächling, aber sein Gegner schien fast übermenschliche Kräfte zu haben.

In seiner Verzweiflung streckte er den linken Arm in den Kamin und schleuderte mit einer blitzschnellen Bewegung Glut und Asche über seinen eigenen Oberkörper hinweg gegen den Kopf des halb auf ihm knienden Gegners. Mit einem wolfsähnlichen Heulen, das ihm beinahe das Blut in den Adern gefrieren liess, griff sich der Getroffene an die Augen.

Quint fegte die glimmenden Reste von sich und griff nach dem kurzen Ende des noch immer um den Hals des Henkers geschlungenen Lederriemens. Den anderen Teil wickelte er um seinen linken Unterarm. Dann zog er mit aller Kraft an beiden Enden, um dem Verrückten über ihm die Luft abzuschnüren. Doch dessen Gegenwehr erfolgte umgehend in Form eines Faustschlags, der Quint an den Rand einer Ohnmacht brachte. Das Riemenende entglitt seiner Hand, als sich der Maskierte losriss.

Das laute Hämmern von Fäusten gegen die Zimmertür und die aufgeregten Rufe davor veranlassten den Attentäter, von seinem zähen Opfer abzulassen. Mit einer erstaunlichen Behändigkeit sprang er auf und eilte in die Raumecke zwischen dem gestürzten Legionär und dem Fenster. Seine Hände berührten eine Stelle an der linken Wand, die sogleich eine verborgene Öffnung freigab.

Noch etwas benommen von dem harten Schlag, stand Quint ebenfalls auf und griff nach dem Stiel des Beils. Als der Flüchtende es bemerkte, war er mit zwei langen Sätzen bei ihm und versetzte ihm mit beiden Fäusten einen Stoss gegen die Brust, der ihn rückwärts in den Kamin stürzen liess. Hart prallte er mit dem Oberkörper gegen die russige Rückwand und schlug sich ordentlich den

Kopf an.

Diesmal brauchte er fast eine Minute, um sich wieder aufzurappeln. Langsam zog er die Beine an und drückte mit den Ellbogen gegen die Wand hinter ihm, die seltsamerweise nachzugeben schien. Sein Blick wanderte ohne eigenes Zutun nach oben, wo das russgeschwärzte Loch irgendwo im Nachthimmel endete. Kurz bevor er erneut mit dem Kopf aufschlug, fingen ihn zwei kräftige Arme auf und zogen ihn in die Dunkelheit.

«Verhalten Sie sich ruhig!», zischte eine bekannte Stimme dicht an seinem Ohr.

Ein paar Sekunden später war die geheime Drehtür in der Kaminwand wieder geschlossen, und Quint sass leicht verwirrt in der Finsternis des langen Geheimgangabschnitts.

«Ziemlich viel Betrieb heute Nacht», murmelte Sentence. «Sie sind schon der Zweite. Kommen noch mehr?»

«Ich hoffe nicht», antwortete Quint leise. «Es sei denn, meine Widersacher finden auch einen Weg in diese Katakombe.»

«Einer ist gerade eben etwas weiter hinten ohne es zu wissen wie ein Verrückter an mir vorbei und zum Ausgang gerannt. Und das sollten wir wohl auch! Ich mache mir Sorgen um Ingrid – und um mein Auto!»

«Wollen Sie damit etwa sagen, dass dieser Tunnel dort endet?», fragte Quint entsetzt.

«Genau das.»

«Wenn meine schlimmste Befürchtung zutrifft und es tatsächlich der war, der mich dort drin beinahe mit einem Henkerbeil hingerichtet hätte, dann sollten wir uns wirklich beeilen!»

Nachdem Sentence mit ihrer Lampe wieder im Untergrund verschwunden war, hatte sich Ingrid auf den Baumstrunk zwischen den mächtigen Buchen gesetzt, den sie sich zuvor schon als Beobachtungsposten ausgesucht hatte. Von hier hatte sie sowohl auf den Ford als auch auf das Gestrüpp vor dem Felsen freie Sicht.

So sehr sie sich über das völlig unerwartete Auftauchen von Jack Sentence freute, so gross war ihre Sorge um Quint. Nach allem, was ihr Sentence während seiner kurzen Anwesenheit erzählt hatte, war Quint in grosser Gefahr; möglicherweise sogar in Lebensgefahr! Warum bloss hatte sie ihm diese selbstmörderische Schnapsidee nicht ausgeredet? Wobei sie sich ehrlicherweise eingestehen musste, dass Quint sich nicht so einfach umstimmen liess, wenn er sich einmal etwas in seinen Dickschädel gesetzt hatte. Aber zumindest einen weiteren Versuch hätte sie noch unternehmen müssen!

Ein Geräusch liess sie aufhorchen. Was war das? Angestrengt lauschte sie. Da war es wieder! Es kam aus dem Gestrüpp!

Erleichtert stand sie auf. Sentence musste wohl etwas vergessen haben, dass er schon wieder da war. Vielleicht wollte er sich nochmals vergewissern, dass sie tatsächlich keinen Sprengstoff bei sich hatte. Oder er hatte Quint bereits gefunden, und sie kamen gemeinsam; womöglich gejagt von einer Horde bis an die Zähne bewaffneter Verfolger, die ihnen dicht auf den Fersen war! Dann galt es, keine Zeit zu verlieren!

Sie wollte gerade zum Auto rennen, um den Motor kurzzuschliessen, als sie einen dunklen Schatten zwischen den Sträuchern hervorkommen sah. Erschrocken hielt sie sich die Hand vor den Mund. Das war gar nicht

Sentence!

Im Mondlicht konnte sie erkennen, dass die Gestalt seltsam gekleidet war; fast wie eine Mischung aus Mönch und mittelalterlichem Krieger! Als sich die gespenstische Erscheinung in ihre Richtung drehte, hätte sie beim Anblick der furchteinflössenden Kapuze vor Angst um ein Haar laut aufgeschrien. Er schaute genau zu ihr her! Gleich würde er sie sehen!

Langsam streifte er sich die Kapuze vom Kopf und hob den Blick zum Himmel; dorthin, wo der Mond war. Sie riss erstaunt die Augen auf. Das war doch der Jäger, von dem Quint behauptete, er sei nicht echt! Sein Mund öffnete sich, bevor er die Lippen spitzte und ein fürchterliches Heulen ausstiess, das ihren ganzen Körper schlagartig mit einer Gänsehaut überzog und sie vor Grauen lähmte. Der scheinbar ganz nette Kerl musste wahnsinnig sein!

Als der schaurige und entsetzlich langanhaltende Laut endlich verklungen war, schien der Mann innerlich zusammenzubrechen. Mit gesenktem Kopf und hängenden Schultern drehte er sich um und ging mit müden Schritten auf den Wald zu. Eine halbe Minute später war er wie ein böser Spuk zwischen den Bäumen verschwunden.

19. Kapitel

«Geh zur Seite und gib mir Feuerschutz!» Frank holte zwei Schritte Anlauf und warf sich mit der linken Schulter voran gegen die Tür, die seinem ersten Ansturm jedoch standhielt. Erst nach zwei weiteren Versuchen flog das Schliessblech krachend aus dem splitternden Holzrahmen. Durch das plötzliche Nachgeben der Tür wurde Frank von seinem eigenen Schwung vorwärtsgerissen und verlor das Gleichgewicht. Noch im Sturz rollte er sich zusammen und landete verhältnismässig weich direkt neben dem Richtbeil auf dem Holzboden.

«Was ist denn hier passiert?», fragte der Graf entgeistert, nachdem er das Licht angemacht hatte und das Durcheinander erblickte. Als er die Öffnung in der Wand neben dem auf dem Bauch liegenden Römer bemerkte, riss er seine Pistole wieder hoch.

Frank, dessen Augen dem überraschten Blick des Grafen folgten, richtete seinen 9 mm-Prototypen der tschechischen vz. 52, der über verschlungene Pfade in seinen Besitz gelangt war, ebenfalls auf die bisher unbekannte Tür.

Mit der Waffe im Anschlag näherte sich der Graf langsam seinem Ziel, wobei er einen Umweg um seinen am Boden liegenden Vertrauten und um den Schreibtisch herum machte. Neben dem Fenster blieb er stehen. Als er die Gestalt im Dunkeln wahrnahm, riss er den Abzug seiner FN Browning HP fünfmal hintereinander durch. Erst dann bemerkte er seinen Irrtum: Er hatte auf den ausgezogenen Scharfrichter geschossen!

Fassungslos liess er die Pistole sinken. «Das gibt's doch gar nicht! Da ist gar niemand!»

«Was soll das heissen?» Frank erhob sich und stieg mit einem grossen Schritt über den am Boden liegenden Legionär. Verblüfft blickte er in die kaum mehr als einen Quadratmeter messende Nische, in der sich nichts als die erschossene Wachsfigur befand.

Die eiligen Schritte auf der Treppe zum oberen Stock liessen beide herumfahren. Etwas unsicher erschien der verschlafen aussehende Grimm in der Tür.

«Warum verlässt du deinen Posten?», herrschte ihn der Graf an. «Geh sofort wieder rauf, aber dalli!»

«Der Kerl schläft tief und fest …»

«Rauf!», schrie der Graf zornig. «Und sieh nach, ob er tatsächlich noch im Zimmer ist!»

Eilig verschwand der verwirrte Nachtwächter.

«Wer hat hier so gewütet?», murmelte der Graf nachdenklich.

«Sieh dir den Boden an!» Frank deutete auf die hässlichen Spuren, die das Beil hinterlassen hatte. «Hier hat ein Kampf auf Leben und Tod stattgefunden! Das Beil, die Peitsche, verstreute Asche und verkohlte Holzreste, der umgestürzte Römer … und was ist das?»

Er beugte sich über den Legionär, schob ihn ein Stück zur Seite und griff nach zwei schwarzen, fingergrossen Teilen. Langsam richtete er sich wieder auf und hielt die beiden mit Watte ausgestopften Lederstücke dem Grafen hin.

«So ein durchtriebener Schweinehund!», zischte der Graf. «Deshalb wollte er die Handschuhe anbehalten! Los, komm!»

Dicht gefolgt von Frank stürmte er aus dem verwüsteten Raum und die Treppe hinauf, wo Grimm an der Türklinke des Gästezimmers rüttelte und mit der Faust gegen die Tür hämmerte.

«Aus dem Weg!» Unsanft schob der Graf seinen Untergebenen zur Seite und bückte sich. «Wie vermutet: Der Schlüssel steckt nicht! Brich sie auf, Frank!»

Beim zweiten Anlauf kapitulierte die Tür und gab damit die Sicht auf das Bett frei, in dem auf den ersten Blick jemand zu schlafen schien. Aber bei genauerem Hinsehen entpuppte sich der Haarschopf auf dem Kissen als Perücke.

Wütend fuhr der Graf herum und packte Grimm mit beiden Händen am Pullover. «Du Vollidiot! Zuerst bist du zusammen mit dem Versager Böckmann unfähig, den Mistkerl umzulegen, und wenn wir ihn hier sozusagen in einer Zelle untergebracht haben, pennst du vor der Tür und lässt ihn laufen! Jetzt müssen wir nicht nur den unbekannten Herumtreiber suchen, sondern obendrein auch noch diesen kaltschnäuzigen Hund!»

«Vielleicht sind die beiden ja auch bereits auf der Flucht», wandte Frank ein. «Oder zumindest beim Versuch.»

Der Graf nickte und liess Grimm los. «Hast du gehört, was Frank eben gesagt hat?»

«Ja, natürlich, ich …»

«Warum stehst du dann noch hier herum wie ein Ölgötze? Spring in den Wagen und drück aufs Tempo! Riegle den Weg ab, leg einen Hinterhalt, mäh sie meinetwegen mit der MP nieder, wenn sie aufkreuzen, aber mach endlich! Und sag Schulz, dass er aufpassen soll – vor allem innerhalb der Mauern! Irgendwie müssen sie wieder raus, wenn sie fliehen wollen! Und eins verspreche ich dir: Wenn uns die beiden durch die Lappen gehen, werde ich meine Wut an dir auslassen, du Obertrottel!»

Mit bleichem Gesicht nickte Grimm und eilte zur Treppe.

«Und wir sehen uns einmal das Schlachtfeld unten ein wenig genauer an! Irgendwie müssen die beiden Berserker ja schliesslich den Raum verlassen haben! Und durch den Kamin werden sie wohl kaum geklettert sein! So, wie es dort drin aussieht, müsste dann mindestens einer mit gebrochenem Hals im Feuerraum liegen!»

«Vielleicht gibt es noch einen Geheimgang, von dem wir nichts wissen», gab Frank zu bedenken, als sie die Treppe hinuntergingen.

«Gut möglich», räumte der Graf ein. «Allerdings habe ich bisher noch kein Sterbenswörtchen davon gehört. Weder von meinem Vater noch von Onkel Konstantin.»

Am Fuss der Treppe kam ihnen der verstört wirkende Doc entgegen.

«He, Doc, frag den Alten, ob ihm etwas über Geheimgänge hier im Schloss bekannt ist! Falls ja, wollen wir es umgehend wissen; und vor allem, wo sie sind, klar? Du findest uns in der Kemenate!»

«Was ist denn passiert? Da hat doch jemand geschossen!»

«Das erkläre ich dir später! Und nun geh endlich! Es eilt!»

«Glaubst du, der Alte wird es uns sagen, wenn er etwas weiss?», fragte Frank mit zweifelndem Gesichtsausdruck, als der Doc ausser Hörweite war.

«Wahrscheinlich nicht. Zumindest kaum freiwillig.

184

Aber einen Versuch ist es trotzdem wert. Vielleicht wird er ja ein wenig von seinem ach so unermesslichen Wissen preisgeben, um mir zu zeigen, wie bedeutungslos und armselig ich im Vergleich zu ihm bin. Aber er wird sich noch wundern!»

«Ich habe allerdings immer ein ungutes Gefühl, was den Doc anbelangt.»

«Ich weiss.» Der Graf zuckte mit den Schultern. «Aber so haben wir ihn wenigstens unter Kontrolle. Du weisst, was die Alternative gewesen wäre.»

Frank nickte stumm und folgte dem Grafen, der schnurstracks auf den gefallenen Legionär zuging. Gemeinsam stellten sie die Figur wieder auf die Füsse.

«Wenigstens sind die Wachsfiguren heil geblieben – abgesehen von den Einschusslöchern, die ich dem Henker verpasst habe!», stellte der Graf erleichtert fest, nachdem er auch den nackten Scharfrichter begutachtet hatte. «Aber wo sind seine Kleider?»

«Vielleicht hat sie sich einer der Kämpfer angezogen. Aber frag mich bloss nicht, was das für einen Sinn ergeben sollte!»

«Wenn dem so wäre, könnte es sein, dass er dem anderen aufgelauert hat», kombinierte der Graf nachdenklich. «Verkleidet als Henker! Das würde auch erklären, weshalb man die Wachsfigur in diese Nische verschleppt hat – von deren Existenz ich bis zu diesem Augenblick keine Ahnung hatte! Wenn er deren Platz eingenommen hat, musste er die echte Figur natürlich aus dem Raum verschwinden lassen.»

«Damit es nicht auffällt, dass eine zu viel da ist!», ergänzte Frank. «Was wiederum bedeuten würde, dass der Anschlag dir gegolten hat! Es ist dein Arbeitsraum, und ein Aussenstehender hätte nicht wissen können, dass es nur drei Wachsfiguren sein dürfen! Er hätte sich höchstens gewundert, warum die vierte keine Kleider trägt, aber keinen Verdacht geschöpft!»

«Du vergisst unseren Gast! Er wusste es auch! Und dass er nach dem Gespräch mit mir nochmals hier drin und in den Kampf verwickelt war, scheint angesichts der abgehackten Fingerstücke seiner Handschuhe festzustehen. Allerdings könnte er trotzdem sowohl das Opfer als auch der Angreifer gewesen sein. Und eine Vorliebe für Verkleidungen scheint er ja auch zu haben! Aber wer war der andere? Doch wohl kaum einer seiner eigenen Leute.»

«Wer weiss? Vielleicht war es ja auch ein Versehen. Einer der beiden hat dir aufgelauert und dabei den Falschen angegriffen. Und in der Hitze des Gefechts hat es einige Zeit gedauert, bis sich der Irrtum aufgeklärt hat. Wenn man von einem Maskierten mit einem Beil attackiert wird, bleibt keine Zeit für lange Fragen! So könnte es doch gewesen sein, meinst du nicht?»

Der Graf nickte langsam. «Ich muss zugeben, dass ich deine Theorie gar nicht so abwegig finde. Aber solange wir keinen der beiden Schurken haben, werden wir es wohl nie erfahren. Also lass uns nach dem Weg suchen, auf dem sie diesen Raum verlassen haben! Da sie sich nicht in Luft aufgelöst haben können, muss es irgendwo eine Geheimtür geben! Diese seltsame Nische hat ja wohl ausser als Versteck für eine kurzzeitig überflüssige Wachsfigur zu dienen noch einen anderen Zweck zu erfüllen!»

Er ging zum Schreibtisch und wollte die mittlere Schublade aufschliessen, in der er eine Taschenlampe aufbewahrte. «Da war jemand dran! Die Schublade ist nicht mehr abgeschlossen! Jemand hat hier herumgeschnüffelt! Und der Tresorschlüssel fehlt! Hier, nimm die Lampe und such nach einer getarnten Öffnung! Ich sehe inzwischen nach, ob beim Tresor noch alles in Ordnung ist!»

Während der Graf aus dem Raum stürmte, wandte sich Frank seiner Aufgabe als Geheimgangsucher zu. Langsam liess er den Lichtkegel Zentimeter für Zentimeter über die Wände der Nische wandern. Es dauerte nicht lange, bis er die Unregelmässigkeit in der Aussenwand gefunden hatte. Die Klappe liess sich nach aussen öffnen und war gerade gross genug, um sich hindurchzwängen zu können.

Neugierig leuchtete Frank in den Gang. Was er sah, entlockte ihm einen leisen Pfiff der Anerkennung. Rechts endete der erstaunlich grosse Stollen offenbar nach wenigen Metern an der Ecke der Süd- und Westwand des Schlosses. Aber auf der linken Seite führte eine Treppe mit groben Stufen nach oben. Dorthin mussten die beiden geflüchtet sein!

Ungeduldig wartete er auf die Rückkehr des Grafen und sah sich in der Zwischenzeit aufmerksam in der Kemenate um. Neben dem Schreibtisch lagen zwei weitere Lederteile des Handschuhs. Er bückte sich, um sie einzusammeln. Dabei fiel sein Blick auf ein Paar Schuhe unter dem Holzstuhl neben dem Kamin.

Mit gerunzelter Stirn griff er danach und betrachtete die braunen Halbschuhe von allen Seiten. Sie waren schmutzig. Im Profil der Gummisohlen klebte grösstenteils dunkle Erde, die jedoch stellenweise bereits so weit abgetrocknet war, dass einige der brüchig gewordenen helleren Stücke herausfielen, wenn man die Schuhe bewegte.

Als der Graf zurückkam, stand Frank mit den Schuhen in der Hand neben dem Kamin und starrte nachdenklich auf den Boden.

«Der Tresor scheint noch keinen unerwünschten Besuch bekommen zu haben. Was sind das für Schuhe?»

«Die habe ich unter dem Stuhl gefunden.» Frank hielt dem Grafen die dreckigen Sohlen hin. «Sieh dir die trockene Erde an; genau solche Krümel habe ich gestern in der Nähe der Küche herumliegen sehen! Der Doc hat sich doch darüber aufgeregt, dass Esswaren verschwunden sind! Vielleicht war der Besitzer dieser Schuhe der hungrige Dieb!»

«Das könnte zusammenpassen. Unser selbsternannter Adliger mit den Handschuhen hat nämlich schwarze Schuhe getragen. Saubere. Und er war zu dieser Zeit noch gar nicht hier. Folglich spricht alles dafür, dass sie seinem Komplizen gehören, den Schulz draussen gesehen hat.»

«Und da er sich als Scharfrichter verkleidet hat, waren die Schuhe überflüssig!», ergänzte Frank mit einem zustimmenden Nicken. «Das Kostüm konnte er problemlos über seiner eigenen Kleidung tragen, aber mit den Schuhen klappt das nicht so richtig!»

«Das ist ja alles schön und gut. Aber hast du ausser den Schuhen auch das gefunden, wonach du suchen solltest?»

Ein triumphierendes Grinsen erschien auf Franks Gesicht. «Und ob! Komm mit!»

«Hier also.» Der Graf griff nach der Lampe, die ihm Frank hinhielt, und steckte den Kopf durch die Öffnung.

«Ziemlich beeindruckend. Aber wozu? Ich meine, es ist offensichtlich, dass er nach oben führt und es vermutlich irgendwo im zweiten Stock oder vielleicht im Ostturm einen zweiten Zugang geben wird. Aber worin besteht der Zweck dieses Geheimgangs?»

«Die Frage habe ich mir auch gestellt. Und eine noch wichtigere: Wenn die beiden auf diese Weise aus deinem Arbeitsraum entkommen sind, wofür ja eigentlich alles spricht, ist ihnen dann auch die Flucht aus dem Schloss gelungen? Oder ist es nicht wahrscheinlicher, dass sie sich noch immer innerhalb dieses Gebäudes aufhalten? Lauern sie vielleicht im Verborgenen auf eine günstige Gelegenheit, um uns auszuschalten?»

20. Kapitel

Als Sentence und Quint den Geheimgang verliessen und sich durch den Schwarzdorndschungel kämpften, stand Ingrid noch immer wie vom Donner gerührt vor dem Baumstrunk.

«Was ist denn mit Ihnen los? Sie sehen aus, als wären Sie einem Geist begegnet. Kommen Sie, wir müssen hier weg!» Sentence berührte sie leicht am Arm, um sie aus ihrem schockartigen Zustand aufzuwecken.

Ingrid zuckte zusammen und schien die beiden Männer erst jetzt richtig wahrzunehmen.

«Sentence! Quint! Gott sei Dank, Ihnen ist nichts passiert!» Erleichtert umarmte sie beide kurz. «Ich habe mir grosse Sorgen gemacht! Kurz vor Ihnen ist ein maskierter Mann mit einer schrecklichen Kapuze aus dem Geheimgang gekommen! Ich dachte zuerst, Sentence sei nochmals zurückgekommen, aber dann sah ich seine seltsame Verkleidung! Er hat direkt zu mir hergesehen und wie ein Wolf den Mond angeheult! Es war grauenvoll! Mir ist vor Angst beinahe das Herz stehengeblieben!»

«Das war der Verrückte, der mich im Schloss angefallen hat! Sie können von Glück sagen, dass er Sie nicht ebenfalls angegriffen hat! Schade, dass er die Kapuze immer noch aufhatte! Vielleicht hätten Sie ihn sonst beschreiben können.» Quint machte sich insgeheim grosse Vorwürfe, dass er Ingrid dieser Gefahr ausgesetzt hatte.

«Er hat sie ausgezogen!», rief Ingrid triumphierend. «Und ich muss ihn nicht beschreiben! Ich habe ihn er-

kannt! Es war der Jäger! Er muss komplett übergeschnappt sein!»

«Jäger?», fragte Sentence verständnislos. «Was für ein
Jäger?»

«Das erklären wir Ihnen später! Wir sollten jetzt ...!»
Mitten im Satz brach Quint ab und hob die die rechte
Hand, während er gleichzeitig lauschend den Kopf ein
wenig neigte. Leises Motorgeräusch war zu vernehmen,
dass stetig lauter wurde und näherkam.

«Das scheint vom Schloss zu kommen!», fuhr Quint
fort. «Möglicherweise gilt das uns! Sind Sie bewaffnet?»

Sentence schüttelte den Kopf, und man konnte ihm
ansehen, dass er es aus tiefstem Herzen bedauerte.
«Wenn Sie damit meinen Revolver meinen, muss ich Sie
leider enttäuschen. Ich habe lediglich ein vierläufiges
Spielzeug im Auto, etwa in der Grösse eines Deringers.
Aber als Bewaffnung kann man das nicht bezeichnen.»

«Dann sollten wir uns verstecken! Bis zum Auto wird
es zeitlich wohl nicht mehr reichen!»

Doch Quints Besorgnis erwies sich als unbegründet.
Das Fahrzeug war offenbar an der Verzweigung vorbeigefahren, denn das Geräusch ebbte ab und verstummte
dann abrupt.

Ingrid stiess einen Seufzer der Erleichterung aus. «Das
ist ja noch einmal gutgegangen! Falscher Alarm.»

«Darauf würde ich nicht wetten!», entgegnete Sentence. «Die Burschen sind ziemlich gut im Legen von
Hinterhalten, wie ich aus eigener Erfahrung weiss! Ich
würde mich kein bisschen wundern, wenn wir ein paar
Kurven weiter ein quer über die Fahrbahn liegendes
Nagelbrett vorfinden und mit MP-Feuer eingedeckt werden!»

«Dann sollten wir entsprechende Gegenmassnahmen ergreifen und den Spiess umdrehen!» Quints Stimme klang sehr energisch.

«Das finde ich auch!», stimmte Sentence mit grimmigem Gesicht zu. «Was schlagen Sie vor?»

«Wir nehmen sie in die Zange! Sie sind doch aufs Schleichen spezialisiert. Arbeiten Sie sich langsam querfeldein in den Rücken des Feindes vor und warten Sie dort auf mein kleines Ablenkungsmanöver! Allzu weit entfernt werden sie uns nicht auflauern, denn es macht nur Sinn, wenn sie uns erwischen, bevor wir die Strasse erreicht haben. Ich gebe Ihnen einen Vorsprung von zwanzig Minuten. Wenn Sie es bis dahin nicht geschafft haben, die Falle zu umgehen, nutzen Sie meine Inszenierung, um sich von der Seite anzuschleichen! Aber lassen Sie sich keinesfalls erwischen! Wenn das Risiko zu gross ist, verhalten Sie sich einfach ruhig und warten Sie auf Ihre Chance!»

«Und wie soll Ihr Ablenkungsmanöver aussehen?»

«Lassen Sie sich überraschen! Sie werden es auf Anhieb erkennen, glauben Sie mir! Allerdings bräuchte ich von Ihnen noch das Spielzeug mit den vier Läufen. Und Ihr Auto, wenn Sie so gütig wären …»

«Mir schwant Fürchterliches!», beklagte sich Sentence ahnungsvoll.

«Seien Sie ganz unbesorgt! Ich werde Ihren geliebten Ford nicht zu Schrott fahren.»

«Können Sie mir das garantieren?», hakte Sentence misstrauisch ein.

«Kann man geschmolzenes Eis auftauen?»

«Elender Schuft!»

«Und was soll ich tun?», meldete sich Ingrid voller Tatendrang zu Wort, während Sentence zu seinem Auto rannte und die wertvolle Umhängetasche unter den Fahrersitz zwängte.

«Sie verschwinden von der Bildfläche! Sobald Sentence aufbricht, suchen wir gemeinsam ein geeignetes Versteck für Sie! Und dort werden Sie bleiben und sich mucksmäuschenstill verhalten, bis wir Sie holen! Ich möchte nicht, dass Sie noch einmal in so eine brandgefährliche Situation geraten wie eben! Sind wir uns da einig?»

«Voll und ganz, Sir!»

Quint lächelte. «Sehr gut.»

«Dann werde ich jetzt losschleichen und den Kampf ins Lager des Feindes tragen, edler Graf.» Mit einem säuerlichen Gesichtsausdruck, der im Mondlicht einer Fratze sehr nahekam, hielt Sentence Quint die kleine Pistole hin.

«Möge Euch Erfolg beschieden sein und Fortuna an Eurer Seite kämpfen, tapferer Ritter ohne Ross und Rüstung.»

Grinsend deutete Sentence eine Verbeugung an, drehte sich um und marschierte auf die Stelle zu, an der vor ihm schon der verhinderte Werwolf zwischen den Bäumen verschwunden war.

Weil er die unfreiwillige Fahrt zum Schloss hinten im Kastenwagen absolviert hatte und daher den Streckenverlauf nicht kannte, achtete Sentence darauf, den Weg nicht aus den Augen zu verlieren. Auch wenn ihre Gegner nicht wussten, ob sie ein Fahrzeug hatten oder zu Fuss fliehen würden, war anzunehmen, dass sie ihr Hauptaugenmerk auf die Zufahrt richten würden.

Sorgfältig achtete er darauf, einzelnen Ästen und Zweigen vor seinen Füssen auszuweichen und besonders heikle Stellen ganz zu umgehen. Ein verräterisches Knacken, und die ganze Mühe war umsonst.

Nach knapp zehn Minuten konnte er die Stelle erkennen, an welcher der Schlossweg in die Strasse mündete. Sofern es wirklich eine Falle gab, musste sie sich irgendwo zwischen jenem Punkt und seinem augenblicklichen Standort befinden.

Ein paar Sekunden später hatte er sie entdeckt. Deutlich hoben sich die markanten Umrisse des Kastenwagens im Mondlicht vom Hintergrund ab. Tarnung schien nicht gerade eine Stärke dieser Gangsterbande zu sein.

Sentence korrigierte seinen Kurs ein wenig nach links und bewegte sich vorsichtig auf sein Ziel zu. Mit jedem Meter stieg die Gefahr einer Entdeckung, während sich Quints Zeitvorgabe unerbittlich ihrem Ende näherte. Und zu seinem Leidwesen musste er auch noch ein Stück freies Gelände überwinden. Da half auch sein hoffnungsvoller Blick zum Himmel nichts, denn in dieser Nacht gab es dort oben nicht das kleinste Wölkchen, das sich in den nächsten Minuten hätte vor den Mond schieben können.

Nun war es so weit. Er hatte die kritische Stelle erreicht. Die Bäume wichen einer Wiese, die sich ohne die geringste Deckungsmöglichkeit bis zum Schlossweg und dem Wäldchen dahinter erstreckte, wo man ihnen auflauerte. Mit einem schicksalsergebenen Seufzer legte er sich auf den Bauch und robbte durch das immerhin schon einen gewissen Sichtschutz bietende Gras. Jede andere Art der Fortbewegung kam einem Selbstmord gleich.

Als er ungefähr zwei Drittel der Wiese hinter sich hatte, hörte er ein Auto, das mit heulendem Motor näherkam; *sein* Auto! Grimmig presste er die Lippen zusammen. Musste Quint unbedingt derart hochtourig fahren?

So leise war sein Ford nun auch wieder nicht!

Plötzlich zerriss ein heller, peitschender Knall die Luft. Der Motor verstummte schlagartig. Erschrocken hob Sentence den Kopf und starrte in die Richtung, wo sich der Wagen mit Quint am Steuer befinden musste. War das wirklich sein Ablenkungsmanöver? Oder hatte er bei seiner halsbrecherischen Fahrt die Kontrolle über den Wagen verloren und war frontal gegen einen Baum geprallt? Vielleicht, weil man auf ihn geschossen hatte? Der scharfe Knall hatte sich eher wie ein Schuss als nach einem Unfall angehört!

Im nächsten Augenblick erhellte die Stichflamme einer Explosion die Nacht, während der dumpfe Detonationsknall an sein Ohr drang. Deutlich konnte er sein Auto erkennen, hell erleuchtet vom Feuer und mit der Front zu einem Baum stehend.

Eine Bewegung auf der anderen Seite des Schlosswegs lenkte seine Aufmerksamkeit wieder auf sein eigentliches Zielgebiet. Anscheinend sorgte das nächtliche Feuerwerk für die erhoffte Irritation. Die Silhouette neben einem grossen Baum verriet, dass sich dort jemand mit einer Maschinenpistole im Anschlag aus seiner ursprünglichen Stellung aufgerichtet hatte. Sonst war niemand auszumachen.

Jetzt oder nie! Sentence sprang auf und sprintete die letzten Meter über die Wiese, überquerte den Weg und rannte mit voller Wucht in den überraschten Mann hinein, der gegen den Baumstamm geschleudert wurde. Bevor er sich vom Angriff erholen konnte und zu einer Gegenwehr in der Lage war, wurde es bereits stockfinstere Nacht um Grimm.

Sentence riss dem Bewusstlosen die MP aus den kraftlos gewordenen Händen und liess sich fallen. Im Liegen vergewisserte er sich, dass sie entsichert war. Ein leises Rascheln liess ihn herumfahren. Blitzschnell richtete er den Lauf der erbeuteten Waffe auf die kleine Buche, deren Blätter sich leicht bewegten.

«Ruhig, Sentence», ertönte hinter ihm Quints Stimme. «Ich bin es.»

«Sind Sie lebensmüde? Um ein Haar hätte ich Sie abgeknallt!»

«Wohl kaum, solange Sie in die falsche Richtung zielen. Aber wie ich sehe, haben Sie Ihren Auftrag sauber erledigt. Gratuliere.»

«Und zum Dank haben Sie mein Auto gesprengt! Anstatt es wie befürchtet zu Klump zu fahren, haben Sie es einfach in die Luft gejagt! Nie und nimmer war das ein Unfall! Autos explodieren nur in sehr wenigen Ausnahmefällen! Das war ein heimtückischer Anschlag auf meinen guten alten Ford!»

Quint lachte leise. «Wenn wir uns ein wenig beeilen, sind wir vielleicht noch rechtzeitig dort, um zu verhindern, dass er tatsächlich in Flammen aufgeht. Für Ihren Benzinkanister kommt allerdings jede Hilfe zu spät, fürchte ich.»

«Den habe ich in dem Moment abgeschrieben, in dem die Explosion erfolgt ist», entgegnete Sentence grinsend. «Aber davor habe ich tatsächlich einen Augenblick lang befürchtet, dass der Schuss auf Sie abgegeben wurde und getroffen hat. Sie können froh sein, dass ich so vorausschauend bin und einen gefüllten Benzinkanister mit mir herumführe. Wie hätten Sie sonst einen solch effektvollen Feuerzauber inszenieren wollen?»

«Ich wusste, dass der Tank halbvoll ist.»

«So eine Gemeinheit traue ich Ihnen tatsächlich zu!»,
murrte Sentence mit gespielter Empörung, bevor er ernst
wurde und fragte: «Was machen wir jetzt mit unserer
Siegestrophäe?»

«Erstmal in den Kastenwagen werfen und mitnehmen.
Später sehen wir weiter. Ich will hier so schnell wie möglich weg. Ingrid wird wie auf Nadeln sein, und wir wissen nicht, wen unsere kleine Veranstaltung möglicherweise angelockt hat. Bei Ihrem Auto machen wir kurz
halt und löschen das Feuer. Dann holen wir Ingrid, und
auf der Rückfahrt nehmen wir Ihren Wagen mit. Sie fahren, ich leiste unserem neuen Freund Gesellschaft!»

Gemeinsam zerrten sie Grimm zum Heck des Kastenwagens, durchsuchten ihn und hoben ihn in den Laderaum. Quint kletterte hinterher und zog die Tür ins
Schloss, während Sentence die MP auf den Fussraum der
Kabine legte, Grimms Schlüssel ins Zündschloss steckte
und langsam losfuhr.

Nach ein paar Metern erfassten die Scheinwerfer tat-
sächlich das quer über dem Weg liegende Nagelbrett.
Sentence stoppte, hängte sich die MP um und stieg aus.
Rasch machte er den Weg frei und verlud das Nagelbrett.

«Man kann nie wissen, ob man nicht plötzlich Verwendung für so ein praktisches Ding hat», erklärte er
Quint. «Aber geben Sie Acht, dass unser müder Passagier
nicht ungewollt zum Fakir wird! Er hat es eher mit
Schrotflinten und Maschinenpistolen!»

Das Feuer, welches sich zur grossen Erleichterung von
Sentence gar nicht so nah wie befürchtet an seinem Auto
befand, war schon fast erloschen, als er hinter dem Ford
zum zweiten Mal anhielt.

«Sie brauchen nicht auszusteigen, das Flämmchen

schaffe ich alleine», informierte er Quint kurz, bevor er auf dem Boden herumtrampelte, bis nur noch ein schwarzer Fleck zu sehen war. Die Mühe, sich nach den Resten seines Kanisters umzusehen, machte er sich nicht. Auch er wollte endlich hier weg. Und vor allem hatte er Sehnsucht nach seiner prall gefüllten Stofftasche, die er vor lauter Wiedersehensfreude fest an seine Brust presste.

Als er kurz darauf von der Zufahrt zum Schloss auf den Feldweg einbog, schaltete er sicherheitshalber das Licht aus. Einem allfälligen Beobachter konnte damit vielleicht vorgetäuscht werden, dass das Fahrzeug an dieser Stelle angehalten hatte. Langsam liess er den Wagen über den schmalen Weg rollen und hielt an der Stelle, wo vor etwas mehr als einer halben Stunde noch sein eigenes Auto gestanden hatte.

Mit umgehängter Tasche und der MP in der linken Hand stieg Sentence vorsichtig aus. Sobald er mit den Füssen sicher auf dem Boden stand, fasste er die entsicherte Waffe mit beiden Händen richtig. Bei diesem Unternehmen musste man immer auf eine unangenehme Überraschung gefasst sein.

Langsam ging er zum Heck und öffnete mit der linken Hand die Tür, ohne den rechten Zeigefinger vom Abzug zu nehmen.

«Alles in Ordnung?», flüsterte Quint, der die Anspannung seines Gehilfen spürte.

«Scheint so», murmelte Sentence. «Aber ich bin mir nicht sicher. Sie haben doch meine Spielzeugpistole noch, oder?»

«Ja. Drei Schuss sind noch übrig.»

«Gut. Holen Sie Ingrid aus ihrem Versteck! Ich halte

hier die Stellung und habe ein Auge auf unseren Gefangenen. Aber machen Sie nicht zu lange! Wenn Sie in spätestens einer Minute nicht zurück sind, schiesse ich auf
alles, was sich bewegt und sich nicht laut und deutlich zu
erkennen gibt!»

21. Kapitel

Mit dem kleinen Vierläufer in der rechten Hand stieg Quint langsam aus dem Wagen und achtete dabei sorgfältig darauf, Sentence nicht zu behindern. Ohne noch ein überflüssiges Wort und unnötig Zeit zu verlieren, ging er in die Richtung, in der sich das Versteck befand, das er Ingrid zugeteilt hatte.

Zweimal blieb er sichernd stehen, horchte angestrengt und sah sich nach allen Seiten um, bevor er weiterging. Auf den letzten Metern war er besonders wachsam. Ohne sich auf das Versteck zu fixieren, flüsterte er Ingrids Namen und konzentrierte sich dabei auf allfällige Veränderungen der Schatten oder der Geräuschkulisse.

Keine Antwort.

«Ingrid», murmelte er.

Nichts.

Während er versuchte, die in ihm aufsteigende Unruhe zu unterdrücken, sagte er diesmal in normaler Lautstärke: «Ingrid, hier ist Quint. Kommen Sie, wir müssen gehen!»

Ein riesengrosser Stein fiel ihm vom Herzen, als Ingrid kaum hörbar wisperte: «Jemand ist in der Nähe!»

«Ich weiss», murmelte er. «Sentence wartet und passt auf. Wir müssen uns beeilen.»

Endlich bewegte sich das welke Laub vom Vorjahr zwischen der Gabelung des umgestürzten Baumes, und unter erschreckend lautem Rascheln kroch Ingrid aus ihrem Versteck.

«Ich habe …»

«Später», unterbrach Quint sie leise, aber bestimmt, und Ingrid sagte keinen Piep mehr.

Er hängte sich mit dem linken Arm bei ihr ein, um sie dicht bei sich zu haben und sie notfalls zu Boden reissen zu können. Inzwischen mussten fast zwei Minuten verstrichen sein, aber deswegen würde er bestimmt nicht leichtsinnig werden und wie ein wild gewordener Elefantenbulle durch den nächtlichen Wald trampeln. Sentence war erfahren und kaltblütig genug, um die Situation richtig einzuschätzen und nicht gleich die Nerven zu verlieren, nur weil sie etwas Verspätung hatten.

Langsam führte er Ingrid zwischen den Bäumen hindurch, blieb hin und wieder kurz stehen, lauschte, setzte sich wieder in Bewegung und zog sie mit sich. Je näher sie dem Dornengestrüpp kamen, desto vorsichtiger wurde er. Dass ausser Sentence und ihm noch andere Kenntnis von dem Geheimgang hatten, war spätestens seit Ingrids beängstigendem Erlebnis sicher, und vielleicht war der Kreis der Eingeweihten inzwischen sogar noch grösser geworden.

Auch hier blieb alles ruhig. Kein Schatten, der plötzlich zum Leben erwachte. Kein verräterisches Geräusch, das auf die Anwesenheit eines anderen Menschen hätte schliessen lassen. Nicht das geringste Anzeichen dafür, dass unmittelbare Gefahr drohte. Und doch lag etwas in der Luft, das Quint zutiefst beunruhigte; unheilvoll und beklemmend.

Seine Warnung für Sentence fiel eine Spur lauter als beabsichtigt aus und liess Ingrid vor Schreck zusammenzucken: «Wir kommen. Aufgepasst!»

«Gut!», quittierte Sentence knapp mit einer Heiserkeit

in der Stimme, die seine enorme Anspannung verriet.

Entschlossen zog Quint Ingrid auf die Lichtung. Bis zum Kastenwagen waren es nur noch wenige Meter. Nach dem dritten Schritt verspürte Quint ein starkes Kribbeln im Nacken. Augenblicklich liess er sich fallen und riss dadurch auch Ingrid mit.

Sekundenbruchteile bevor die Maschinenpistole losratterte und ihr tödliches Blei in den Wald spie, war deutlich zu vernehmen, wie das Projektil die linke Seitenwand des Kastenwagens durchschlug.

«Scharfschütze!», schrie Quint und drückte Ingrids Kopf fest auf den Boden.

Augenblicklich verstummte die MP. «Liegenbleiben! Ich wende!» Sentence rannte zur Kabine und kletterte in Windeseile auf den Fahrersitz. Mit fliegenden Fingern startete er den Motor und legte den Rückwärtsgang ein. Er trat ordentlich aufs Gaspedal und liess die Kupplung zügig kommen, so dass der Wagen einen Satz rückwärts machte, bevor er sich den wilden Lenkbewegungen seines Fahrers fügte und mit dem Heck voran vom Feldweg auf die Wiese schoss.

Der kleine Ruck rettete Sentence das Leben. Die zweite Kugel liess die linke Seitenscheibe klirrend zu Bruch gehen und trat mit dem gleichen Effekt durch die rechte wieder aus.

«Los!», schrie Quint Ingrid ins Ohr und sprang auf. «Einsteigen!»

Ingrid war fast schneller auf den Beinen als er und rannte vor ihm zur Beifahrertür, die Sentence im selben Moment aufstiess.

«Schnell!» Sentence packt Ingrids Arm und zog sie zu sich ins Fahrerhaus, während sie von Quint geschoben wurde.

Quint kriegte gerade noch rechtzeitig den Handgriff zu fassen, um sich in die Kabine zu ziehen, bevor die nächste Kugel aus dem Scharfschützengewehr mit einem hässlichen Geräusch über die rechte Fahrzeugwand schrammte und gefährlich nahe an im vorbeisirrte. Dann heulte auch schon der Motor auf, und sie rasten auf dem Feldweg zur Verzweigung.

«Das war knapp!» Besorgt blickte Quint Ingrid an, die mit stur geradeaus gerichtetem Blick eng an ihn gepresst dasass, damit Sentence bei den beengten Platzverhältnissen wenigstens einigermassen vernünftig schalten konnte. «Sind Sie in Ordnung?»

Sie nickte tapfer.

«Sentence?»

«Ich habe eine Stinkwut im Bauch! Mit was für einem hinterhältigen Pack müssen wir uns da herumschlagen! Heimtückische Fallen, Nagelbretter, Maschinenpistolen, Schrotflinten, alkoholsüchtige Schläger, Auspeitscher, als Henkersknechte verkleidete Psychopathen! Und jetzt auch noch ein feiger Heckenschütze! Allesamt kaltblütige Mörder! Wenn es nach mir ginge, würden wir diese Rattenburg ausräuchern und anschliessend von ihren ausgetriebenen Bewohnern Stein für Stein abtragen lassen, damit sie sich nie mehr dort verkriechen können!»

Energisch drehte er am Lenkrad und bog auf den Schlossweg ein. Als er dabei trotz der spärlichen Beleuchtung aus den Augenwinkeln Ingrids verdächtig verzogenen Mund registrierte, fragte er irritiert: «Was gibt es da zu grinsen?»

«Ach, ich habe Sie mir nur gerade als ungeduldigen Gefangenenaufseher in einem Steinbruch vorgestellt.

Wahrscheinlich würden Sie selbst Hand anlegen, damit es schneller geht, wo Sie doch das Schloss vor nicht allzu langer Zeit mit Dynamit in Kieselsteine umwandeln wollten. Mit dem russgeschwärzten Gesicht sehen Sie allerdings eher aus wie jemand, dem gerade seine eigene Sprengladung um die Ohren geflogen ist. Die Tragriemen der Maschinenpistole und Ihrer Umhängetasche erinnern mich an einen mexikanischen Banditen mit gekreuzten Revolvergurten aus einem dieser herrlichen Italo-Western. Fehlt nur noch der Sombrero!»

«Bandit? Soll das eine Beleidigung sein?», bellte Sentence mit gespielter Entrüstung.

«Wenn, dann doch wohl eher eine Beleidigung für die Mexikaner», mischte sich Quint ein, der erfreut feststellte, dass Ingrid offensichtlich ihren Schock überwunden und die extrem angespannte Atmosphäre merklich aufgelockert hatte. «Und noch ein Hinweis: Wenn Sie die Kurve dort vorn in diesem Tempo nehmen, können Sie Ihrer eindrucksvollen Aufzählung auch noch den von Ihnen bereits angedrohten Fakir hinzufügen.»

«Verflixt, an den habe ich jetzt wirklich nicht mehr gedacht!» Sentence verringerte das Tempo. «Was sollen wir denn mit dem missratenen Attentäter anfangen?»

«Wir stellen sicher, dass er noch eine Weile weiterschläft, und deponieren ihn anschliessend mitsamt seinem durchlöcherten Fahrzeug sozusagen vor seiner eigenen Haustür. Ingrid fährt bei Ihnen mit, da Sie ja den Weg nicht kennen, und ich folge mit Ihrem Ford und behalte sicherheitshalber die Hecktür im Auge!»

Mit einem stummen Nicken bekundete Sentence sein Einverständnis und verliess den Weg. Dicht neben seinem Auto hielt er an.

«Ich hoffe, dass er noch nicht zu sich gekommen ist», sagte Quint leise. «Wenn er uns zu Gesicht bekommt, ist die Wahrscheinlichkeit gross, dass er uns selbst bei diesen Lichtverhältnissen wiedererkennt. Das möchte ich möglichst vermeiden.»

«Seien Sie ganz unbesorgt! Wenn Sie die Tür nur einen Spaltbreit öffnen und sich dabei nicht zeigen, blende ich ihn mit Ingrids Lampe und fordere ihn auf, herauszukriechen. Sie können ihm dann mit der MP bequem eins überbraten, und das Problem ist gelöst.»

Die Vorsichtsmassnahme erwies sich als überflüssig. Grimm hatte sein Bewusstsein noch nicht wiedererlangt. Sentence förderte aus dem Kofferraum seines Fords ein Abschleppseil zutage, und gemeinsam verschnürten sie den Bewusstlosen in aller Eile notdürftig.

«Das muss vorerst reichen», flüsterte Quint. «Den Rest erledigen wir später. Und jetzt nichts wie weg! Wenn etwas ist, gebe ich Ihnen ein Zeichen. Werfen Sie also ab und zu einen Blick in die Spiegel!»

Sentence stieg wieder ein und wartete, bis Quint sein Auto ebenfalls in Betrieb gesetzt hatte. Dann fuhr er los.

«War er noch bewusstlos?», erkundigte sich Ingrid leise.

«Ja. Aber wir sollten unsere Unterhaltung trotzdem auf das Notwendigste beschränken. Und vor allem keine Namen! Ausserdem wäre ich Ihnen dankbar, wenn Sie unsere Eskorte im Auge behalten würden, damit ich hauptsächlich nach vorn schauen kann.»

Grinsend reckte Ingrid den rechten Daumen in die Höhe.

In zügigem Tempo legten die beiden unbeleuchteten Fahrzeuge die Strecke zur Strasse zurück. Ab dort fuhren sie mit Licht. Ingrid lotste Sentence zum Wegweiser bei der Abzweigung zur Kurstätte, dessen Anblick ihm einen knurrenden Laut des Unwillens entlockte, und Quint folgte ihnen in angemessenem Abstand. Sobald sie die Strasse verlassen hatten, fuhren sie wieder ohne Fahrzeugbeleuchtung.

Dicht vor dem verschlossenen Tor stoppte Sentence. Keine fünf Sekunden später erschien Quint neben der Fahrertür und bedeutete ihm und Ingrid wortlos, auszusteigen.

Etwas abseits des Wagens erläuterte er den beiden leise seinen Plan: «Wir deponieren den Müll hier. Aber zuvor arrangieren wir ihn schön für die Müllabfuhr, damit sie ihn auch mitnimmt und nicht so schnell wieder laufenlässt. Wenn man ihn mit den Nagelbrettern und einer MP findet, deren Lauf noch fast warm ist, werden unsere uniformierten Helfer bestimmt eine Menge Fragen an ihn haben. Und der Wagen sieht ja auch aus, als wären zwei rivalisierende Gangsterbanden aufeinandergetroffen.»

Sentence nickte verstehend und entlud mit flinken Fingern, die immer noch in seinen dünnen Handschuhen steckten, die MP, die bis auf eine Patrone im Lauf und eine weitere im Magazin leergeschossen war. Anschliessend setzte er das leere Magazin wieder ein.

Quint ging zur Hecktür des Wagens und öffnete sie mit einem Ruck, als Sentence bereitstand, um Grimms Schlaf bei Bedarf zu verlängern, was aber auch diesmal nicht erforderlich war. Die Dosis seiner ersten Betäubung war grosszügig genug bemessen gewesen.

Rasch kontrollierten sie den Sitz des Abschleppseils um den Oberkörper des Gefesselten, sahen aber auch hier keinen Handlungsbedarf.

«Wenden Sie und fahren Sie rückwärts ganz dicht an die Mauer!», raunte Quint Sentence zu, als er die Hecktür wieder geschlossen hatte. «Ich weise Sie ein.»

Nachdem Sentence den Kastenwagen so nah an der Mauer geparkt hatte, dass keine Hand mehr dazwischen passte, schloss er die Fahrerkabine ab und warf den Schlüssel in hohem Bogen über die Mauer.

«So, das wäre erledigt», stellte Quint zufrieden fest, als er auf dem Rücksitz des Fords sass und Ingrid neben Sentence Platz genommen hatte. «Wenn die Polizei ihre Arbeit seriös macht, kommt uns Grimm nicht mehr in die Quere.»

«Wie gehen wir nun weiter vor?», erkundigte sich Sentence, nachdem er mit einem kurzen Ausflug über die Wiese den Wagen gewendet hatte und nun den Weg zurückfuhr. «Ich nehme an, dass Sie genauso wie ich den Drang verspüren, diesem Lumpengesindel ein für alle Mal das Handwerk zu legen, oder?»

«Und ob!», bestätigte Quint grimmig. «Ausserdem habe ich den dringenden Verdacht, dass der eigentliche Schlossherr ein Gefangener seines Neffen ist.»

«Was? Glauben Sie wirklich?», fragte Ingrid erschrocken.

«Ja. Es sei denn, er hat mit dem Alten, der möglicherweise etwas über Geheimgänge im Schloss weiss, jemand anderen gemeint. Aber das halte ich für eher unwahrscheinlich. Jedenfalls kann ich mir nicht vorstellen, dass der alte Graf in vollem Umfang handlungsfähig ist, wenn er diesen Verbrecher in seiner Nähe duldet.»

«Das ist ja schrecklich! Wir müssen ihn irgendwie befreien!» Mit vor Empörung geballten Fäusten blickte

Ingrid abwechselnd Quint und Sentence an.

«*Wir* werden es zumindest versuchen; und damit meine ich Sentence und mich! *Sie* werden sich schön im Hintergrund halten! Wir fahren jetzt zum Parkplatz am Ortsende. Dort nehme ich ein paar nützliche Dinge aus meinem Auto, mit dem Sie dann gewissermassen als unser mobiles und möglichst unsichtbares Trumpf-As im Ärmel fungieren. Und versuchen Sie erst gar nicht, mich umzustimmen! Ich werde bestimmt nicht zulassen, dass Sie ein drittes Mal in dieser Nacht in eine gefährliche Situation geraten!»

«Was zum …!» Erschrocken riss Sentence das Lenkrad herum. Aber es war bereits zu spät.

22. Kapitel

Völlig unerwartet schoss das unbeleuchtete Fahrzeug aus der Lücke zwischen den Bäumen, die Sentence bei seinem ersten Besuch in der Kurstätte als Versteck für seinen Wagen gedient hatte. Durch die instinktive Lenkbewegung konnte Sentence den Zusammenstoss zwar ein wenig verzögern, aber nicht verhindern. Ein heftiger Ruck ging durch den Ford, als er knapp hinter der Fahrertür von der Front des Geländewagens gerammt wurde. Ingrid stiess einen Schreckensschrei aus.

«Festhalten!», schrie Sentence und trat das Gaspedal voll durch, während er wild am Lenkrad kurbelte, um das durch den seitlichen Aufprall aus der Spur geratene Auto wieder auf Kurs zu bringen.

«Er folgt uns!» Quint hatte sich auf dem Rücksitz umgedreht.

«Nehmen Sie die kleine Schachtel aus dem Handschuhfach!», wies Sentence Ingrid an, ohne den Blick vom Weg abzuwenden. «Schnell!»

Ingrid riss die Klappe förmlich auf und griff nach dem Karton.

«Aufmachen und die Dinger möglichst hinter uns auf dem Weg verstreuen! Aber nicht alle auf einmal! Sagen Sie es mir, wenn Sie bereit sind! Ich fahre dann so weit wie möglich links!»

Sie kurbelte das Fenster ganz herunter, hob den Deckel von der Schachtel und griff mit der linken Hand hinein. «Autsch! Bereit!»

«Dann los!» Die linken Räder verliessen den Weg und rollten über Gras und Erde.

Ingrid lehnte sich mit dem Oberkörper aus dem Fenster und schleuderte mit einem beherzten Schwung die erste Ladung Krähenfüsse nach hinten. Sofort zog sie sich wieder ganz in den Wagen zurück und leerte die restlichen Wurfeisen auf ihre Handfläche.

«Fehlschlag!», rief Quint. «Er kommt schnell näher! Der Mistkerl hat mehr Glück als Verstand! Achtung, gleich rammt er uns!»

Der Ford machte einen regelrechten Satz nach vorn, als er zum zweiten Mal von der Fahrzeugfront des unsichtbaren Angreifers getroffen wurde. Die kleinen Eisenstücke mit den vier Spitzen fielen Ingrid aus der Hand und verteilten sich im Fussraum, als die drei wehrlosen Insassen in ihre Sitze gepresst wurden.

Mit versteinertem Gesicht jagte Sentence seinen arg misshandelten Ford um eine Kurve. Das Heck brach kurz aus, aber er hatte das Auto sogleich wieder unter Kontrolle.

Durch den neuerlichen Aufprall hatte ihr Verfolger etwas an Terrain eingebüsst. Aber er machte den Rückstand wieder wett, indem er die Kurve ausliess und stattdessen geradeaus über das holprige Gelände raste. Schon war er wieder dicht hinter ihnen und kam unaufhaltsam näher.

«Dort vorn ist die Strasse!» rief Ingrid warnend und starrte wie gebannt auf die rasch näher kommende Verzweigung. Wenn Sentence dieses Tempo beibehielt, mussten sie unweigerlich von der Strecke fliegen! Und wenn er bremste, würde sie der Geländewagen einfach quer über die Strasse und in die Bäume auf der anderen

Seite schieben!

Ohne Vorwarnung schoss Quint durch die zersplitternde Heckscheibe. Der Knall aus dem Vierläufer war in dem kleinen Auto ohrenbetäubend und liess ihnen beinahe die Trommelfelle platzen. Sofort wurde der Abstand zwischen den beiden Fahrzeugen wieder grösser.

«Festhalten!», rief Sentence überflüssigerweise. Mit quietschenden Reifen zog er den Wagen bei nur geringfügig reduzierter Geschwindigkeit unter Ausnutzung des gesamten ihm zur Verfügung stehenden Platzes in einem möglichst gleichmässigen Bogen um die Kurve. Haarscharf sauste der Ford an einem Baum vorbei, dessen dicker Stamm ihm den linken Aussenspiegel abrasierte.

Hinter ihnen schlingerte der Geländewagen gefährlich um die Biegung, schrammte mit der gesamten Fahrerseite am Baum vorbei, der ihren Aussenspiegel auf dem Gewissen hatte, und holte bereits wieder langsam auf.

«Die Lampe, schnell! Ich brauche die Lampe!» Fordernd streckte Quint die Hand aus und wartete ungeduldig, bis Ingrid sie ihm endlich reichte.

Der hartnäckige Gegner wurde wieder schneller. Quint liess ihn noch etwas näher herankommen und richtete dann den Lichtstrahl auf die Fahrerseite der Frontscheibe. Doch der schemenhaft erkennbare Fahrer liess sich dadurch nicht beeindrucken. Stattdessen schaltete er die Scheinwerfer und das Fernlicht ein und fuhr noch schneller.

Geblendet wandte Quint den Blick ab und liess die Lampe auf den Sitz fallen. Mit einer raschen Bewegung zog er die kleine Pistole wieder aus einer Tasche seines Overalls und richtete sie ohne hinzusehen auf gut Glück ungefähr auf dieselbe Stelle wie zuvor die Lampe. Entschlossen drückte er ab, ohne sich dabei grosse Hoffnungen zu machen, dass das kleinkalibrige Projektil die Windschutzscheibe zu durchschlagen vermochte.

Augenblicklich wurde das Fahrzeug langsamer und fiel zurück. Quint vermochte nicht zu beurteilen, ob der Grund dafür war, dass der Fahrer eine auf ihn zielende Waffe erkannt und möglicherweise eine von der Frontscheibe abprallende Kugel wahrgenommen hatte, oder ob die Scheibe doch mehr gelitten hatte. Jedenfalls war die gewünschte Wirkung eingetreten, und das allein zählte.

Erleichtert liess er die Waffe sinken. «Er gibt auf!»

«Wurde auch höchste Zeit!», knurrte Sentence. «Lange hätte mein bemitleidenswertes Auto die Rempeleien wohl nicht mehr durchgehalten! Ich fürchte, es ist so ramponiert, dass eine Reparatur meine finanziellen Möglichkeiten übersteigen würde!»

«Haben Sie ihn getroffen?», erkundigte sich Ingrid zögernd, und man merkte ihr an, dass sie sich mit dem Gedanken schwertat, dass möglicherweise jemand ums Leben gekommen war.

«Kaum», beruhigte Quint sie. «Ich glaube, es wurde ihm einfach zu riskant. Und falls doch, dann wird er an einem Kügelchen aus der Schreckschusspistole von Sentence bestimmt nicht sterben!»

«Und was ist mit diesen spitzen, stechenden Teilchen, die ich zum Fenster hinausgeworfen habe?»

«Was soll damit sein?»

«Sollten wir sie nicht einsammeln, damit niemand zu Schaden kommt oder sich gar verletzt?», fragte sie zaghaft.

«So schlimm ist diese Ausführung nicht», wiegelte

Sentence ab. «Natürlich kann es sein, dass sich jemand einen Plattfuss einfängt. Aber das kann auch mit einem gewöhnlichen Nagel oder einer Schraube passieren, die jemand verloren hat. Und was die Verletzungsgefahr betrifft, so sind Glasscherben meiner Meinung nach schlimmer. Ausserdem möchte ich sehen, wie Sie mitten in der Nacht stundenlang nach den kleinen Dingern suchen, wenn Sie noch nicht einmal genau wissen, wo Sie mit der Suche beginnen sollen.»

«Sentence hat recht», schaltete sich Quint ein, um Ingrid ihr schlechtes Gewissen auszureden. «Vielleicht übernimmt die Polizei das Einsammeln, wenn sie Grimm abholt und dabei eins oder zwei davon sozusagen mit den Rädern auftunkt. Lassen Sie sich deswegen keine grauen Haare wachsen, wir haben schliesslich in Notwehr gehandelt!»

«Ich möchte zu gern wissen, wer uns da nun wieder aufgelauert hat!», lenkte Sentence das Gespräch auf das eigentliche Problem.

«Vielleicht der Scharfschütze, der seinen verpatzten Auftrag doch noch erledigen wollte», mutmasste Quint.

«So verrückt, wie der brutale Kerl gefahren ist, könnte es auch der falsche Jäger gewesen sein!» Beim Gedanken an ihn erschauderte Ingrid.

«Für meinen Geschmack treiben auf diesem tödlichen Maskenball entschieden zu viele heimtückische Strolche ihr Unwesen. Und sie sind sehr aufdringlich, um nicht zu sagen lästig.» Sentence blickte kurz in den Rückspiegel, ohne Quint in der Dunkelheit richtig sehen zu können. «Ich finde, wir sollten langsam Ordnung schaffen und mit der Demaskierung beginnen!»

«Der Meinung bin ich allerdings auch! Es wird höchste

Zeit, dass wir Nägel mit Köpfen machen und den üblen Machenschaften dieser feinen Herrschaften einen Riegel vorschieben!», pflichtete ihm Quint bei.

Langsam fuhren sie wenig später durch den Ort und hielten direkt neben dem roten Opel.

«Warten Sie bitte kurz, bis ich meine Sachen geholt habe!», wandte sich Quint an Sentence, während er aus dem Auto kletterte.

Ingrid stand gebückt neben der offenen Tür des Fords und sammelte die Krähenfüsse ein, die ihr in den Fussraum gefallen waren. «So, ich glaube, das sind alle. Soll ich sie wieder in die Schachtel zurücklegen?»

Sentence gab ihr keine Antwort. Stattdessen rief er: «Quint! Er kommt wieder!»

Alle drei blickten zur Strasse hinüber, wo langsam ein dunkler Geländewagen vorbeirollte.

Mit einer routinierten Bewegung lud Quint rasch seine P210 durch und richtete sie auf den Wagen, der sofort schneller wurde und gleich darauf um eine Kurve verschwand.

Quint liess seine SIG sinken. «Scheint so, als hätte er doch noch nicht genug! Aber diesmal macht er statt mit einer oder zwei .22 short mit einem ganzen Magazin voll 9 Millimeter Para Bekanntschaft, wenn er es nochmals auf eine Konfrontation anlegt! Möglicherweise hat er das soeben begriffen!»

«Ein Glück, dass wenigstens Sie eine richtige Waffe dabeihaben, wenn ich schon so dämlich war, meinen Revolver zuhause zu lassen! Das wird mir eine Lehre sein!» Es war Sentence anzusehen, wie sehr er seine vor dem Aufbruch zu diesem haarsträubenden Auftrag getroffene Entscheidung bereute. Er schien fast körperlich zu leiden.

«Haben Sie noch Munition für Ihre Miniaturpistole?», erkundigte sich Quint.

«Ja, eine angebrochene Packung liegt im Handschuhfach – noch etwa zehn Schuss. Warum?»

«Sehr gut.» Quint hielt ihm den Vierläufer hin. «Laden Sie nach und stecken Sie die restliche Munition ein! Wir müssen unsere Pläne der neuen Situation anpassen. Ihr Rucksack liegt übrigens im Schrank meines Zimmers. Wir haben ihn gefunden, als wir im Wald Ihre Spur verfolgt haben.»

«Der Krempel darin nützt uns im Augenblick nicht viel. Die wichtigsten Sachen habe ich bei mir. Aber eine zusätzliche Lampe oder zumindest Ersatzbatterien könnten nicht schaden.»

«Habe ich beides. Dazu noch eine Rolle Klebeband, einen improvisierten Totschläger, ein Taschenmesser, ein Feuerzeug und natürlich ein volles Ersatzmagazin für meine Pistole. Ich denke, das sollte reichen.»

«Und wie sehen unsere abgeänderten Pläne aus?», erkundigte sich Ingrid. «Soll ich immer noch als Trumpf im Ärmel fungieren?»

«Ich fürchte, daraus wird nun leider nichts mehr. Jetzt, wo der aggressive Möchtegernrennfahrer auch noch mein Auto gesehen hat, wäre es viel zu gefährlich, wenn Sie damit in der Gegend herumkutschieren oder gar stundenlang an einem Platz warten würden!»

«Wollen Sie mich etwa aufs Abstellgleis abschieben und in meinem Zimmer im Gasthof versauern lassen?», fragte sie enttäuscht.

«Im Gegenteil! Wir nehmen Sie mit! Sie kommen mit uns ins Schloss! Hier sind Sie nirgends mehr sicher; und schon gar nicht im Gasthof, wo man bereits einen Anschlag auf mich verübt hat! Nach meinem Besuch im Schloss kann es durchaus sein, dass man sich die beiden Gasthäuser im Ort noch einmal gründlich vornimmt! Da ist es mir wesentlich lieber, wenn Sie in unserer Nähe sind, selbst wenn es mitten im Hornissennest ist!»

«Wirklich?», fragte Ingrid erfreut. «Ich darf tatsächlich mit ins Schloss? Das ist ja fantastisch!»

«Unter der Bedingung, dass Sie sich exakt an unsere Anweisungen halten und kein Risiko eingehen! Kein Handeln auf eigene Faust, auch nicht, wenn Ihnen Ihre berüchtigte weibliche Intuition etwas anderes einflüstert! Haben wir uns verstanden?»

«Ja, natürlich! Danke!»

«Bedanken können Sie sich, wenn wir Sie wieder heil aus dem ganzen Schlamassel herausgebracht haben!», wehrte Quint ab. «Ein Spaziergang wird das nicht, das versichere ich Ihnen! Vielleicht müssen Sie sogar auf jemanden schiessen, um sich zu verteidigen! Das muss Ihnen klar sein!»

«Ich soll auf jemanden schiessen?», fragte sie verdutzt.

«Natürlich nur, wenn Sie in Lebensgefahr sind. Sentence wird Ihnen bestimmt seine Waffe leihen, nicht wahr, Sentence?»

«Selbstverständlich gern! Mir ist sie einfach zu kurzläufig.» Er hielt Quint die geladene Pistole hin.

Geduldig erklärte Quint Ingrid die sichere Handhabung der Waffe, entlud sie und reichte sie ihr. «Jetzt Sie! Spannen, zielen und abdrücken!»

Gehorsam wiederholte die gelehrige Schülerin mehrmals hintereinander die Manipulationen.

«Zielen Sie nie grundlos auf einen Menschen! Aber

wenn Sie es tun müssen, dann tun Sie es richtig und bestimmt! Sie werden damit niemanden umbringen, aber
schmerzhaft ist es allemal, und ein Angreifer wird sich
zweimal überlegen, ob er es wirklich darauf ankommen
lassen soll! Wichtig ist vor allem, dass Sie nicht den geringsten Zweifel an Ihrer Entschlossenheit aufkommen
lassen, abzudrücken! So, ich denke, das genügt. Und jetzt
laden Sie die Waffe!»

Ihre Finger zitterten ein wenig, als sie die vier kleinen
Patronen in die Läufe schob. Doch das anschliessende
Hochklappen des vorderen Teils erfolgte sehr entschlos-
sen.

«Vergessen Sie keinen Augenblick, dass Sie jetzt eine
geladene Waffe mit sich herumtragen, klar?»

«Klar», sagte sie ruhig und mit fester Stimme. «Von
mir aus kann's losgehen.»

Quint lächelte zufrieden. «Gut. Dann sollten wir jetzt
unser weiteres Vorgehen besprechen! Ich schlage vor,
dass wir mit beiden Autos zum Schloss fahren und sie an
verschiedenen Stellen verstecken, in der Hoffnung, dass
uns dann zumindest noch ein Fluchtwagen zur Verfügung steht. Anschliessend schleichen wir uns unter der
Führung von Sentence durch den Geheimgang ins
Schloss, wo wir Ingrid irgendwo verstecken. Haben Sie
diesbezüglich schon eine Idee, Sentence?»

«Auf keinen Fall im Geheimgang! Dort ist zu viel Betrieb, wie wir inzwischen wissen! Ideal wäre der Raum
am anderen Ende des Geheimgangs gewesen, aber da der
Graf und Frank inzwischen das Geheimnis des Schranks
entdeckt haben dürften, scheidet der leider ebenfalls aus.
Und die Küche inklusive Speisekammer wird mehr oder
weniger rund um die Uhr besucht. Ich fürchte, wir müs-

sen das spontan vor Ort entscheiden. Aber in einem Schloss dürfte es wohl genügend Räume oder dunkle Winkel geben, die als Versteck in Frage kommen.»

Ein spöttisches Grinsen erschien auf seinem Gesicht, als er Ingrid anblickte und hinzufügte: «Vielleicht müssen wir allerdings Ihrem Gesicht eine etwas kräftigere Farbe verleihen, damit es im Dunkeln nicht leuchtet und Sie verrät. Ich kann Ihnen Kohle wärmstens empfehlen, aber Russ geht natürlich auch.»

23. Kapitel

Quint nahm den Fuss ebenfalls vom Gaspedal, als Sentence langsamer wurde. Da sie wieder ohne Licht fuhren, gestaltete sich die Suche nach einem Versteck für den Opel etwas schwieriger, aber Ingrid schien offenbar einen geeigneten Platz ausgemacht zu haben, denn der Ford stoppte nun ganz.

Eilig kurbelte Quint das Fenster herunter, als er Ingrid aussteigen sah. Gleich darauf stand sie neben der Fahrertür und beugte sich zu ihm herab.

«Die Lücke hier sollte eigentlich gerade breit genug sein, damit Ihr Auto hineinpasst», sagte sie leise. «Sie befindet sich zwar direkt an der Zufahrt zum Schloss, aber etwas viel besseres werden wir auf die Schnelle in der Nacht wohl kaum finden. Wenn Sie ganz dicht an den grossen Baum fahren, beträgt der Abstand zum Weg mehr als eine Wagenlänge.»

«Das ist unter den gegebenen Umständen wirklich schon recht gut», bestätigte Quint nickend.

Während Ingrids scharfe Augen unablässig die Umgebung nach Anzeichen für eine drohende Gefahr absuchten, manövrierte er den Wagen rückwärts zwischen die Bäume und Sträucher.

«Auf eine zusätzliche Tarnung müssen wir leider aus Zeitgründen verzichten», bemerkte er mit einem leichten Bedauern, als er wieder bei Ingrid angelangt war und sie gemeinsam zum wartenden Ford marschierten. «Ich steige hinten ein, damit Sie weiterhin freie Sicht nach vorn und rechts haben, und konzentriere mich auf die linke Seite und nach hinten.»

Sobald Ingrid auf dem Beifahrersitz sass, fuhr Sentence wieder los. Auch er betrachtete misstrauisch die mondbeschienene Landschaft. Jeden Augenblick konnte aus dem Schutz der Schatten erneut der Geländewagen angerast kommen und einen weiteren Rammversuch unternehmen; ein sehr unangenehmes Gefühl.

«Ich sage es nur ungern, aber wie es aussieht, müssen wir den Wagen wieder in unmittelbarer Nähe des Geheimgangs parkieren», meldete sich Ingrid zu Wort, als sie die Abzweigung erreichten. «Ich habe jedenfalls kein brauchbares Versteck entdeckt. Sie?»

Sentence schüttelte betrübt den Kopf. «Nein, leider nicht. Was den Zustand meines Autos angeht, spielt es ja eigentlich keine grosse Rolle mehr. Aber wenn wir durch den Geheimgang aus dem Schloss flüchten müssen, kann es sein, dass wir unseren Gegnern direkt in die Arme laufen. Sie brauchen bloss unseren Fluchtwagen im Auge zu behalten …»

«Deshalb sollten wir genau hier halten!», fiel ihm Quint ins Wort, als Sentence auf den Feldweg einbiegen wollte.

«Was denn, mitten in der Schlosszufahrt?», fragte Sentence verblüfft, hielt aber trotzdem sofort an.

«Genau! Sie können meinetwegen auch noch fünf, sechs Meter geradeaus weiterfahren. Aber keinesfalls abbiegen!»

«Wie Sie meinen.» Sentence fuhr wieder an und stoppte nach ein paar Metern erneut. «Zufrieden?»

«Perfekt. Öffnen Sie die Motorhaube und schliessen Sie rundum ab, sobald wir ausgestiegen sind! Damit stif-

220

ten wir ein bisschen Verwirrung und blockieren gleichzeitig den Weg für jeglichen Verkehr vom beziehungsweise zum Schloss! Aber vor allem ist so nicht gleich auf den ersten Blick ersichtlich, wo wir hin sind und aus welcher Richtung man uns erwarten kann!»

Während sich Sentence an der Motorhaube zu schaffen machte und Ingrid für ihn den Kofferraumdeckel und die beiden Türen abschloss, behielt Quint wachsam die Umgebung im Auge. Sein Bedarf an unangenehmen Überraschungen war restlos gedeckt.

«Sie scheinen ja sehr an Ihrer Tasche zu hängen. Wollen Sie die wirklich die ganze Zeit mitschleppen?» Mit einem abschätzigen Blick taxierte Quint die etwas mitgenommen aussehende Stofftasche, die Sentence wie einen kostbaren Schatz zu hüten schien.

«Im Auto zurücklassen werde ich sie jedenfalls ganz bestimmt nicht! Meinetwegen können wir jetzt los! Oder wollen Sie noch den Sonnenaufgang abwarten?»

Quints Mundwinkel verzogen sich zu einem Grinsen. «Ich warte nur darauf, dass Sie endlich die Führung übernehmen. Schliesslich kennen Sie sich in den gräflichen Katakomben am besten aus.»

Wortlos setzte sich Sentence in Bewegung und führte seine kleine Gruppe mit grösster Vorsicht zum Dornengestrüpp. Ingrid hielt sich dicht hinter ihm, während Quint mit der Pistole in der Hand die Rückendeckung sicherstellte.

Ein unheimliches Gefühl beschlich Ingrid, als sie sich wieder an der Stelle befanden, wo der Angriff des Heckenschützen auf sie erfolgt war.

«Warten Sie hier, bis ich nachgesehen habe, ob die Luft rein ist», murmelte Sentence und zwängte sich durch den

Schwarzdorndschungel.

Die Wartezeit erschien Ingrid wie eine Ewigkeit. Erleichtert atmete sie auf, als es endlich so weit war und Sentence sie leise aufforderte, ihm durch das schier undurchdringliche Dickicht und die schmale Öffnung in den Geheimgang zu folgen.

«Halten Sie sich dicht hinter mir!», raunte er ihr zu, während sie auf Quint warteten. «Die Wände hier sind an manchen Stellen sehr dünn. Vermeiden Sie daher möglichst jedes Geräusch und fassen Sie am besten nichts an; vor allem nicht auf der linken Seite!»

«In Ordnung», wisperte sie zurück und versuchte, sich ihre Aufregung nicht anmerken zu lassen. Sie war gerade dabei, sich durch einen jahrhundertealten Geheimgang in ein Schloss voller Bösewichte zu schleichen!

«Verschliessen Sie den Durchgang sicherheitshalber, falls uns jemand beobachtet hat!», flüsterte Sentence, als Quint ebenfalls im Gang eingetroffen war. «Wenn man von seiner Existenz keine Ahnung hat, wird man ihn dann nicht so ohne Weiteres entdecken. Das gibt uns einen gewissen Schutz. Und notfalls lässt sich der raffinierte Mechanismus auch innert kürzester Zeit wieder öffnen. Ausserdem können Sie sich auf diese Weise schon mal damit vertraut machen.»

«Erledigt», meldete Quint wenig später.

«Dann los!» Sentence schaltete seine Lampe ein und leuchtete die endlos erscheinende Treppe aus groben Steinbrocken an, die zum Schloss hinauf und gleichzeitig mitten hineinführte.

Ohne Hast bewegten sich die heimlichen Besucher mit vorsichtigen Schritten ihrem gefährlichen Ziel entgegen. Die Wände gingen allmählich von Fels in Steinmauern über, und die Steintritte wichen bald darauf einer halbwegs ebenen Fläche.

Sentence drehte sich kurz zu seinen Begleitern um und hielt sich warnend den linken Zeigefinger vor den Mund. Nur wenige Schritte vor ihm befand sich die Stelle, wo ihm Quint aus dem Kamin direkt vor die Füsse gefallen war.

Mindestens eine Minute verharrten sie regungslos an diesem Punkt und horchten angestrengt. Doch von der anderen Seite der linken Wand war nicht das geringste Geräusch zu vernehmen. Die Kemenate schien in diesen frühen Morgenstunden verlassen zu sein.

Mit einer Handbewegung erteilte Sentence schliesslich den Befehl zum Weitergehen und schlich an der kritischen Stelle vorbei. Dicht vor der Mauer, die das Ende des Gangs vortäuschte, blieb er zwischen den improvisierten Schienen erneut stehen und drehte sich zu Ingrid um. Wortlos drückte er ihr die Lampe in die Hand und widmete sich der nächsten Geheimtür.

Fasziniert sah Ingrid ihm dabei zu, wie er den Durchgang von der vermeintlichen Sackgasse zur dahinterliegenden Fortsetzung des verborgenen Wegs öffnete. Als er sich seiner Umhängetasche entledigte und vorsichtig den Kopf durch das Loch in der Mauer steckte, hielt sie den Atem an. Hoffentlich befand sich niemand auf der anderen Seite!

Langsam verschwand Sentence in der Öffnung. Nach ein paar Sekunden der Ungewissheit erschien seine Hand wieder und winkte auffordernd, bevor sie den Tragriemen der Tasche packte und sie zu sich auf die andere Seite zog. Weiter!

Ingrid liess sich auf die Knie nieder und kroch ebenfalls durch die Mauer. Als sie drüben war, folgte Quint und schickte sich an, auch diesen Durchgang wieder hinter sich zu schliessen.

«Machen Sie die Schotten noch nicht dicht!», flüsterte ihm Sentence zu.

Von hier führte der Gang im rechten Winkel nach links. Erneut legte Sentence seinen Finger auf den Mund und gab durch Handzeichen zu verstehen, dass er das vor ihnen liegende Stück bis zur nächsten Treppe allein erkunden wollte. Er forderte von Ingrid seine Lampe zurück, knipste sie aus und schlich durch die Finsternis.

Da ihm dieser Bereich von seinen heimlichen Lauschangriffen auf den Grafen und Frank schon vertraut war, kam er auch ohne Licht gut zurecht. Nur zwei Sachen bereiteten ihm Kopfzerbrechen, nämlich der Zugang, durch den der Maskierte nach seinem Anschlag auf Quint geflohen war, und die Frage, ob man den Schrank im abgeschlossenen Raum schon als Geheimtür enttarnt hatte. Letzteres konnte als sicher gelten, sofern die Schurken hier nicht entweder strohdumm oder mistfaul waren; und diesen Eindruck hatten sie bedauerlicherweise nicht auf ihn gemacht.

Behutsam suchten seine Hände die linke Wand nach der Öffnung ab, die hier irgendwo sein musste. Es dauerte eine Weile, bis er sie endlich gefunden hatte. Sie war geschlossen und liess sich auch nicht öffnen, weder nach innen noch nach aussen, obwohl er den Mechanismus nach minutenlangem, vorsichtigem Abtasten entdeckt und begriffen hatte. Die Geheimtür schien von der anderen Seite blockiert worden zu sein. Damit stellte sie im Augenblick keine akute Gefahr dar, schied allerdings auch als Zugang zu den Räumen dahinter aus.

Sentence wandte sich von der zerschlagenen Hoffnung ab und knipste die Lampe an. Schon vom Fuss der Treppe konnte er die nächste Enttäuschung erkennen, die allerdings nicht ganz so stark ausfiel, weil er damit gerechnet hatte. Die Seitenwand des Schranks, die er sorgfältig hinter sich geschlossen hatte, ragte fast vollständig in den Geheimgang.

Mit einem Schulterzucken drehte er sich um und ging leise zu Ingrid und Quint zurück.

«Hier kommen wir nicht weiter», murmelte er. «Beide Varianten scheiden aus. Somit bleibt uns nur noch der Zugang durch den Kamin.»

«Gut, dann gehen wir also definitiv durch die Kemenate. Damit wir uns danach nicht mit verräterisch knarrenden Treppen herumplagen müssen, schlage ich vor, dass wir vorerst auf dieser Etage bleiben. Bestimmt gibt es noch andere Wege in die übrigen Stockwerke.»

«Die gibt es. Zumindest einen kenne ich bereits, und der führt über den Ostturm. Und die Treppen dort knarren mit Sicherheit nicht, denn sie sind aus Stein.»

«Wenigstens zur Abwechslung einmal eine gute Nachricht», brummte Quint.

Nachdem alle in den anderen Abschnitt zurückgekrochen waren und Sentence den Mauerdurchgang wieder verschlossen hatte, suchten die beiden Männer gemeinsam die Geheimklappe der Kaminrückwand.

«Da ist es.» Sentence legte seine Hand auf die Stelle.

Rasch packte ihn Quint am Arm und zischte: «Aber lassen Sie die verflixten Wachsfiguren keine Sekunde aus den Augen!»

24. Kapitel

Vollkommen geräuschlos schwang die getarnte Klappe auf und gab die Sicht auf die verlassen daliegende Kemenate frei. Der römische Legionär stand wieder an seinem Platz, während der abtrünnige Scharfrichter noch nicht von seinem grausigen Ausflug zurückgekehrt zu sein schien. Sein angestammter Platz war jedenfalls immer noch leer. Nur das Richtbeil lag noch immer auf dem ruinierten Holzboden. Der Seeräuber war vom Geheimgang aus nicht zu sehen, da sich sein Standort im toten Winkel befand.

Mit der Pistole in der rechten Faust begab sich Quint ganz langsam in den Kamin. Diesmal würde er bestimmt nicht warten, bis er wieder von einer durchgedrehten Figur angefallen und beinahe umgebracht wurde; ganz egal, ob sie nun aus Wachs oder aus Fleisch und Blut war!

Misstrauisch beäugte er den Legionär. Er schien noch genauso unbeteiligt ins Leere zu starren, wie es sich für eine Wachsfigur ziemte. Ohne ihn aus den Augenwinkeln zu lassen, bewegte er sich ein Stück vor und richtete seine Aufmerksamkeit auf den Piraten. Die Augenklappe erschwerte eine abschliessende Beurteilung, aber mit dem sichtbaren Auge schien er jedenfalls nicht zu blinzeln. Doch als Quints Blick etwas tiefer wanderte, ruckte sein Arm mit der SIG entschlossen hoch. Der Säbel war verschwunden!

Vorsichtig zog er sich zurück. Grundsätzlich waren

ihm unbewaffnete Wachsfiguren zwar lieber, aber wenn sich die gefährliche Hiebwaffe jetzt stattdessen in den Händen eines Wahnsinnigen befand, der wieder jemandem auflauerte, sah die Sache entschieden anders aus.

«Probleme?», wisperte ihm Sentence zu, als Quint wieder dicht neben ihm im Geheimgang stand.

«Der Pirat ist neuerdings unbewaffnet», raunte er zurück und hielt Sentence seine Pistole mit dem Griff voran hin. «Ich starte ein Ablenkungsmanöver. Wenn sich jemand mit einem Säbel auf mich stürzt, schiessen Sie sofort! Aber machen Sie bitte keine halben Sachen! Wir haben es hier mit erbarmungslosen Psychopathen zu tun!»

Entsetzt fasste Ingrid Quint am Arm und flüsterte aufgeregt: «Das ist doch viel zu gefährlich! Sollten wir nicht lieber wieder gehen und die Polizei informieren?»

«Nein! Wir ziehen das jetzt wie besprochen durch! Denken Sie an Tante Hanna! Wollen Sie ständig in Angst um sie sein müssen? Sentence, ich brauche Ihre Lampe!»

«Kopf runter, wenn es dazu kommt, dass ich schiessen muss!», ermahnte Sentence Quint, als er ihm die Lampe reichte. «Ich werde keine Munition sparen, falls Sie angegriffen werden!»

Leise begab sich Quint wieder in den Kamin. Nach einem kurzen Moment des Lauschens knipste er entschlossen die Stablampe an und warf sie mit einer schnellen Bewegung nach links, damit sie dem Piraten vor die Füsse rollte, während er gleichzeitig nach rechts hechtete und sich abrollte. Mit klopfendem Herzen blieb er auf dem Bauch liegen, beide Arme schützend über Kopf und Hals haltend, und wartete; auf einen Ausruf des Erstaunens, einen wilden Angriffsschrei, ohrenbetäubende

Schüsse aus seiner P210.

Doch nichts davon trat ein. Alles blieb ruhig. Vorsichtig hob er den Kopf ein wenig und sah sich um. Niemand stand mit erhobenem Säbel neben dem Kamin. Er war allein im Raum. Aufatmend erhob er sich und winkte zum Kamin hin, wo in der undurchdringlichen Schwärze seine beiden Begleiter auf Entwarnung hofften.

Zuerst erschien Ingrid. Neugierig blickte sie sich in der Kemenate um, während Sentence hinter ihr auftauchte und Quint die Pistole zurückgab. Beim Anblick des Richtbeils erschauderte sie.

«Neben dem Römer befindet sich der Zugang zur Nische, durch die der Henker geflohen ist», erklärte Quint Sentence leise. «Vielleicht sollten wir den Schreibtisch davorschieben, um vor unangenehmen Überraschungen aus dieser Richtung etwas geschützt zu sein. Die Klappe im Kamin lassen wir jedoch offen, um notfalls schnell verschwinden zu können.»

Als der Schreibtisch an seinem neuen Platz stand, übernahm Quint wieder die Führung. In Einerkolonne schlichen sie zur Tür, die nur angelehnt war, seit Frank sie aufgebrochen hatte. Ingrid machte einen grossen Bogen um den Seeräuber. So ganz geheuer waren ihr die im Zwielicht des Raums verblüffend echt aussehenden Wachsfiguren nicht. Sie war heilfroh, dass nicht auch noch der Henker mit seiner gruseligen Kapuze hier war.

Leise öffnete Quint die Tür und spähte auf den schwach beleuchteten Flur hinaus. Auch hier war alles ruhig. Er verliess die Kemenate und wandte sich nach rechts. Dicht gefolgt von Ingrid näherte er sich dem nächsten Raum, während Sentence hinter sich die beschädigte Tür wieder anlehnte.

«Sind Sie von der Polizei?», flüsterte plötzlich irgendwo vor Quint eine Stimme. «Ich bin der Doc! Wo ist Hubert?»

Bevor Quint richtig wusste, auf wen oder was er zielen sollte, löste sich ein Mann mit dicken Brillengläsern aus dem Schatten der übernächsten Tür auf der linken Seite.

«Wie sind Sie überhaupt hereingekommen? Es war doch ausgemacht, dass Hubert am Tor klingelt und ich Ihnen öffne. Ein Glück, dass ich Schulz heimlich ein kleines Schlafmittelchen verabreicht habe!»

«Das erkläre ich Ihnen später», antwortete Quint, der sich daran erinnerte, dass ihn der merkwürdige Kauz bei ihrer ersten Begegnung am Fuss der Treppe nicht gesehen hatte, geistesgegenwärtig. «Wo ist der Graf?»

«Hier drin. Kommen Sie, er erwartet Sie! Aber denken Sie daran, dass wir leise sein müssen! Rolf und Frank sind auch noch auf den Beinen!» Er stiess die Tür hinter sich ganz auf und trat beiseite.

Mit gemischten Gefühlen betraten die drei vermeintlichen Polizisten den stockdunklen Raum. Aber obwohl Quint damit rechnete, möglicherweise jeden Moment niedergeknüppelt zu werden, erschien ihm die seltsame Begegnung irgendwie zu abenteuerlich für eine Falle.

Der Doc schloss die Tür hinter Sentence und drehte den Schlüssel um. Zwei Sekunden später ging das Licht an.

«Gestatten Sie, dass ich mich vorstelle: Ich bin Konstantin Graf Blauenfels.» Der alte Mann mit dem schlohweissen Bart am Kopfende des kleinen Tisches sprach mit gedämpfter Stimme. «Ich freue und bedanke mich, dass Sie gekommen sind, um dafür zu sorgen, dass dieses Schloss nicht länger ein Hort krimineller Machenschaften ist, sondern endlich wieder nach meinem Willen geführt wird! Dasselbe gilt auch für die Kurstätte Landruhe, die ebenfalls für dunkle Geschäfte missbraucht wird! Seien Sie herzlich willkommen auf Blauenfels!»

Quint deutete eine Verbeugung an. «Haben Sie vielen Dank für Ihren freundlichen Empfang, Graf. Das wird Sie jetzt vermutlich irritieren, aber wir sind nicht von der Polizei. Wir ermitteln sozusagen auf eigene Faust gegen Ihren Neffen Rolf und sind hier, um ihm und seiner Bande das Handwerk zu legen. Sehen Sie uns deshalb bitte die Unhöflichkeit nach, uns nicht namentlich vorzustellen und ohne Ihre ausdrückliche Erlaubnis in Ihr Schloss eingedrungen zu sein. Wir werden Ihnen später gern alles ausführlich erklären, aber jetzt fehlt uns dazu leider die Zeit.»

Ein Ausdruck des Erstaunens erschien auf dem Gesicht mit den klaren, wachen Augen. «Ich muss zugeben, dass mich das tatsächlich irritiert. Aber ich stimme mit Ihnen darin überein, dass keine Zeit zu verlieren ist. Tun Sie bitte, was Sie für erforderlich halten!»

«Vielen Dank für Ihr Vertrauen, Graf.» Quint wechselte einen Blick mit Ingrid, bevor er fortfuhr: «Wenn Sie es erlauben, würde unsere junge Kollegin gern hier bei Ihnen bleiben, bis wir Ihren Neffen und seine Gehilfen überwältigt haben. Ihre Tante ist übrigens eine Bewohnerin Ihrer Kurstätte.»

«Aber selbstverständlich dürfen Sie hierbleiben, junge Dame», sagte der Graf erfreut. «Ihre nette Gesellschaft ist mir sehr …»

Der Schuss war so laut, dass der letzte Teil des Satzes vom Knall übertönt wurde. Jemand schrie gellend.

«Lassen Sie uns raus und schliessen Sie hinter uns sofort wieder ab!», trug Quint dem Doc auf. «Aber löschen Sie zuerst das Licht!»

Als der Doc den Lichtschalter betätigte, rannte jemand an der Tür vorbei.

«Rolf!», schrie eine weiter entfernte Stimme schrill. «Hilf mir! Rolf!»

«Das kam aus der Richtung, in die eben jemand gerannt ist», stellte der Doc mit ruhiger Stimme sachlich fest. «Ich tippe auf Frank. Soll ich jetzt aufschliessen?»

«Ja, schnell! Und verhalten Sie sich hier drin absolut ruhig, bis wir zurück sind!» Quint wollte so schnell wie möglich dorthin, wo Frank offenbar Todesängste ausstand.

Mit schussbereiter Pistole stand Rolf da und starrte entsetzt auf seinen Freund hinunter, der mit dem Oberkörper gegen eine Säule gelehnt auf dem Boden sass und die linke Hand auf seine blutende rechte Schulter presste.

«Was ist denn mit dir passiert?», stiess er hervor. «Du blutest ja wie ein Schwein!»

«Ein Verrückter rennt mit der Henkersmaske und dem Piratensäbel herum und hat mich angegriffen! Ohne jede Vorwarnung, einfach so! Ich war so überrascht, dass ich vor Schreck danebengeschossen habe! Hilf mir auf die Beine und gib mir meine Pistole! Wir müssen ihn unbedingt erwischen! Weit kann er noch nicht sein! Er ist in den Ostturm geflohen!»

«Aber vorher sollten wir uns um deine Wunde kümmern! Ich hole den Doc!»

«Später! Zuerst will ich diesen räudigen Hund kriegen und ins Jenseits befördern! Los, hilf mir beim Aufstehen!»

Der Graf stützte Frank, der sich mühsam aufrappelte und mit schmerzverzerrtem Gesicht an die Säule lehnte.

«Bist du sicher, dass es gehen wird?»

«Ja, es muss! Gib mir meine Knarre! Und jetzt vorwärts, auf zur Henkerjagd!»

25. Kapitel

Sentence fasste Quint am Arm und deutete auf die dunkle Lache am Boden. Blut! Und ein paar Schritte daneben befand sich ein weiterer, allerdings sehr viel kleinerer Fleck, dem der nächste folgte. Also in diese Richtung!

Die Blutspur führte sie zum Ostturm. Da sich Sentence im Gegensatz zu Quint hier auskannte, übernahm er vorübergehend die Spitze, obwohl er unbewaffnet war.

«Rolf!»

Unmittelbar auf den Warnschrei folgten dicht hintereinander zwei Schüsse, dann mit etwas Verzögerung noch ein dritter.

Sofort blieb Sentence stehen und deutete auf die Treppe, die nach oben führte. Quint nickte zustimmend und signalisierte ihm, dass er nun wieder vorausgehen wollte.

«Das war knapp! Um ein Haar wären wir ihm in die Falle gegangen! Ich habe ihn erst im letzten Moment dort stehen sehen! Gut, dass du sofort auf meinen Ruf reagiert und geschossen hast! Das hätte sonst ganz böse enden können! Und nun reiss ihm endlich die Kapuze runter, damit wir sehen, wer der Dreckskerl ist!»

«Mein Gott, das ist ja Hermann!» Der Graf schien ehrlich verblüfft zu sein. «Das schwärzeste Schaf der Familie. Ich habe dir ja erst kürzlich gesagt, dass ich manchmal am Verstand meines verhassten Vetters zweifle, aber dass es so schlimm ist, hätte ich nun wirklich nicht geglaubt! Dann hat er also die Kemenate so zugerichtet! Anscheinend ist er komplett übergeschnappt!»

«Und nun müssen wir ihn auch noch irgendwo verscharren!»

«Keine Bewegung, oder ihr könnt euch gleich dazulegen!» Quints Stimme war hart wie Stahl.

Die Pistole in Franks Hand zuckte kurz, aber der Arm schien ihm nicht mehr richtig zu gehorchen. Aus dem Hemdärmel lief ihm das Blut über die Hand und tropfte vom Lauf auf den Boden. Es war schwierig zu beurteilen, ob sein Gesicht vor Hass oder vor Schmerz verzerrt war.

«Fallenlassen! Sofort!»

Die belgische Waffe erreichte den Boden vor Franks tschechischem Prototyp.

«Wie ich sehe, geniessen Sie immer noch meine Gastfreundschaft, wenngleich sich Ihr Aussehen seit unserer letzten Begegnung etwas verändert hat», sagte der Graf ganz ruhig. «Es scheint, als hätte ich Sie unterschätzt. Das ist ein unverzeihlicher Fehler. Vielleicht sollte ich Ihnen als Entschuldigung die Position eines Geschäftspartners anbieten.»

«Danke, aber wie Sie sehen, habe ich bereits einen zuverlässigeren Geschäftspartner. Er kann übrigens sogar mit zwei Pistolen gleichzeitig schiessen und trifft dabei auch noch ganz passabel – besonders dann, wenn er zwei Rücken im Visier hat. Treten Sie also bitte etwas zurück, damit er die Schiesseisen einsammeln kann, und vergessen Sie dabei meine SIG nicht!»

Ohne die beiden aus den Augen zu lassen, bückte sich Sentence und hob ihre Waffen auf. Bei der Gelegenheit vergewisserte er sich auch gleich, dass der demaskierte Verwandte des Grafen wirklich tot war.

«So, wenn ich dann bitten dürfte …!» Mit einer auffordernden Bewegung seines Pistolenlaufs dirigierte Quint

234

den enttäuschten Gastgeber und dessen bleichen Komplizen in den Flur zurück. Sentence versuchte, seiner Rolle als Zweihandschütze gerecht zu werden, indem er wie von Quint angekündigt mit beiden Pistolen in den Händen die Gefangenen vor sich hertrieb.

Quint klopfte an die verschlossene Tür und sagte ruhig: «Sie können jetzt aufmachen, Doc! Wir haben Rolf und Frank!»

Als ihm in der schwachen Korridorbeleuchtung die dicken Brillengläser des Docs entgegenfunkelten, fragte ihn Quint: «Gibt es hier einen geeigneten Raum für eine gemütliche Gesprächsrunde? Ich denke, die beiden Lumpen haben uns einiges zu beichten.»

«Führ sie in den Essraum, Doc!», ertönte aus dem Hintergrund die befehlsgewohnte Stimme des alten Grafen. «Wir kommen auch gleich nach.»

Als die seltsame Gruppe wenig später im Speisesaal in der von Quint gewünschten Sitzordnung Platz genommen hatte, ertönte eine Klingel.

«Endlich!» Der Doc sprang von seinem Stuhl auf. «Das muss Hubert mit der Polizei sein! Ich lasse sie herein!»

«Vielleicht sollten wir warten, bis mein Neffe Hubert und die Herren von der Polizei zu uns gestossen sind, damit sie auch gleich hören, was für ungeheuerliche Dinge hier gleich zur Sprache kommen werden», schlug der Graf vor.

«Das finde ich auch, Graf», stimmte ihm Quint freundlich zu. «Apropos Neffen: Ihr Neffe Hermann liegt tot im Ostturm, erschossen von Frank und Ihrem anderen Neffen Rolf.»

Verwirrt blickte der Graf zu Rolf hinüber, der wie Frank mit dem Rücken an der entferntesten Wand auf einem Stuhl sass, dessen hohe Lehne bis zu seinem Kinn reichte und eine Flucht praktisch unmöglich machte, zumal Sentence von seinem Platz völlig freies Schussfeld hatte.

«Hermann? Tot? Aber wie kommt der überhaupt hierher? Hat der niederträchtige Halunke seine schmutzigen Finger etwa auch noch im Spiel? Das würde mich dann doch wundern, Rolf, wenn du dich sogar auf ein Geschäft mit ihm eingelassen hättest!»

«Du wirst dich allerdings noch wundern, alter Mann!», zischte Frank böse und drückte die Mullkompresse dabei so fest auf die Wunde, dass er vor Schmerz das Gesicht verzog.

«Du hattest schon seit eurer Kindheit einen schlechten Einfluss auf Rolf! Ich war immer dagegen, dass er sich mit dir abgibt! Wo ihn sein Umgang mit dir hingeführt hat, sehen wir ja nun!»

Die Rückkehr des Docs in Begleitung des freundlich lächelnden Mannes, bei dessen Anblick Ingrid zusammenzuckte, setzte den Wortgefechten ein vorläufiges Ende.

«Onkel Konstantin! Ich bin so froh, dich wohlauf zu sehen! Nach dem Anruf vom Doc habe ich mir grosse Sorgen um dich gemacht! Die Polizei hat leider etwas Verspätung, aber es wird bestimmt nicht mehr lange dauern!»

«Hubert! Da bist du ja endlich!», rief der Graf erfreut und verkündete mit einem strahlenden Blick in die Runde: «Darf ich vorstellen: Hubert Stein, mein einziger Neffe ohne Fehl und Tadel! Ein Engel im Vergleich zu seinem durch und durch verdorbenen Bruder und seinem missratenen Vetter!»

«Ja, ja, ich weiss, dein Lieblingsneffe!» Rolfs Gesicht verzerrte sich vor Wut. «Das war er schon immer! Hubert hier und Hubert da! Der heilige Hubert! In seiner Gegenwart verblassten alle anderen! Nichts konnte ich dir recht machen, so sehr ich mich auch bemüht habe! Immer war es nur Hubert, den du über den grünen Klee gelobt hast!»

Betroffen blickte der Graf zu Rolf hinüber. «Aber das stimmt doch gar nicht!»

«Natürlich tut es das! Ich war in deinen Augen doch immer nur ein Versager, eine Null! Aber jetzt ist der Augenblick gekommen, wo ich dir beweisen werde, wie sehr du mich immer unterschätzt hast!»

«Aber …»

«Unterbrich mich nicht! Jetzt rede ich! Du hast mich lange genug klein gehalten! Aber damit ist jetzt Schluss! Wenn ich mit meinen Ausführungen fertig bin, wirst selbst du nicht umhinkommen, meine Genialität anzuerkennen – lieber Onkel Konstantin!» Bei den letzten drei Worten troff seine Stimme geradezu vor Hohn.

«Was habe ich bloss falsch gemacht bei deiner Erziehung …»

«Alles, du alter Narr!», schrie Rolf. «Wenn ich von dir nur ein kleines bisschen Anerkennung bekommen hätte, wäre ich nie auf den verwegenen Gedanken gekommen, zwei Fahrer eines Geldtransportunternehmens zu bestechen! Und ich hätte nie damit begonnen, der Notenbank ihr frisch gedrucktes Geld noch auf dem Weg zu den Geschäftsbanken zu stehlen und durch erstklassige Blüten zu ersetzen, ohne dass jemand überhaupt nur merkt, dass die Transporter mit Räubern in Kontakt gekommen sind! Oder hast du in den letzten Wochen je etwas in diese Richtung gehört? Abgesehen von dem angeblichen Überfall in der Nähe der Kurstätte, bei dem die Räuber allem Anschein nach zu dämlich waren, um den Laderaum des Transporters zu knacken? Nein! Ausser über dieses Ablenkungsmanöver, mit dem wir die beiden bestochenen Mitwisser für immer zum Schweigen gebracht haben und der Polizei einen angeblich ebenfalls im Kugelhagel umgekommenen Raubmörder präsentieren wollten, der uns jedoch leider entkommen ist, gab es nicht den Hauch einer Meldung! Weil es nichts zu melden gibt, da das Geld gar nicht vermisst wird!»

Nach diesem erhellenden Ausbruch herrschte einen Moment lang Totenstille im Raum. Die überraschten Zuhörer schienen diese unglaubliche Nachricht erst einmal verdauen zu müssen.

«Und obwohl du dich für so genial hältst, sitzt du jetzt hilflos hier und wartest, bis die Polizei eintrifft und dich und Frank wegen Betrugs, Falschmünzerei, schweren Raubes und heimtückischen Mordes einbuchtet – hoffentlich für immer!» Der Lieblingsneffe lachte verächtlich. «Aber vielleicht hast du dir diese haarsträubende Geschichte ja auch nur ausgedacht, um Onkel Konstantin zu beeindrucken? Wo ist denn das viele Geld, das du den Banken angeblich unbemerkt abgenommen hast?»

«Das werde ich dir gerade auf die Nase binden, du widerlicher Schleimer!»

Der Doc sass mit leicht zur Seite geneigtem Kopf da, als horche er in sich hinein. Dann schrie er plötzlich: «Du bist gar nicht Hubert! Du bist Hermann! Ich bin zwar kurzsichtig wie das sprichwörtliche Huhn, aber auf mein Gehör ist Verlass!»

Das überlegene Verhalten des Beschuldigten war wie

weggeblasen. Er riss eine Pistole aus der Jackentasche und richtete sie auf Rolf. Noch während er den Mund öffnete, um etwas zu sagen, traf die Kugel aus Quints Pistole sein Handgelenk. Statt Worten war ein Schmerzensschrei zu hören. Polternd fiel die Waffe auf den Boden.

«Hinsetzen!», befahl Quint scharf. «Und keine hastige Bewegung mehr, sonst trifft meine nächste Kugel wichtigere Körperteile als Ihre Hand!»

Mit einem resignierten Schulterzucken umklammerte Hermann Stein sein blutendes Handgelenk und liess sich erschöpft auf einen freien Stuhl fallen.

«So, und nun erzählen Sie uns doch mal, warum Sie nicht von drei Kugeln aus den Pistolen von Rolf und Frank tödlich getroffen im Ostturm liegen!», forderte ihn Quint mit kalter Stimme auf. «Warum sieht der Tote mit der Henkersmaske genauso aus wie Sie?»

«Er hat seinen Zwillingsbruder getötet», sagte Sentence ganz ruhig, als wäre es die natürlichste Sache der Welt. «Als ich seinen Puls fühlte, bemerkte ich eine Schwellung in seinem Nacken. Der Mann ist nicht an den Kugeln gestorben, sondern an einem gebrochenen Genick.»

«War es so?», übernahm Quint wieder das Zepter.

Hermann Stein nickte müde. «Es war Notwehr. Ich bin Hubert heimlich durch den Geheimgang ins Schloss gefolgt. Plötzlich stand er mit der Kapuze und einem Säbel vor mir. Er hat sich wie ein tollwütiger Hund auf mich gestürzt. Ich konnte seinem Hieb mit dem Säbel gerade noch ausweichen. Er wurde durch den eigenen Schwung mitgerissen und stürzte an mir vorbei die Treppe hinunter. Dabei hat er sich das Genick gebrochen.»

«Und wer hat mir dann mit dem Säbel diese klaffende Wunde in die Schulter geschlagen? Etwa auch der tote Hubert?», schrie Frank hasserfüllt.

«Nein, das war ich», gab Hermann unumwunden zu. «Und ich würde es jederzeit wieder tun, verlass dich drauf! Aber vielleicht würde ich beim nächsten Mal etwas höher halten und dir deine hässliche Fratze verzieren, du Gift spuckende Schlange! Ich hatte mir von meinem verunglückten Bruder nur kurzfristig die Kapuze und den Säbel ausgeliehen, um dich oder Rolf anzugreifen und unerkannt zu flüchten. Erst Huberts Tod hat mich auf die Idee gebracht, in seine Rolle zu schlüpfen.»

Er wandte sich wieder Quint zu und fuhr ruhig fort: «Ich habe darauf spekuliert, dass die beiden blind vor Wut angehetzt kommen und erst schiessen und dann Fragen stellen würden, wenn sie den vermeintlichen Angreifer im Halbdunkel entdeckten. Es war klar, dass Rolf und Frank keine Sekunde daran zweifeln würden, dass ich der Tote bin. Nicht einmal im Traum würden sie an den untadeligen Hubert denken! Und genauso kam es dann ja auch! Sie sahen denjenigen vor sich, den sie sehen wollten: Den verhassten Konkurrenten aus dem familiären Umfeld! Ich brauchte Hubert also nur entsprechend zu platzieren und mich aus dem Staub zu machen, um nachher ganz offiziell zum Hauptportal hereingelassen zu werden.»

«Woher kannten Sie denn den Geheimgang? Was wollten Sie überhaupt hier?»

Der Anflug eines Lächelns erschien auf Hermanns Gesicht. «Ganz einfach: Ich war hinter dem Geld her. So clever, wie er glaubt, ist Rolf nämlich nicht. Er war so dämlich, das Falschgeld jeweils in der Kurstätte zwischenzulagern, bis der heimliche Austausch erfolgte. Unter der Aufsicht von Grimm und Böckmann! Das muss man sich einmal vorstellen! So bescheuert kann man ja gar nicht sein, wo doch jeder weiss, wie habgierig und geistig minderbemittelt die beiden Halsabschneider sind! Die beiden zweigten etwas davon in ihre eigene Tasche ab, und Böckmann war blöd genug, seinen Anteil umgehend in Umlauf zu bringen. Einem meiner Mitarbeiter ist das aufgefallen, und er hat Böckmanns Zunge mit ein paar Gläsern Schnaps gelockert und sich von ihm einen Schein geben lassen – eine Blüte!»

«Siehst du, ich habe dir doch gleich gesagt, dass uns die beiden Idioten noch alles vermasseln!» Rolf warf seinem Vertrauten einen vernichtenden Blick zu.

«Sie haben den ersten Teil meiner Frage noch nicht beantwortet», erinnerte Quint Hermann, ohne Rolf zu beachten.

«Wie ich an das Geld herankommen wollte? Ja, das war tatsächlich ein Problem, für das ich lange keine Lösung wusste. Ich wollte ja keine Blüten, sondern das echte Geld, und das muss sich hier befinden. Da man mich aber nie und nimmer ins Schloss gelassen hätte, musste ich einen Weg finden, um mir heimlich Zugang zu verschaffen. Ich trieb mich also in der Umgebung herum, um nach einer Möglichkeit zu suchen. Dabei entdeckte ich Hubert und sah, wie er sozusagen direkt vor meinen Augen verschwand. Ich schlich ihm nach und entdeckte den Geheimgang. Etwas später kam es dann zur Konfrontation mit ihm. Er erzählte mir noch, dass ihn der Doc heimlich angerufen und um Hilfe gebeten hätte. Er werde Onkel Konstantin befreien und seine Geschäfte führen, und ich würde ihn bestimmt nicht daran hindern.

Dann fiel er mich an. Den Rest der Geschichte kennen Sie ja bereits.»

«Dann waren Sie der Jäger?»

«Jäger? Ich? Nein. Warum sollte ich ein Jäger sein?»

«Stimmt, Sie ziehen sicherlich ein Scharfschützenge-wehr einer Jagdflinte vor, nicht wahr?»

Wortlos nickte Hermann.

«Und die anschliessenden Versuche, uns mit einem Geländewagen zu rammen und aus dem Weg zu räu-men, gehen auch auf Ihr Konto, habe ich recht?»

Wieder nickte er. «Ja. Ich hielt Sie für Konkurrenten im Rennen um das Geld. Und ich mag nun mal keine Kon-kurrenz.»

«Aber eins verstehe ich trotzdem nicht», liess Quint einen letzten Versuchsballon steigen, obwohl er die Ant-wort inzwischen bereits kannte. «Wieso haben Sie mich in der Kemenate mit dem Richtbeil angegriffen und bei-nahe umgebracht?»

Hermann sah Quint verständnislos an. «Wovon reden Sie? Ich war nie in einer Kemenate, und schon gar nicht habe ich jemanden mit einem Beil angegriffen. Das dürfte dann wohl eher Hubert gewesen sein.»

«Du lügst!», schrie der alte Graf empört und schlug mit der Faust auf den Tisch. «Hubert hätte nie im Leben so etwas getan! Nie! Nachdem du ihn kaltblütig umge-bracht hast, wagst du es auch noch, sein Andenken zu besudeln, du Bastard!»

Beinahe traurig schüttelte Hermann den Kopf und sag-te leise: «Nein. Ich fürchte, du hast dir selbst all die Jahre etwas vorgemacht, Onkel. Hubert war krank – sehr krank. Und du hast es gewusst, schon als wir noch Kin-der waren. Aber du wolltest es nicht wahrhaben, weil er doch dein Liebling war. Einmal habe ich bemerkt, wie er mitten in der Nacht aus unserem Zimmer geschlichen ist. Ich bin ihm heimlich gefolgt. Er stand unter der grossen Eiche und blickte zum Mond hinauf, der gerade hinter einer Wolke zum Vorschein kam. Dann heulte er wie ein Wolf! Es war einfach grauenhaft! Ich bin in unser Zimmer zurückgerannt und habe mich schlafend gestellt, als er zurückkam. Ich habe mich so sehr vor im gefürchtet und nächtelang kein Auge zugetan. Es war wie ein schrecklicher Albtraum, aus dem es kein Aufwachen gab; zu wissen, dass der eigene Zwillingsbruder wahnsinnig war. Jetzt, wo er tot ist, verspüre ich nichts als grenzenlose Erleichterung. Zum ersten Mal seit damals fühle ich mich wieder frei.»

«So, ich denke, dann hätten wir jetzt das meiste geklärt», stellte Quint zufrieden fest. «Stellt sich noch die Frage nach dem Verbleib des gestohlenen Geldes.»

«Das werdet ihr nie finden!», rief Rolf und grinste triumphierend. «Keiner von euch! Niemals!»

«Vielleicht ja doch», entgegnete Quint gleichmütig und achtete aufmerksam auf Rolfs Reaktion, als er bedächtig fortfuhr: «Ich für meinen Teil werde mir jedenfalls die Wachsfiguren sehr genau ansehen, auch wenn es irgendwo einen Tresor gibt.»

Das grinsende Gesicht gefror zu einer starren Maske.

«Schade, dass Hubert so schlecht gezielt und dich nicht eine Handbreit unter dem Kinn getroffen hat, statt dir bloss ein Stück vom leeren Handschuh abzuhacken, elender Mistkerl!», giftete Frank.

Quint enthielt sich eines passenden Kommentars und wandte sich stattdessen an den Doc. «Vielleicht sollten Sie sicherheitshalber nochmals bei der Polizei anrufen.

Ich bin mir nämlich nicht sicher, ob Hubert das wirklich schon für Sie erledigt hat. Bei der Gelegenheit könnten Sie auch gleich eine Vermisstenanzeige für den verschwundenen Böckmann aufgeben und ein paar Beamte zur Kurstätte schicken, damit sie Grimm aus dem Kastenwagen befreien.»

«Sie wollen wohl immer noch nicht wahrhaben, dass Sie die ganze Zeit nur wertloses Falschgeld mit sich herumgeschleppt haben.» Mit einem schadenfrohen Grinsen sah Quint Sentence dabei zu, wie er zum wiederholten Mal eine Blüte gegen die Sonne hielt.

«Wieso wertlos? Der gute Rolf hat ja mehrmals die hervorragende Qualität der Blüten betont. Schade, dass dieser Willi Beck nicht mehr unter den Lebenden weilt. Sonst hätte ich bei ihm die Reparatur meines zerknautschten Autos in Auftrag gegeben.»

«Sie spielen doch wohl hoffentlich nicht ernsthaft mit dem Gedanken, das Falschgeld tatsächlich auszugeben?», fragte Ingrid ungläubig.

Sentence zuckte gleichgültig mit den Schultern. «Warum eigentlich nicht? Irgendwer muss doch dafür sorgen, dass es in Umlauf kommt, damit es die Polizei und die Banken aus dem Verkehr ziehen können, bevor noch Schlimmeres damit angerichtet wird.»

Als er sich lange genug an Ingrids entsetztem Gesichtsausdruck ergötzt hatte, erschien auf seinem Galgenvogelgesicht ein Lächeln, das bei Sentence immer etwas spöttisch wirkte.